幻燈辻馬車 上

山田風太郎ベストコレクション

山田風太郎

角川文庫
16548

目次

車の音が消えるとき

一

「……今日より怪談のお話を申しあげまするが、怪談噺《ばなし》と申すは近来大きに廃《すた》りまして、あまり寄席《せき》でいたすものもございません、と申すのは、世に幽霊というものはない、まったく神経病だということになりましたから、怪談は、開化先生方はおきらいなさることでございます」

橘家《たちばなや》円太郎は、眼をつぶって一席やっていた。

「それゆえに久しく廃っておりましたが、今日《こんにち》になってみると、かえって古めかしいほうが、また耳新しいようにも思われます。……どうも、うまくねえな、師匠のように、ああシトシトとはゆかねえ」

大福《だいふく》餅みたいな首をふって、眼をあけた。

見えるものは、ただ馬車と人力俥《しゃ》ばかりだ。ここは、寄席《よせ》ではなかった。小石川にある福島県令三島通庸《みちつね》の屋敷の門内であった。

明治十五年早春の午後である。

主人の三島がこんど山形県令から福島県令も兼ねることになったというので、それまで単身赴任していたのだが、それについて内務省と連絡のため、ちょっと東京に帰って来た。それを機会に知人を招いて自邸で大宴会をやるというので、余興の一つとして三遊亭円朝が呼ばれ、弟子の円太郎はお供としてついて来たのである。

宴会は午後から夕方にかけてあるらしい。

客は、主人と同郷の薩摩《さつま》系の大官が多いようだ。それがたいてい、乗って来た自家用の馬車や俥《くるま》を待たせることにしたので、そう狭くない門内もびっしりとそれにふさがれたのみか、往来の両側や、近くの空地も埋めつくしている。

三島通庸がただの県令ではないことを示す、何よりの証《あか》しであった。

三時ごろ、馭者《ぎょしゃ》、馬丁や俥夫にも酒やお茶が出るというので、その連中の大半は、台所のほうへいった。そのあと、円太郎は一台の俥の蹴込《けこ》みに腰を下ろして、小声でひとりで一席弁じている。

「その昔、幽霊というものがあると私どもは存じておりましたから、何かふいに怪しいものを見ると、おおこわい、あれァ幽霊じゃないかと驚きましたが、ただいまではこの世に幽霊はないものとあきらめましたから、とんとこわいことはございません。何でもこわいものは、みんな神経病におっつけてしまいます。……」

円朝得意の「真景累ヶ淵《かさねがふち》」の枕だ。――もっともきょうはお祝いの席らしいから、師匠はこんなものをやってはいないだろう。「塩原多助」か、「英国孝子伝」でもやっているのだろう。

円太郎は珍しく大まじめであった。

それには、わけがある。

去年の夏ごろから、彼は高座に真鍮《しんちゅう》のラッパを持って上った。そして噺やドドイツの合の手に、何かといえばそれをポッポー、ポッポーと吹いた。

あまり馬鹿馬鹿しいので、それが受けた。完全に寄席の人気をさらい、それを聞いて笑うために客が押しかけるようになった。

そのラッパは町の乗合馬車の吹くラッパと同じものであったので、逆に乗合馬車のことを、このごろは円太郎馬車と呼ぶほどになった。――

むろん彼は有頂天になり、だいぶ天狗《てんぐ》になっていたのだが、それを昨晩、師匠から大叱言《こごと》をくったのだ。「噺家が噺以外の芸で受けるのァ邪道だ。そんな人気をいっとき得ても何にもならねえ」といい、「ガタクリ馬車の異名になっちゃあ、おやじの名にもかかわる。何なら、円太郎の名を返させるぜ」ともいった。

円朝の父はもうだいぶ前に亡くなったが、やはり円太郎という噺家だったのである。

近来にない手きびしい叱言だったので、さすがのんきな円太郎も大しょげにしょげ、そこでこうして野天の下のひとり稽古《げいこ》とはなったわけだ。

「……ごく大昔に、断見の論というのがあって、これは今申す哲学というようなもので、この派の論師の論には、眼に見えない物は無いにちがいない。……」

「けっ、おれのニンじゃあねえや。……おや？」

舌を出した。

ふと、円太郎は首をさしのばした。

すぐ向うの馬車の車輪のあいだに、赤いものがチラチラ動くのが見えたのだ。

女の子だな、と見ているると、果せるかな、愛くるしい声が聞えた。

「あんた、ここの子？」

「ちがう。お父さまといっしょにきたの」

「そう。なんて名？」

「のぶこ、っていうの」

円太郎は起《た》ちあがって、のぞきにいった。

春はまだ早くて、晴れてはいたが、往来は寒かったけれど、ここは馬車が立てこんで風をふせいでいるせいか、日だまりといった感じがする。その白い日ざしの中に、二人の女の子が向い合って話していた。

ちらっと円太郎を見たが、それで黙るという年ごろではない。どっちもまだ五つか六つだろう。一人のほうは、円太郎を見あげて、ニッコリと笑いさえした。

「あんた、どこから来たの？」

聞き返したのは、稚児《おちご》髷に被布《ひふ》姿の少女だ。ぽっくりをはいている。

「町から」

答えたのは、これはお河童《かっぱ》だが、ただその髪は肩までふっさり垂れている。着物はみすぼらしく、モンペをつけた小さな素足には草履《ぞうり》をはいただけであった。ただ、さすがにその鼻緒は赤い。

「どこの町から」

「あっちこっちの町から」

相手の女の子は笑った。身なりからしても上流の子で、いま父といっしょに来た、といっていたようだから、客に連れられて来たらしい。そういえば、よほど親しい集まりと見えて、家族同伴でやって来た幾組かもチラホラ見えたようだ。

「あんた、ばかねえ！」

「あたい、馬車にのって、町からきたのよ」

「へえ、馬車で？　おうち、どこ？」

「馬車なの」

「どの馬車」

「外に待ってるの。それが、あたいのおうちなの」

「えっ、馬車がおうち？　いいわねえ！」

のぶこ、と名乗ったお嬢さまのほうは、はじめて羨望《せんぼう》にたえない顔をした。

その子も品のいい顔だちをしていたが、相手のお河童の女の子は、貧しげな身なりにもかかわらず、もっと美しかった。……これほど美しくて可愛らしい少女は、あまりないのではないかとさえ思われる。口のききかたもオットリして、あどけないというより、神秘的なほどだ。

もっとも、話していることの内容も神秘的だ。馬車を家にしている子とは？

ただし、円太郎はその子を知っていた。きょう彼と円朝は、その子の馬車に乗ってこの三島邸へやって来たのである。さっきその女の子が彼を見て、ニッコリしたのはそのせいかも知れない。

二

そのころ、三遊亭円朝の家は本所《ほんじょ》南二葉町にあった。

で、きょうこの小石川まで来るには、むろん俥で来るつもりでいたのだが、出かけたとたん、ふとその馬車にゆき逢《あ》ったのだ。

「ああ、あれァ噂に聞いた親子馬車だ」

と、円太郎がさけんだ。

「師匠、ひとつあれに乗ってゆきやしょうよ、どうやら空いているらしい」

「しかし、噺家が馬車でごひいきのお宅へ乗りつけるわけにもゆくめえ」

「なに、ずうっと遠くで下りりゃいいんです。あっ、いってしまう。師匠、どうします」

「それじゃあ、乗ってゆくことにするか。どうも馬車が好きな野郎だな」

「相すみません。おういっ、待ってくれ、親子馬車！」

円朝がその気になったのは、彼もその馬車のことは耳にしていて、好奇心が動いたためらしい。

東京の町には、もうかれこれ十年くらい前から、乗合馬車が走っている。つまり、このごろ円太郎馬車と呼ばれているやつだ。おえら方のお傭《やと》い馬車もある。この六月ごろには、新橋・日本橋《にほんばし》間に鉄道馬車が走ることになっている。

しかし、昔の辻《つじ》待ちの駕籠《かご》にあたる――ゆきずりの客を拾う辻馬車というのは珍しい。まったく無いわけではなく、それを営業にしている店も一軒か二軒あるにはあるが、むろん複数の馬車をそろえ、それも汚ない幌《ほろ》をかけただけのしろものだ。

それが、その親子馬車は、ちゃんとした自家用なみの二頭立ての箱馬車で、しかも個人営業らしい。その上、親子馬車と呼ばれているように、馭者《ぎょしゃ》は五十近い男だが、馭者台のそばにもう一つ小さな台を作って、可愛らしい女の子をチョコナンと乗せて走っているというので、人々の話題になった。

その日、円朝たちは、はじめてそれに乗ったわけだ。――

いま、ちゃんとした箱馬車といったが、むろんお歴々のそれのようにピカピカの荘重なものとは類を異にする。塗りは剝《は》げてほとんど灰色になり、四つの車輪のどれかが、キイクルクル、キイクルクルと耳ざわりな摩擦音をたて、その上、馬が二頭とも、これも灰色の、怖ろしい老馬で、乗心地は正直なところ人力俥以下であった。

それに、好奇心の対象には馭者もあったのだが、とにかく馭者台と馬車の中では、話も出来ない。

めあての三島邸から離れてそれは乗り捨てるつもりであったが、来て見ると、やって来たお傭い馬車や人力俥《しゃ》が往来のずっと遠くまで待っていて、ことさら目立つようでもなかったし、それに、

「待たせていただけますか？」

と、聞いた馭者の顔に、何ともいえない誠実さが見えて、

「あ、そうしてくれたら、ありがたい」

と、思わず知らず円朝は答えてしまった。

で、その馬車は、だいぶ離れた空地に待っていたはずなのだが――馭者の男についていた女の子が、いまこの門の中にいる。待っているのにたいくつして、ひとりでノコノコやって来たものにちがいない。

円太郎は、改めてその女の子にものを聞こうとして、その愛くるしさにしばし見惚《みと》れた。

――すると、

「やあ、やっぱりここにおったか」

と、うしろで声がした。

ふりかえると、馭者であった。さっき見たときは、女の子と揃いの大小の饅頭笠《まんじゅうがさ》をかぶ

り、色褪《あ》せた合羽《かっぱ》のようなものを着ていたが、いま見ると、ようかん色の紋付によれよれの灰色の袴《はかま》、足には草鞋《わらじ》をはき、笠をとった頭にはチョンマゲを乗せていた。

「おお、これはお客さまもここに。……毎度ありがとうございまする」

お辞儀をした。年は四十七、八だろうか。彫りは深いが、渋味というより、生活の苦労がしみついている顔だちであった。ただし、いかにも善良そうな笑顔だ。

「御無礼があってはならん、さ、お雛《ひな》、ゆこう」

「なに、おれが見てるからいいよ。馬も、大丈夫だよ」

「いえ、馬には馴《な》れておりますから、その点は心配ございませんが。——」

「お雛坊、ってえのかい？　可愛いなあ」

「ありがとうございます」

馭者は、糸のように眼を細めた。

「おめえさんの娘さんかね？」

「いえ、孫で。——世間では、親子馬車、と呼んでくれておりますが、死んだ倅《せがれ》の娘でござる。——これ、お雛、来い」

お雛とお嬢さまは、手をとり合って、馬車と馬車のあいだをぐるぐるまわっていた。お雛は馬をこわがるようすはちっとも見えず、お嬢さまもそれにつりこまれて安心しているらしい。

「まあ、いいじゃあないか。あたしもたいくつしてたんだから」

と、円太郎はいった。

「あのお嬢さまも、どうやらお客に連れられて来たらしいが、大人ばかりの御宴会で、たいくつして出て来たようだ。いい遊び相手だよ」

「あれは大山さまのお嬢さまでございますな」

「大山さま？」

「大山巌《いわお》陸軍中将閣下で」

「へえ、おめえさん、知ってるのか」

「いちど、私の主人のところへ、あのお嬢さまとごいっしょにおいでになったのを、たまたま拝見したことがあるのでございます」

「おめえさんの御主人ってだれだね？」

「いや、主人と申しても……その昔、私の上司であったお方の御子息で、山川さまとおっしゃる、いまは東京大学に勤めておられるお方でございます。実は、馬車はそこからお古を項戴したもので」

「大学の先生かい？　これァお見それしやした。おめえさん、大したひとだねえ」

「いえ、私自身はしがない辻馬車の馭者でございます」

「して見ると、おめえさん、元はお侍かね。いや、そうらしいな」

聞くまでもない。いかにも貧しげだが、それは最初から推察出来た。ただ、十人中八人までが散髪《ざんぱつ》しているこのごろ、侍髷《さむらいまげ》を結っているのは、やはり珍とするに足りる。それに、ちょっぴり白髪《しらが》も混っているようだ。

問いには答えず。——

「いや、こういう稼業をしておりますと、いろいろなお人に逢います。もっとも、大山閣下をお乗せしたことはございませんが……そして、あなたにもはじめて乗っていただいたと思いますが、御高名は承知しております」

と、馭者は微笑した。

「橘家円太郎師匠でございましょう？　円太郎馬車でお名を売られた方に乗っていただいたのは甚《はなは》だ光栄で」

その高名な自分が、いまこの馬車のむれの中で、俥夫馬丁なみに主人待ちをしている姿を見られたことに、円太郎は赤面した。

「実は、寄席で、円朝師匠の怪談を拝聴したことも何度かございます。どうやら師匠は、幽霊は気のせいか、それとも何ぞしかけがあるというお心持らしいが、それにもかかわらず、実にぞっといたしました。あれは大した芸でございまするなあ」

声の調子からも口の重いたちらしかったが、それがこんなおしゃべりをしたのは、円太郎の商売と人相に気を許したせいにちがいない。

そのとき、突然、

「やあ、いたいた」

と、大声がした。

見ると、十五、六の書生姿の少年だ。

「どこを探してもいないから、心配してたんだ。さ、信子さん、いらっしゃい、おうちへはいろう」

「イヤ、この子とあそぶの」

と、信子はくびをふった。

「こんなところに立ってると、風邪をひくよ。そら、日がかげって来た。さあ、おいで。――僕が遊んであげるから」

少年は、少女の手をひいて、なだめすかしながら家のほうへ連れ去った。

――円太郎はもとよりその馭者も知らなかったが、その少年は三島通庸の子の弥太郎《やたろう》であった。そして、これはいよいよ運命の神しか知らないことであったが、十一年後、この三島弥太郎と大山信子は結婚することになる。すなわち後年、蘆花《ろか》の「不如帰《ほととぎす》」によって、武男と浪子として描かれる二人である。

少年がいった通り、空に雲がひろがり、地上は徐々に薄暗くなって来た。急に風が冷たく感じられて来た。――馭者も挨拶《あいさつ》して、孫娘の手をひいて、門の外へ出ていった。

三

余興をすませた円朝が出て来たのは、それから小一時間もたってからであった。

波のように寒暖の変り易い季節である。

ほんのさっきまで、小春日和《びより》のように暖かかったのに、円朝と円太郎が空地に待たせていたその馬車へ歩いていったときは、チラチラと粉雪さえも舞い出した。

駆者台《ぎよしや》で、もう合羽を着て、小さな饅頭笠をかぶった少女が唄《うた》っていた。

「雨こんこん
　雪こんこん
　おらの家《え》の前さ
　たんとふれ
　お寺の前さ
　ちっとふれ」

円朝はその可愛い声にちょっと耳をすませていたが、すぐに乗り込んだ。

馬車が、例の耳ざわりな音をたてながら走り出してまもなく、円太郎は円朝に、あの駆者は元侍らしい、とか、女の子は娘じゃなくって孫だそうだ、とか話し出した。

「そうかい。……やあ、雪がはげしくなって来た。あそこじゃ女の子は可哀そうだ。入れてやんねえか」

と、円朝が窓の外を見て、

「おや？」

小石川の三島邸からそう遠くない――神田明神《かんだみようじん》の近くであった。往来を黒い影がゾロゾロと群れて歩いている。筒袖《つつそで》に腹掛、股引《ももひき》、それがみんな濃い紺ずくめで、俗にいう黒鴨《くろがも》仕立――いうまでもなく、人力俥夫《しゃふ》だ。事実、空俥《からぐるま》を曳《ひ》いている者もあったが、ただ饅頭《まんじゅう》笠《がさ》をかぶり、あるいはねじり鉢巻をして、棒だけ持って歩いている者が多かった。

「はてな、何かあったのかい?」

「ああ、こりゃ車会党《しゃかいとう》だ!」

と、円太郎がさけんだ。

「たしか、車会党の集まりが神田明神の境内であるとか聞いたが、それがきょうだったんだねえ」

「ふうむ、これが車会党」

社会主義だの社会党だのいう文字が新聞紙上に見え出したのは、ここ一、二年のことだ。若い壮士たちが人力俥夫を集めて俥夫演説会と称するものをひらき、社会党をもじって車会党なるものを作ったとか何とか聞いてはいたが。――

馬車がふいにおそくなり、とうとう停った。

「どうしたんだ」

円太郎が戸をあけて顔を出すと、四、五人の俥夫が馬のまわりをとりかこんで、口々に何かわめいている。声が複数の上に、酔っぱらっているらしく、何をさけんでいるかわからないが、とにかくただごとではない。

突然、円太郎の頭に熱いものがたたきつけられた。

「ひゃっ」

あわてて戸をしめて、手でぬぐうと、馬糞《まぐそ》だ。とまっている間に馬が落した、まだ湯気をたてているやつをつかんで投げた者があったのだ。

馬車はまた駈《か》け出した。馭者はしきりに鞭《むち》をくれている。とにかく逃れようとしているらしい。

それがかえって悪かったらしく、まわりを歩いていたおびただしい俥夫が、何か喚声をあげながらいっせいに追って来た。俥夫ばかりでなく、ステッキをふりあげている、あきらかに壮士風の男たちもあった。

「いけねえ、こりゃことだ。師匠、どうしましょう」

「おめえが馬車に乗ろうなんていい出した罰があたったんだよ」

ぶきみな軋《きし》みの音をたてながら、ゆれにゆれる馬車の中で、二人は真っ蒼《さお》になっていた。

ついに、馬車はまた停った。馭者は女の子を片手に抱いたまま馭者台から下りていって、まわりを完全に包囲した俥夫や壮漢にしきりにお辞儀しはじめた。

そのあいだにも、馬車をたたくやつがある。ゆさぶるやつがある。

「こいつぁたまらねえ」

「師匠、逃げやしょう」

円朝と円太郎は、戸をあけて外へ転がり出した。

「待ちやがれ、てめえらも同じ穴のむじなだ」

たちまち二人は襟がみをひっつかまれた。円太郎が悲鳴をあげた。

「えっ、同じ穴のむじな？　あたしたちが何をしたというんで？」

怒号が返って来た。

「鉄道馬車と同じ穴のむじなだ」

「馬車なんてものに乗ろうというやつがいるからいけねえんだ」

「みせしめに少し痛い目にあわせてやれ」

――あとでわかったことだが、その日、神田明神の境内で行われた俥夫の集会は、近く開通するという鉄道馬車に反対する総蹶起《けっき》大会であったのだ。

それまでも、町を走るガタクリ馬車に客をとられるという不平があったところに、こんどは政府が大々的に新橋と日本橋のあいだにレールをしいて鉄道馬車なるものを走らせ、追い追いそれを延長するというので、それは貧乏な俥夫をいよいよ苦しめることになると煽動《せんどう》演説をやるやつがあり、酒樽《さかだる》をぬいて気勢をあげて解散したところへ、折悪しく円朝たちの馬車が通りかかったというわけだ。

これは鉄道馬車ではないが、坊主憎けりゃ袈裟《けさ》まで憎い。いや、げんに人力俥の恨みを買っている町の馬車の一つだ。その上。――

「やっ、こいつ、円太郎馬車の円太郎だな」

と、気がついた壮士がある。

「この野郎、馬車の広告をしやがって」

「半殺しにしてやれ」

二人が殴られ出した向う側でも、犬みたいな悲鳴があがった。

数人の俥夫がのけぞったり、顔を押えてしゃがみこんだりしていた。――馭者が、危急に迫って、片手にした鞭でたたきつけたのだ。

「や、やりやがったな」

「殺《や》っちまえ！」

いったん、どっとひろがった輪は、逆に波のように馭者をおし包もうとした。

そのとき、雪の虚空《こくう》に銀鈴をふるような細い声が走った。

「父《とと》！」

馭者の左腕に抱かれた女の子のさけんだ声であった。

「きて、たすけて、父《とと》！」

停っていた馬車が、動き出した。馭者台は無人のまま、二頭の馬が歩き出したのだ。

それだけなら、特に怪異とするにはあたるまい。が、このとき、まわりに荒れ狂っていた俥夫たちを吹いて、足を凍りつかせた一陣の風、風というより鬼気のようなものは何であったろう？

彼らは馬車に眼をやり、いっせいにその眼が凝固した。

しずかに動いている馬車の戸があいて、そこから一人の男が下りて来た。

そんな人間が、どこにいたのか。――それは紺の軍帽をかぶり、紺の制服を着た一人の兵士であった。まだ若い。廿歳前後《はたち》と見える。それが、蠟《ろう》を刻んだような顔をしている。いや、そのこめかみから、血をしたたらせている。そして、いま制服を着ているといったが、その服のあちこちは裂けて、そこからも血がながれ出していた。右手に白刃をひっさげていたが、それもまた血まみれであった。

舞いちる雪片の中に、彼は義眼のような眼で、まわりを見まわした。

そして、追いのけるように、ゆっくりと左腕をふった。

「……わっ」

そんな簡単な声ではない。形容のしようもない恐怖のさけびをあげて、その兵士のちかくの、四、五人が背を見せると、俥夫たちはみんな、つんのめりながら逃げ散った。

円朝と円太郎は、逃げなかった。二人はぺたんと地面に坐《すわ》っていた。さっき、殴られているとき、頭をかかえてへたりこんだのが、そのまま腰が立たなくなったのだ。

兵士は馭者のところへ寄って、何か話しかけた。口が動くのはたしかに見えたが、声は聞えなかった。

それから彼は、馭者の腕の中の女の子をのぞきこんだ。

「……父《とと》……父《とと》！」

また銀鈴のような声が流れた。

兵士はやさしく笑いかけ、うなずき――それから、刀を血まみれのまま、軍服の胴にしめた白木綿の帯の鞘《さや》におさめると、

——では。

というように、挙手の敬礼をした。

そして、なお動いている馬車へ向って歩いてゆき、戸をあけて中へ乗り込んでいった。

馬車はそこから、二、三間もゆるやかな進行をつづけ、停止した。

「……あ、ありゃ、何で？　し、師匠？」

のどがひきつったようなかすれ声で、円太郎がささやいた。

円朝は黙って首をふった。水を浴びたような顔色は、むろん寒さのせいばかりではない。

「おい、聞えるか？」

やっと、いった。

「聞えねえだろう、馬車の音が。……さっきから、車の音も馬の蹄《ひづめ》の音も消えてるぜ。……」

馭者が近づいて来た。

「もう大丈夫でござる。さ、乗って下され、お客さま。……」

二人は飛びあがって逃げようとして、また四つン這《ば》いになった。——しかし、そのおかげで、腰は立った。

「もういまの男はおりませぬ」

「あ、あれァだれだ」

「拙者の倅《せがれ》で」

「ど、どこへいった?」

「あの世へ」

二人は馬車を見た。馬車の窓には、何の影も見えなかった。……考えるまでもなく、その馬車に乗って来たのは二人だけに相違なく、そのあとあの男が乗りこんで来たものとも思われない。……

駆者は笑いながらいった。

「何なら、孫めを御一緒に乗せましょう。さあ、どうぞ、円朝師匠。——」

馬が足ずりすると、馬車がまた少し動いた。こんどははっきりと、蹄の音も、例の、キイクル、キイクルという車輪の音も聞えた。

四

「どうして倅めが、あの世から出て来るのか、私にもわかりませぬ。……」

と、駆者はいった。

「もしおわかりになるなら、幽霊のほうの大家でいらっしゃる円朝師匠、教えて下され。……」

柳橋の牛鍋《ぎゅうなべ》屋の二階であった。たくさんの衝立《ついたて》で区切った入れこみの大広間だが、窓にはガラス障子が嵌《は》めてある。ガラスは、酒と鍋と人々の熱気で曇っていた。

駅者をそこへあげたのは、むろん円朝だ。どうしてもあのままには捨ておけず、なじみのその牛鍋屋のちかくに貸馬車屋が一軒あったのを思い出し、女の子にたずねておなかがすいたという返事を聞くと、馬車をその貸馬車屋にあずけさせ、その男をむりに牛鍋屋に連れてあがったのであった。

「教えてくれったって。……」

「怪談牡丹燈籠《ぼたんどうろう》」「怪談乳房榎《えのき》」「真景累ヶ淵《かさねがふち》」などの作者たる円朝も、まったく判断力を失っている。

もしその駅者が、見るからにまじめで武骨な男でなかったら——そして、女の子もいっしょに乗せてくれなかったら、あのあとつづいてその馬車に乗って来る気など、とうてい起らなかったろう。

男は、干潟干兵衛《ひがたかんべえ》という名だ、と名乗った。

「お前さん、奥羽《おうう》の出かね？」

「会津《あいづ》でござる。訛《なまり》が残っておりますか」

「会津とまではわからねえが、さっきお孫さんが、おらの家《え》の前さ、たんとふれ、というような唄《うた》を歌っていたからさ」

「ああ、あれは——この子は、東京生れですが、私がふるさとの唄を教えたのです」

女の子は、小皿にとりわけてもらった牛肉をそえて、御飯を食べていた。おなかがすいていたのはほんとうだったと見えて、夢中で食べているが、何となく品がいい。たしかに武家の子といった感じがする。

「へえ、会津のお侍か。それがいま馬車の馭者とはなあ。……」

「いえ、もともと貧乏な同心でございましたから」

「同心？」

「会津藩町奉行に仕える同心です」

「なるほど、会津にも町奉行がありゃ、同心があるわけだ。それじゃあ瓦解《がかい》の年に、落城の憂目《うきめ》を見なさった口だね？」

干潟干兵衛の鈍重とも見える顔に、苦《にが》い笑いが浮かんだ。

「……いや、ひどくやられました」

と、いった。

口も重いたちらしい。これだけの話も、円朝と円太郎が銚子《ちょうし》を二本ほどあけるだけの時間がかかった。干兵衛は、あまり酔うと馬の扱いに困るから、といって、ときどき盃《さかずき》をふくむ程度であった。

「それじゃあ、あの幽霊は……会津のいくさで亡くなった息子さんかい？」

「いえ、倅が死んだのは西南の役《えき》でござる」

いわれて見れば、なるほどあの亡霊は、官軍の軍服を着ていたようだ。

が、思い出しても、身の毛がよだつ。あんなはっきりした幽霊など、見たことはない。

そもそもこの世に幽霊が出て来たのを、いままで見たことはない。怪談噺《ばなし》の名人でありながら、円朝は、幽霊はみんな気のせいか仕掛があるという見解だったのだ。

「やっぱり、いるのかねえ?」

「いるんだなあ。……」

円朝と円太郎は、改めて顔見合せた。

「で、あの息子さんは、あんな風にチョイチョイ出ておいでなさるのかね?」

「いえ、めったには出て来ませぬ。ただ、あの孫が呼んだときだけ。――倅にとっては、娘でござりますが」

千兵衛は、女の子に眼をやった。

女の子はもう満腹したと見えて、窓のところへいって、曇ったガラスにしきりに指で何かえがいていた。

「しかも、他人が呼べといってもだめでござる。当人がいいかげんに呼んでも、出て参りませぬ。ただ、あの子が本気で、必死に呼んだときだけ出て来るので。――」

まじめな顔の男が、いよいよまじめな顔でいう。

「あの世のからくりは、どうなっておりますのかな?」

聞かれても、返事のしようがない。茫然《ぼうぜん》として、少女を眺めていると――千兵衛は、またいった。

「実はもう一人出るのでござる」

「えっ」

「拙者の妻が。……つまり、倅のおふくろが」

「そ、それも、この世の人じゃあねえのか」

「左様。これは会津で死んだのでござるが、そのときの年のままで……しかも、これは倅の亡霊が呼んだときだけ出て来るのでござります。……」

干潟干兵衛は、首をふって、

「やはり、このわけは、円朝師匠にもわからぬか？」

と、残念そうにつぶやいた。

そして、へんに白ちゃけた顔を二つならべている二人をもういちど眺めて、思い余ったようにいった。

「もう一つ、これは粋筋《いきすじ》のことに不案内な私が、長年探して途方にくれておることで、そのほうにもさだめしお顔のひろい師匠なら、もしやと思っておたずね申すのでござるが、五、六年前まで、この柳橋の色町で芸者をしておったお鳥《とり》という女、いまはいないのですが、その消息を御存知ではござりますまいか？」

「それは？」

「倅の嫁、あの子の母親で」

少女は、曇りを円く拭《ふ》いたガラス越しに、円い夕暮の町の灯を見て、細い声で歌っていた。

「あられ

五合
ぼたん雪
一升」

五

三遊亭円朝を本所の二葉町の家に送りとどけたのち、干潟干兵衛は、もう日の暮れた両《りょう》国《ごく》橋をひき返していった。

「お雛、もうお客はないかも知れん。馬車にはいっていいぞ」

小さな饅頭笠《まんじゅうがさ》の下をのぞきこんで、干兵衛がいう。長い橋の上に人影はない。

「まだ、いいよ」

お雛は首をふる。

「しかし、雪がふる。寒いだろう」

「ううん、雪がおもしろいんだもん」

雪はなお霏々《ひひ》として舞っていた。積るほどには見えず、馬車のゆくのにさしさわりはないが、しかし橋も道も薄白い。

二頭の馬は、白い息を吐きながら、ゆるやかに歩いていた。名だけは「青竜」「玄武」ともものしいが、実はもういつ死んでもおかしくない老馬であった。

しばらくいってから、干兵衛はまたいった。

「お雛、唄でも歌わんか」

「いま、かんがえてるの」

「ほう、何を考えておる?」

「父《とと》のこと」

と、六つの幼女は答えた。

実は干兵衛も、それを考えていたのだ。よほどのことでないと現われない倅《せがれ》の亡霊が、久しぶりにさっき出て来たのだから、想念がそれにさらわれるのは無理もない。

雪の東京を、黙々として馬車の手綱《たづな》をとってゆきながら、干潟干兵衛は追憶に沈む。

彼は、元会津藩町奉行所の同心であった。ことし四十六になる。

いまでは会津のころの生活すべてが、それを断ち切った瓦解前後の惨劇のために、この上もない悲愁の光にぬれて思い出されるのだが、それはやはり彼にとって、まぶしいばかりの男の花の時代にちがいなかった。

そのころ彼は、捕物の名人といわれた。――

「代々同心には相違ないが、お前、妙な能があるの」

と、当時の町奉行山川大蔵《おおくら》が感心したくらいである。

その捜査官としての能力以外に、彼は同心には珍しいもう一つの能力を持っていた。馬術である。

どんなに凶悪な犯人がどこへ逃走しても、千兵衛の馬の追跡を受けては逃げ切れず、またそれが集団であっても、馬上からたたきつける千兵衛の鞭《むち》には、片っぱしから悶絶《もんぜつ》させられた。

奉行の山川大蔵はいたく彼に目をかけ、嫁の世話までしてくれた。山川家の家来筋の家だが、また遠縁にもあたるお宵《よい》という娘で、会津でも珍しい美人であった。

「おれの倅がもう少し大きかったら、倅の嫁にしたいほどの娘じゃがの」

と、大蔵が惜しそうに笑ったほどである。

そのとき千兵衛は二十二で、花嫁はまだ十七であった。彼は、そのういういしい新妻を熱愛した。翌年すぐに玉のような男の子が生れた。大蔵はその子に蔵太郎《くらたろう》という名までつけてくれた。

その翌年――万延《まんえん》元年になるが――山川大蔵はまだ四十何歳かの若さで、その妻は懐胎しているというのに、突然急病でこの世を去ったのである。

それは江戸で、井伊《いい》大老が殺された年のことであった。思えば、この年のころから、千兵衛の運命にかげりがさしはじめていたようだ。もっとも、その暗転は、むろん彼ばかりではない。会津藩そのものに悲劇の雲が近づいていたのだ。

その翌々年の文久《ぶんきゅう》二年、会津藩は幕府から、京都守護職を命じられた。当時、京では攘《じょう》夷倒幕《いとうばく》を呼号する餓狼《がろう》のような浪人たちがあばれまわり、それを鎮圧するには、もはや幕府はその力を持たなかったのである。

藩兵千人をもって京都警備に当れ。――

この幕府の要求に、会津藩は当惑した。交替要員を考えると、その倍の人数を必要とする。その出費も容易ならぬものであったが、同時に、会津の田舎侍がはるばる京へゆく、ということに名状しがたい気の重さがあった。

「ゆくも憂しゆかぬもつらしいかにせむ

君と親とを思ふこころを」

藩主容保《かたもり》はこう詠《よ》んで落涙したといわれる。

しかし、幕府の依頼が哀願となるに及んで、ついに会津藩は親藩としてこれを受けざるを得なかった。

ひとたびその役目についたとなると、この真正直な奥羽の藩は、誠実無比にその義務を遂行した。守護職として、剛直に浮浪人たちの取締りにあたった。

これだけの人数が動員されるのだから、同心たる干潟干兵衛も京へ駆り出されたことはいうまでもない。彼もまた、もとよりおのれの全能力をあげて、おのれの任務に励精した。

ただ、正直なところ彼は――ほかの藩士も同様だが――京都での奉公が一年交替となっているのが何よりありがたかった。一年おきに国へ帰って、妻と子の顔を見ることが出来るのが救いであった。

彼は、まだ自分をふくめて会津藩にかかる暗雲を意識していなかった。むしろその一年毎のめぐり逢《あ》いで、妻と子への愛情がいよいよ濃密なものになることをよろこんでさえいた。

それから六年。

会津は血と炎の運命を迎えた。

京で誠実に治安維持に当ったことが、そっくり逆の目に出たのだ。かつての凶暴な浮浪人たちはいまや官軍となり、会津はその怨敵《おんてき》の代表となった。

会津に、あえて天朝に抗する意志はない、京都守護は幕命によるものであり、同時にそれは当時のみかどの嘉《よみ》したもうところであったのだ、という弁明は——事実、その通りであったが——官軍の憎悪の前には、猛炎に対する一杓《しゃく》の水のようなものであった。

一切の弁明ははねつけられ、理も非もなく追いつめられ、万事休して会津は最後の抵抗に起《た》ちあがった。

徹底した武士道教育が、彼らを好まざる義務に遵《したが》わせ、また時運にそむいて必敗の戦闘に追い込んだのである。武士道がたたったこと、史上会津藩にしくものはない。

その総指揮をとったのが、山川大蔵だ。——かつてその父が、「倅がもう少し大きかったら」といった少年与七郎は、このとき二十三歳となっていて、父の名を受けつぎ、しかもその年に似合わぬ胆略《たんりゃく》は、その若さですでに会津の家老の一人にあげられていたのである。

こうして惨烈きわまる会津籠城戦《ろうじょうせん》がはじまった。

明治元年八月二十三日、官軍が会津城外に殺到した日、白虎《びゃっこ》隊の少年たちは、わがこと終る、と殉節した。悲劇は少年たちばかりではなかった。官軍の来襲が予想外に早かったために、城下の武家町の女たちも避難のいとまあらず、官軍の魔影を見つつ、かぎりもなく自害していったのである。

城そのものの攻防戦は、それから約一ト月つづいたのち、刀折れ弾尽き、ついに米沢《よねざわ》藩の勧告によって開城したのだが。——

戦い終り、焼野原と化した城下に出て、覚悟はしていたが干潟千兵衛は、もういちど腹かっさばきたいような運命に、どうと腰を落してしまった。

やはり城にはいることが出来なかった妻のお宵は、八月二十三日、自害していたのである。それは、からくも逃げて、郊外の農家に養われていた蔵太郎とめぐり逢ったとき、その口から聞いた。

「お母《かか》は、のどをついて死んだよ」

と、彼はいった。蔵太郎は十になっていた。

そしてこのとき千兵衛は三十二、死んだ妻は二十七であった。

六

干兵衛に生きる気力を残したのは、ただその子蔵太郎の存在であった。

降伏した会津の侍たちは、下北半島に新しく作られた斗南《となみ》藩に追放された。藩とはいうものの、ここはほとんど作物のとれぬ寒冷の荒野であった。日本のシベリア流刑だ。

彼らはそこで、恐ろしい飢餓に苦しんだ。実際におびただしい餓死者が出た。

のちに陸軍大将になった会津人柴《しば》五郎は、当時、蔵太郎と同年であったが、そのころの記憶をこう述べている。

「陸奥《むつ》湾より吹きつくる寒風、容赦なく小屋を吹きぬけ、凍れる月の光さしこみ、あるときはサラサラと音たてて霙《みぞれ》舞いこみて、寒気肌を刺し、夜を徹して狐の遠吠《とおぼ》えを聞く。終日いろりに火を絶やすことなきも、小屋を暖むること能《あた》わず、背を暖むれば腹冷えて痛み、腹を暖むれば背凍りつくごとし。

白き飯、白粥《しろがゆ》など思いもよらず、海岸に流れつきたる昆布若布《わかめ》などをあつめて干し、これを棒にて叩《たた》き、木屑《きくず》のごとく細片となしてこれを粥《かゆ》に炊く、色茶褐色にして臭気あり、はなはだ不味なり。山野の蕨《わらび》の根をあつめて砕き、水にさらしてはいくたびもすすぐうち、水の底に澱粉《でんぷん》沈むなり。これに米糠《こめぬか》をまぜ、塩を加え団子となし、串《くし》にさし火に焙《あぶ》りて食う。不味なり。……」（石光真清編著『ある明治人の記録』より抜粋）

もし廃藩置県という、日本じゅうの藩そのものの解体ということがなかったら、下北の会津侍はことごとく死に絶えていたかも知れない。

太陽のない国に、わずかな微光がさして来たのは、その時勢の変化のおかげであった。

とはいえ、その微光のかけらも、彼らが個人個人で必死につかまえなければならなかった。干潟干兵衛は、そこから這《は》い出して、東京へ出た。明治六年のことであった。子供の前途を思う心が、彼を動かしたのだ。

まだ四十にならないのに、彼は女房の死とともに自分の人生は終ったと思っていた。しかし、それは口に出来ないことであったし、彼も口にしなかった。あの落城のとき、妻や親や子を失ったのは自分だけではない。……城中主君の奥方を護《まも》って、飛来した砲弾のためにげんに山川大蔵さまの御内儀登世《とせ》さまも、散華なされたのである。――

しかし、干兵衛が頼っていったのは、その山川大蔵であった。

すでに山川は上京し、名を浩《ひろし》と改め、陸軍省に出仕していた。干兵衛が山川を頼る気になったのは、それればかりではない。山川の弟妹たちが甚だ優秀で、会津人の子弟にしては破格の出世をしていると聞いて、彼も蔵太郎への教育熱をかきたてられたからである。

その弟を健次郎といい、会津戦争のころ十五歳、わずか一つちがいで白虎隊にはいることを免れた少年は、明治四年プロシャに留学を命じられ、その妹捨松――父が死んだときまだ母の胎内にあった――は、同じく明治四年、わずか十二歳で、その年歴史的な欧米旅行に出かけた岩倉大使ら一行につれられて、これまたアメリカへ留学していた。

それに触発されて干潟干兵衛が東京へ出て来たといえば滑稽《こっけい》だが、いうまでもなく、身分がちがう。幕末のころから会津に山川ありと知られた人物の一族とはちがう。さらに、後世まで明治の最優秀家系の一つとうたわれた血がちがう。

むろん干兵衛は、ただ子供をこのままさいはての地に放っておくわけにはゆかない、と発心しただけで、まさか蔵太郎の留学など夢みたわけではない。

彼は山川の世話で、警視庁の巡査になった。まず相応というべきであろう。

時は来て、明治十年になった。

薩摩を討つ、と知って、東北諸藩の元武士やその子弟は、陸続として兵士や巡査に応募した。警視庁もまた警視隊という実戦部隊を編制して出動すると聞いたからだ。

山川浩陸軍少佐も征《い》った。――

そして、干潟干兵衛も警視隊の一員として。

ただ、そのとき彼をいっとき狼狽《ろうばい》させたのは、子の蔵太郎もまた巡査になることを志願したことだ。もう小学校も出て、福沢塾にはいっていた蔵太郎は、すでに十九になっていた。

干兵衛があわてたのは、ただ息子が戦争にゆく、ということばかりではない。蔵太郎が成長するに従って、どこか蒲柳《ほりゅう》のたちに見える若者となり、また数日間口もきかぬ憂鬱症《ゆううつ》におちいるようなところがあったので、いよいよ思いがけなかったのだ。

もっとも、人が変ったのは、息子ばかりではない。干兵衛自身も、以前は剽悍《ひょうかん》豪快と形容していい男であったのに、明治元年以来ひどく寡黙な人間になった。――しかし、それも彼だけではない。会津人の多くがそうであったし、主君の容保公自身が、あのときまでは剛毅《ごうき》ではあるが多血多感の方であったのに、いま東京の屋敷にあっても、だれにも逢われぬ、能面のような無表情な方に変られたと聞く。

それに、若者の性格の変化は、まあ常態の一つといっていい。

「母上のかたきを討つのです」

と、蔵太郎はさけんだ。ふだんの憂愁の霧をぬぐい去った、たけだけしい眼の光であった。

「よかろう」

その一言に魂を打たれて、干兵衛はうなずいた。

「いっしょに芋征伐にゆこうぞ」

その通り、彼らはいっしょに警視庁の巡査として出動することになり、また上官の配慮もあって、同じ戦場で働くことになった。しかも、泣く子も黙る警視庁抜刀隊として。

——のちに凱旋《がいせん》して、山川家を訪れたとき、山川家でとってあった『郵便報知』に犬養毅《つよし》という従軍記者が書いているのを、干兵衛は黙読してしばし眼を離さなかったことがある。

「三月十五日、田原坂《たばるざか》の役《えき》、我軍進んで賊の砦《とりで》に迫り、ほとんどこれを抜かんとするに当り、残兵十三人固守して動かず。そのとき元会津藩某（巡査隊の中）身を挺《てい》して奮闘し、ただちに十三人を斬る。そのたたかうとき大声《たいせい》呼ばわっていわく、戊辰《ぼしん》の復讐《ふくしゅう》、戊辰の復讐と」

実にそれは干潟干兵衛についての報道なのであった。

しかし、その日十三人の薩軍を斃《たお》した原動力は、さきに斬り込んだ蔵太郎を救うために彼が突撃し、倒れている愛児を見て狂乱状態におちいったことにあった。倒れる前に、「戊辰の復讐」と絶叫したのは蔵太郎であった。

十三人の敵兵を殺したあと、干兵衛は血まみれになって横たわっている蔵太郎を抱きあげた。

「蔵。……これ、蔵！　おう、腹をやられたか。ああ、おれが代りたい！　いや、これしきの傷が何だ。蔵、しっかりしろ！」

「父上、もうだめだ」

蔵太郎は、干兵衛にすがりつき、血の気を失った唇がつぶやいた。

「お願いがある。いつか、言おう言おうと思いながら言いそびれていたが……おれに赤ん坊が生れる」

「な、なに？」

干兵衛は仰天した。

「お、お前に、女がいたというのか？」

「柳橋の芸者で、お鳥というんだ。だから、父上にいいにくかった。……勘定すると、この夏にも生れることになるはずだ。もし生れたら……よろしく頼む」

「ば、馬鹿っ、おれも死ぬかも知れんじゃないか！」

「万一のため、山川さま……健次郎さまのほうだが……そこへ相談にゆけといってはあるが。……」

「お前は……そんな女がありながら、どうしていくさに来たんじゃ、この馬鹿者！」

「父上」

鉛色の唇がわなないた。

そして蔵太郎は、もっと恐ろしいことをいい出したのである。——

「父上、もう一つ、どうしてもいいにくかったことがある」

薩軍の死体が散乱した田原坂の砦の中で、蔵太郎はつづけようとして声をのんだ。それが、死が迫って息が苦しいというより、自分のいおうとしている言葉に恐怖しているように感じられ、干潟干兵衛もわれ知らずのどぼとけを硬直させたが、やっとさけんだ。

「言え、何だ」

「会津で母上が死んだとき。……」

「うむ。……」

「死ぬ前に、家に入って来て、母上を……官軍の隊長が——」

「なんじゃと？」

干兵衛は戦慄《せんりつ》した。

「官軍の隊長が……な、何をした？」

「何をしたか、そのときはわからなかった。おれは、ただ見ていたんだ。ただ見ていた自分が情けない。……ずっとあとになって、わかったんだ。その隊長が、何をしたかが……そいつは、母上を犯した！　母上は、そのあとで、のどをついて死んだ。……」

蔵太郎の眼は、悔恨に凍りついたようであった。

「そのことを、どうしても父上にいえなかった。おれが、このいくさに来たのは、そのためだ。しかし……父上、やっぱり、いわないほうがよかったか？」

千兵衛の眼も、驚愕《きょうがく》に凍りついていた。突然、彼は深手の息子を烈しくゆさぶった。

「そいつはだれだ。その名は？」

「わからない。ただ、しゃぐまをかぶった隊長で……いや、しゃぐまをかぶってたから、隊長だとあとでわかっただけで……おれは薩摩退治にここへ来たが、長州だったか、土佐だったか、それもわからないんだ。……」

「顔は？　そやつの顔は？」

「ち、父上……おれは、そいつの顔さえ忘れてしまった！」

腸《はらわた》をしぼるような声を吐き、蔵太郎は父の腕の中で、がくんとのけぞってしまった。硝煙ただよう田原坂の春の蒼空にむけた眼に、いっぱいの悲しみをたたえたまま。――

七

役《えき》後、一年ばかりして、千兵衛は巡査をやめた。

西南戦争で警視庁は勇名をとどろかしたが、討った警視庁もまた薩摩閥でかためられていた。これに加わった奥羽の元侍やその子弟たちも、ただいっときの快をはらしたのみで、その功に比して酬《むく》われること甚だ薄かった。しょせん、それも薩人の功を成らしめた万骨に過ぎなかった。

しかし、千兵衛が巡査をやめたのは、その不平のせいではない。勤めようにも、それが出来ないことになってしまったのだ。

彼は、東京に復員すると、すぐに柳橋へいった。

断末魔の蔵太郎は、詳しい話をするいとまもなく、いい遺した依頼は恐ろしく簡単なものであったが、とにかく柳橋のお鳥という芸者が、この夏、蔵太郎の子を生んだはずだ、と考えてだ。

どこの置屋かもわからず、一軒一軒尋ね歩いたが、どこの置屋へいってもみんな、そんな女は知らない、といった。――

千兵衛は、茫然《ぼうぜん》として、こんどは山川家へいった。

前名山川大蔵《おおくら》、いまは山川浩陸軍少佐の家ではない。その弟の山川健次郎の家のほうである。このときやっと、蔵太郎が女に、子供が生れたら「山川健次郎さまのところへ相談にゆけ」といったということを思い出したのだ。

山川健次郎は、山川浩の八歳下の弟であったが、欧米留学から帰朝して、まだ三十前の若さなのに、東京大学理学部助教授をしていた。

そういえば、蔵太郎は福沢塾の書生のころから、この健次郎の屋敷のほうへよく出入りしていたようだ。若さやハイカラ加減に親近感があったせいだろうが、女の相談相手にこの人を選んだのは、兄の浩少佐のほうは、自分と同じく出征する軍人であったからだろう。

いって見ると、そこにあかん坊がいた！

それが、この夏、猿楽町の屋敷の、その門前に捨ててあったという。――この子の父は、お知り合いの干潟蔵太郎と申すものでございます。わけあって、自分は育てることが出来ず、御慈悲におすがりせねばならぬことになりました。蔵太郎が九州から帰って来るまで、しばらくお預かり下さいませ、という女手紙を添えて。

「名は、雛《ひな》とつけた、とも書いてあった」

山川健次郎は憮然《ぶぜん》としていった。あかん坊は、女の子であった。

「そうか、蔵太郎は死んだか。……お前が、生き残って。――お前、祖父《じじ》ということになるんだぞ」

そして健次郎は、改めて干兵衛の年を聞き、四十一という返事を聞くと、

「若い祖父《じじ》だな」

と、笑った。

「若い祖父だが、しかし独り身のお前ではどうにもなるまい。とにかく、頼まれたことだ、牛乳で養っておるが、こちらには女手もあるから、何とかしておる。みな、可愛がっておる。お前がもういちど女房でももらうか、せめて子供が歩けるようになるまで、ここに置

いておくがいい」

そして一年ばかりたった。

千兵衛は、非番の日、必ず山川邸へいってお雛を抱いた。抱かずにはいられなかった。可愛さは日毎にまし、いまや彼の唯一の生甲斐《いきがい》となった。

そして、とうとう山川邸にこれ以上預けてはいられない心境にまでなったのだ。彼は山川健次郎にいい出した。

「お世話になっておりますと、きりがござりませぬ。考えて見ると、これから十年たっても、事情は同じことでござりましょう」

「それはそうだが……しかし、男のお前にどうしようもあるまい。まだ妻帯はせんのか」

「いえ、とてもとても」

千兵衛は、健次郎があっけにとられるほど烈しく首をふった。

「それなら、どうするのか、巡査のお前が」

「そこで私もいろいろ考えたのでござりまするが……御当家のお古い御馬車、あれを御処分なさりたい、と先日ふと耳にいたしましたが、あれを拙者めに頂戴《ちょうだい》出来ぬものでござりましょうか？」

山川健次郎は大学へゆくのに、お傭《やと》いのアメリカ人教師から譲り受けた馬車を使っていた。ものはいいのだが、何しろ明治初年にアメリカから持って来たというしろもので、こんど一頭立てだが新しい馬車を買うことになったので、古いやつは古道具屋か屑屋《くずや》にでも払い下げたいという話を、どこかで干兵衛は聞いていたものと見える。

「あれを、どうするな」

「巡査をやめて……町の馬車屋になろうと思うのでござる」

「ほう、馬車屋。しかし、馬はやれんぞ」

「それは、どこからか、廃馬寸前の馬でも手にいれまして……私、馬は好きでございますれば」

「やあ、お前は会津のころ、馬術の名人であったな」

「恐れいります。ま、馬車屋くらいはやれるでござろう」

「しかし、娘はどうする」

「その娘で、思いついたことで……それなら、いつも連れて歩けるでございましょう。いまのところ馭者《ぎよしや》台のそばに籠《かご》を結わえつけて、それに縛りつけておこう、と考えておりますが」

「なるほど。――それはしかし、大変だぞ。……そんなことが出来るかな？」

山川健次郎は首をかしげたが、しかし、「馬車を戴《いただ》けるなら」と干兵衛は、この着想を撤回しようとしなかった。

東京の町には、そのころはガタクリ馬車と呼ばれた円太郎馬車が走っていた。一頭立てで、汚ない幌《ほろ》をかけた、見ていても危なっかしいような馬車だ。

こうして干潟干兵衛は、二頭立てだが、恐ろしく年老いた馬と、塗りの剝《は》げた骨董《こつとう》的箱馬車を操って、その仲間にはいったのである。

偶然だが、もとは白馬だったらしい――いまは灰色の二頭の老馬に、「青竜」「玄武」という名をつけたのは、会津戦争のときの、中・老年組の防衛隊の名にあやかったものであった。

八

千兵衛はそれまで、芝の露月町《ろうげつ》に長屋住まいをしていた。息子の蔵太郎が慶応義塾に通う便宜も考えてのことだ。

その長屋で、彼は毎夜、お雛を抱いて寝た。

あかん坊がむずかれば、彼は錆《さ》びた声で、会津やみちのくのわらべ唄《うた》を歌った。

上京以来、まだ幼なかった息子を独りで育てた経験があればこそ出来たことだろうが、とにかく四十すぎの男が、あかん坊を馬車に乗せて面倒を見るのだから、その苦労は一通りではない。その悲話珍話は述べればきりがないから省略するが、ここでどうしても書いておかなくてはならないことは、彼らの身の上だけに起った怪異のことだ。

たしかお雛が三つの年の春であった。一夜季節はずれの大嵐が来て、長屋の屋根の一部がはがされ、雨が滝のように家の中にふりそそいだ。千兵衛は、ふんどし一つになって、屋根に上って、その穴をふさぐのにかかった。下でお雛は泣きさけんでいた。

「祖父《じじ》！　祖父《じじ》！」

と、呼んでいたのが、いつのまにか、

「父《とと》！　父《とと》！」

というさけびに変ったのは、耳にしていながらしばらく千兵衛は気がつかなかったが、そのうちお雛の声の調子が、この場合に、甘えるように変ったので、屋根の穴から座敷をのぞきこんで、彼は息をのんでしまった。

風にゆれる洋燈《ランプ》の赤ちゃけた光の輪の中に坐《すわ》って、お雛を膝《ひざ》の上に抱いているのは息子の蔵太郎ではなかったか？　血まみれの軍帽、裂けた軍服のまま、彼は子供をあやし、そして頭上を見上げて、張り裂けるような千兵衛の眼と合うと、ニヤリと笑った。

それ以来だ、蔵太郎の幽霊が現われ出したのは。

それまでに、お雛へは、よく「父《とと》」のことは話した。それは十九で死んだ息子への哀惜もさることながら、ほかに幼女を相手に話すこともないからであった。

脈絡もなく、意味がわかるとも思わず、ただ彼は孫の父《とと》を勇ましく強い若武者として話したのだが、それが幼女の頭に、ほんとうに恐ろしいとき困ったときに父《とと》を呼ぶという智《ち》慧《え》を生んだものだろうか？

それからのち、蔵太郎は、年に、二、三度は出て来るようになった。

それが、いくら千兵衛が呼んでもだめなのだ。お雛が呼ばない限りは。――しかも、こちらがお雛に呼べといっても、またお雛がふざけて呼んでも、亡霊は出現しないのだ。ただ、幼女がほんとうに父を求めて、いのちのかぎり呼んだときだけ、彼は忽然《こつぜん》として出現する。

千兵衛は、幽霊というものをはじめて見た。

あるとき彼が、蔵太郎に、

「ふうむ、幽霊というものは、やはりあるのじゃのう。……」

と、感にたえていったら、

「なければ、はじめからこの世に、幽霊という言葉はないではありませんか」

と笑われて、なるほどと思った。いかにも、そういう現象がなかったら、言葉もないはずだ。それを見た人間が少なからずあるから、幽霊物語が沢山あるのだろう。

とはいえ、千兵衛自身はそれまで信ぜず、たとえあっても、ある当事者だけに見える、朦朧《もうろう》とした幻影のようなものだろうと考えていたのだが、こんなにはっきりした幽霊にぶつかったのははじめてだ。しかも、それが自分の倅《せがれ》だとは！

「……しかし」

と、彼は首をひねらずにはいられなかった。

「そうはいうが、いまの世に、ほかではあまり聞いたことがないが、どうしてお前だけが出て来るのじゃ？」

「どうしてだか、私にもわからないのです」

と、蔵太郎はいった。

「ただ、お雛の声が聞えると、夢から醒《さ》めたように、私は歩き出し、出て来ずにはいられないのです」

「それまで、どこにどうしているのじゃな？」

「それもわかりません。ただ混沌《こんとん》とした雲の中で眠っているようなので。……」

のちに千兵衛は、思いあぐねて斯道《しどう》の権威と考えられる三遊亭円朝にそのあたりのメカニズムを聞きただしたが、円朝もただ首をふるだけであった。出て来る亡霊自身がわけがわからないといっているのだから、現世の人間が不可解なのは是非もない。

ただ、それが出現することは、むろん千兵衛にとってよろこばしいことであったが、亡霊はそれほどながくこの世界にとどまってはいない。詳しく話を聞くいとまもないくらいだ。

「ああ、そのときが来た。もうゆきます」

と、彼は、まるで深海の魚が地上にひきあげられたように大息をつきはじめ、よろめくように戸をあけて外へ出てゆく。

それを追って、戸をあけて見まわしても、外にはだれもいない。

干潟家の怪事は、ただ蔵太郎の幽霊だけにとどまらなかった。

やはりお雛が三つの年の秋であった。彼女は高熱を出した。食物《たべもの》を受けつけず、食べてもすぐに吐いた。医者を呼んでも、ますます容態は悪化するように見えた。

そのとき、どういうはずみか、昏睡《こんすい》の中から幼女はまた父を呼んだのだが、それに応じ

て現われた蔵太郎は、困惑の表情の果てに、

「——母上、お助け下さい！」

と、呼んだのだ。

すると、それから息を十するほどの時間ののち、ホトホトと戸をたたく者があった。

その戸をあけて、千兵衛は飛びずさり、尻《しり》もちをついた。

はいって来たのは、女房であった。十余年前、会津で死んだお宵《よい》であった。なんと彼女は、丸髷《まるまげ》がかっくりくずれ、黒紋付の着物はあちこち裂け——それから、怖ろしいことに、雪白ののどから血をしたたらせたままで、

「お久しゅうございます、旦那《だんな》さま」

と、坐って千兵衛にお辞儀したが、すぐにお雛のほうにすり寄って、床の中から抱きあげ、また枕もとの小さな茶碗《ちゃわん》と箸《はし》をとりあげた。

「お前の祖母《ばば》が来たよ、お雛、さあ、お食べ。……」

そして、粥《かゆ》を箸にのせて、小さな口へ運んでやると、幼女は眼をとじたまま、素直にそれを食べ出した。……

祖母《ばば》？

なるほど、お雛の祖母にあたるにはちがいない。が。——

その姿の惨澹《さんたん》ぶりは蔵太郎にまさるとも劣らないが、なんという美しさであろうか。かつて会津切っての美女といわれたその容姿は、二十七で死んだときも変らなかったが——

そのときの姿のままだ。

お宵は、腕の中の孫娘から、そばにきちんと坐っている息子の蔵太郎に眼を移した。その眼が、溶けるように涙でうるんだ。

「蔵太郎。……」

と、彼女は呼んだ。

「母上」

蔵太郎は、十歳の童子みたいに甘えた声を出した。

しかし彼は、血まみれの軍服を着た十九の青年であった。それをいとしげに見守る母は、まだ二十七の姿のままなのだ。

すでに鬢《びん》に霜をまじえた干潟干兵衛は、なおぺたりと尻餅《しりもち》をついた姿勢で、あごをがくがくとふるわせているばかりであった。……

九

女房のお宵。

それこそは干兵衛の魂を、西南の役以来、もっとも苦しめた対象であった。

いや、田原坂における蔵太郎の告白を聞いてから、彼の人生を暗黒にしたばかりではない。それは、それまでのお宵の想い出のすべてを、大地をころがりまわりたいほど苦痛にみちたものに変えてしまった。

そうか、そうであったか。だから、あの蒲柳《ほりゅう》の質《たち》とも見えた蔵太郎が、薩軍討伐に出征する気になったのか。いや、倅が少年から青年になるにつれ、その顔を名状しがたい憂いの雲でつつんでいった原因は、その記憶の再確認のためであったのか。——

その秘密を、父の自分に黙っていた蔵太郎の心を思いやると、胸が張り裂けるようであった。

それよりも、落城の前、自害したとばかり考えていたお宵が、それだけでもふびんなことをしたと思っていたのに、そのとき官軍の隊長に犯されたとは、そのときの妻の無念さはいかばかりか。貞節無比の女であっただけに、その光景は想像するだに身の毛がよだった。

その官軍の隊長は、どこのどやつだ。それから十余年を経て、そやつはまだこの世に生きているのか？

死にゆく蔵太郎は、その隊長の顔さえ忘れてしまったといった。——

いや、彼は亡霊として、いま現われた。それどころか、彼のみならず、妻のお宵もまた現われた。

それに向って、千兵衛が尋ねたことはいうまでもない。——もっとも、お宵の亡霊が出て来たはじめての夜ではなかった。そのときはひたすら仰天し、かつ尋ねるのがこわくて、訊《き》けなかったが、二度目のときに訊いた。

ところが、これに対してお宵は哀しげに首をふったのである。

「それを知りたいのは、私です。……けれど、それが何という名の男か、どこにいるか、わたしにもわからないのです。……」

「幽霊のくせに、そんなことがわからんというのか」

蔵太郎の亡霊が口を出した。

「母上にそれがわかるなら、私だってお鳥のゆくえがわかるのですが、それが、そうはゆかない。死んだときにわからなきゃ、いまでもわからんのです」

「そんなものかな」

「幽霊は、全智全能の神じゃないですよ」

生前、慶応義塾にいっていた蔵太郎は、そんなハイカラなことをいった。

「それを父上に探してもらいたいのです」

二人の幽霊に何度か逢《あ》うようになってから、千兵衛は、おや、と別のことで眼を見張ったことがある。それはこの二人に諧謔味《かいぎゃくみ》のあることだ。

「しかし、何ですな、父上」

と、蔵太郎は、千兵衛と母の亡霊を見くらべていう。

「とうてい御夫婦とは思われませんな」

初老の千兵衛に対して、まだ二十代のお宵の美しさのことをいったのだ。

「人間、生きてるうちは、むやみやたらにみな長生きしたがりますが、死んでからは、死んだときの幽霊になるのですから、世の中にいいことばかりですむことはありませんぞ。長生きも、考えものですぞ」

その眼つき、口吻《くちぶり》に、何ともいえないおどけた感じがあった。こんなユーモアは、生前の蔵太郎に、かけらもなかった。

またいつか、二人がそろって出現している最中に、金貸しが請求に現われたことがある。そのとき二人は、ちょうど衝立《ついたて》のかげにいたので金貸しは気がつかず、長屋の上り口に横坐《よこずわ》りになって悪口雑言していたが、ふいにお宵が衝立のかげから立ちあがった。

そして、細ぼそといった。

「高利貸《アイス》と私と、どっちが冷たいか、それ、この手を握ってみる気はないかえ？」

金貸しの男は、ぎょっと眼をむき出し、次の瞬間、恐ろしいさけびをあげて転がり落ち、下駄《げた》もはかずに逃げ出していったが、このときお宵は、わざとダラリと両手を前に下げて、ヒラヒラと動かして見せたのである。こういういたずらも、生前の女房にはついぞ見たことのないものであった。

彼らは、自分たちの姿が、この世の人間を恐怖させることを充分承知していたのである。なつかしい上に、役にも立つ。

干兵衛としては、むろん息子と女房の幽霊に、もっとチョクチョク出てもらいたい。それが――このごろ、少し心許《こころもと》ない傾向を帯びて来た。お雛が呼んでも――ほんとうに出て来てもらいたいのに――ついに蔵太郎が現われない場合がふえて来たのである。

彼が現われてくれないと、女房を呼ぶことが出来ない。ちょうどお雛が呼ばないと父の蔵太郎が出て来ないように、蔵太郎が呼ばないと母のお宵が現われないしくみになっているのだ。

で、何とか出て来た次の機会に苦情をいうと、聞えなかった、と蔵太郎はいった。

そういえば、最初の年には、四、五回も出て来たのに、次の年には、二、三回で、ことしになってからは、きょう、さっきがはじめてだ。

——ひょっとしたら？

と、馭者台《ぎょしゃ》の上で、干潟千兵衛は、いまはじめて思い当った。

お雛が混沌《こんとん》たる童女の世界から浮かび上って来るにつれて、その声があっちの世界へとどかなくなるのかも知れないぞ、と気がついたのである。——すると、いつの日か、それもこの分では余り遠くないうちに、妻と倅《せがれ》の亡霊とはもうお目にかかれないときが来るということになる。……

おう、あの二人がこの世に現われて来るうちに、おれは何とかして二つの探しものの願いを叶《かな》えてやらなければならない。

——お雛の母親のゆくえと、女房のかたきのいどころと。

「あ、ガス燈《とう》だ」

お雛の声に、彼は物想いから醒《さ》めた。

どこへゆくというあてのない手綱《たづな》であったが、馬車は小舟町を通って日本橋に近づいていた。

ガス燈に、時ならぬ春の雪がふりそそいでいる。もう珍しくもないガス燈に、お雛がそんなさけびをあげたのは、その夢幻的な美しさに感動するものがあったからだろう。

「お雛」

と、千兵衛は話しかけた。

「今夜は、おうちへ帰ろうか」

二人の住まいは芝露月町にあるのだが、実はこのごろ十日にいちどくらいしか帰らない。あの家には幽霊が出るようだ、という噂が、やっと去年ごろから人の口に上り出したせいもあったし、またそこで飯を炊くより、一膳飯屋《いちぜんめしや》で食事をして、客のいない馬車を風のない物蔭《ものかげ》にとめて、その中で、二人で眠るほうがかえって暖かい。夜具や簡単な世帯道具は、腰掛の下にうまく収納してある。——彼らは、そんな暮しをしていたのだ。お雛がひとに、「馬車があたいのおうちなの」というのは、決して嘘ではない。

それは四十男のどうしようもないものぐさからの簡易生活であったが、むろんお雛はそのほうをよろこんだ。

しかし、この雪では——と、さすがの千兵衛も、久しぶりの帰宅を決心したとき、

「おうい、馬車屋」

遠くから、男の呼ぶ声がした。

一本のガス燈の下に立っている五人の男の影が見えた。

壮士たち

一

馬車を近づけてゆくと――五人の男は、明らかに壮士風であった。

いずれも、頭はザンギリだが、黒紋付の羽織、白い太い紐《ひも》、短い袴《はかま》からつき出した素足に高足駄をはき、ステッキをついている。――いや、ただ一人、妙なのが混っていた。ヒヨロリとした長身だが、フロックコートに山高帽といういでたちなのである。

「おや、子供連れか。妙な馬車じゃの」

と、黒紋付の一人がいった。ガス燈を浴びたその顔は、酒でも飲んでいるようなあから顔で、まだ三十代と見えるのに、髪は獅子《しし》がしらみたいに真っ白であった。

もっとも、五人とも酒の香はたしかにしている。

「ま、何でもいい、日比谷《ひびや》へやってくれ。みんな、乗れるだろう」

二頭立ての箱馬車には、七、八人は乗れた。

しかし干潟干兵衛は、饅頭笠《まんじゆうがさ》の下から、その白髪の壮士とならんだ別の一人を見て、

「やあ、これは服部伍長《ごちよう》。――」

と、呼びかけた。

二十半ばと見えるその壮士は、ふいに顔に手をあてたが、干兵衛の眼には、ただふる雪を払ったもののように見えた。彼は、ただ懐かしかったのである。

「伍長？」

白髪の壮士がいった。そう呼ばれた同志をふりかえって、

「伍長とは何だ、服部」

「おれは知らん」

と、相手は首をふった。壮士というには、どこかまだ童顔を残した若者で、芝居をする芸もないように見えた。

「おい、馭者」

白髪の男がいった。

「お前、この服部赫之助《かくのすけ》を知っとるのか」

「は、西南戦争で。――服部伍長、干潟だよ、わしを忘れたかね？」

干兵衛は、まだその若者の困惑に気がつかなかった。

「わしは忘れたかも知れんが、倅のほうなら憶《おぼ》えとるだろう。警視隊で、それ、あんたと仲のよかった干潟蔵太郎、わしはあれの親父だよ。――」

「ほう、服部、お前、警視庁におったのか」

べつの蓬々《ぼうぼう》たる顎髯《あごひげ》の壮士がいった。

服部という男は、ちらっと恨めしげに千兵衛を見あげて、横をむきながらいった。

「うむ、あの西南の役《えき》のとき、あのときだけ召募巡査としてな」

「しかし、そんな履歴ははじめて聞いたぞ」

「戦争が終るとすぐにやめたから、いう必要はないと思ったからじゃ」

しかし、周囲の四人はふいに疑惑にみちた眼を四方からそそいだ。……その頭や肩に、雪は白くふりつもっている。

やっと、もう一人の、美貌《びぼう》だがみるからに男らしい壮士が声をかけた。

「とにかく、馬車に乗ろう。……おい、馭者、鹿鳴館《ろくめいかん》までやってくれ」

「鹿鳴館？」

聞き返したのは、知らないわけではない。二年ばかり前から日比谷の元薩摩屋敷跡に、政府が夷人《いじん》相手の大宴会場としてそんな名の建物を作りかかっていることは承知しているが、まだそれは建築中であったからだ。

「いや、その近くだ。とにかく鹿鳴館のそばまでいってくれればわかる」

五人の壮士は、馬車に乗り込んだ。

雪はもう一寸以上つもっている。下駄《げた》、草履《ぞうり》の多い時代で、これだけの雪でも人影はまばらだが、逆にそれだけ銀座通りには俥《くるま》の往来が多かった。ふる雪につらなるガス燈に、それは無数の蝙蝠《こうもり》が飛んでいるように見えた。

馬を歩み出させながら、千兵衛はちょっと後悔していた。

　どうやら、いまの客の中の一人を、知った顔として呼んだのが悪かったらしい、と、やっと気がついたのである。

　いまの若者は、たしかに九州のいくさで伍長をやっていた。伍長といっても軍隊の階級ではなく、警視隊内の役名だが、年が蔵太郎と前後していたので、若い者同士でよく話をしていたようだ。

　たしか、鳥取の男だとか聞いた。警視庁があの役《えき》で大量に召募した巡査には、むろん報復意識に燃えた東北人が多かったが、ほかにも維新の波に乗りそこねた諸藩の者の一旗組も少なくなかったのである。

　それがいま、どうやら世間でいう壮士なるものの一人となっているらしい。

　壮士とは、ここ二、三年、東京はもとより地方でも急にふえ出した男たちだ。落魄《らくはく》した元武士、とくに若いその子弟が多く、しきりに自由民権を呼号する。

　干兵衛には、その理窟《りくつ》はよくわからないが、彼らが好きであった。おそらく慶応義塾へいっていた蔵太郎が生きていたら、その仲間にはいったかも知れないという気がする。彼自身としては、自由民権より、同じ敗残者としての共鳴感があった。

　敗残者。――

　干兵衛は、彼らを新時代の鼓吹者と見てはいなかった。言葉は知らなかったが、固められつつある体制に乗りそこねた、あるいは排除された連中の、政府への苦しまぎれの反抗と見ていた。

蔵太郎のみならず、自分も二十代なら、そうなったろうと考える。彼らの気持が痛いほどよくわかるのだ。

しかしまた、干兵衛は、壮士たちの前途に待つ悲劇を予感した。

……しょせん、それは無駄だ。

その諦念《ていねん》が、牢固《ろうこ》として胸の中にある。

理窟ではない。一点の罪をも犯すどころか、世のためお国のためと信じて義務を果した会津に訪れた運命はいかなるものであったか。落城と流刑。——自分個人についていえば、女房の凌辱《りようじよく》と死。その怨念《おんねん》をはらすため、いっときまた戦いに馳《は》せ参じたものの、酬《むく》いられたのは一人息子の戦死だけだ。

もとはそんな性質ではなかったが、干潟干兵衛たるもの、いささか虚無的にならざるを得ない。罪なくしてとりかえしのつかぬ大不幸に陥り、いまや五十に近づいている男の胸には、春でもこがらしが悲叫をあげている。

それだけに、壮士なるものには、いっそう哀憐《あいれん》の感を禁じ得ないのだ。

その壮士の一人に、西南戦争で知った若者が加わっている。どうやらそのことを明らかにしたのがいけなかったらしい。

……しかし、なぜ悪かったのだろう？

巡査だった、という履歴がたたったのか、と思い当った。しかし、巡査をしていた人間だって、自由民権にかぶれて壮士になる男はあるだろう。

壮士たちの呼号する自由民権に、政府が面白くない眼をそそいでいることは千兵衛も承知している。

しかし、いまのところ別に公然とは取締るようすはない。げんに、きょうのひるま、神田明神の車会党の集会でも、壮士たちの煽動《せんどう》によるものだと知りながら、ともかくも官憲はそれを黙って見ていたくらいだ。

「おうい、馬車屋」

窓をあけて、白髪の男がどなった。

「ゆくさき変更じゃ」

すぐ眼の前の雪の夜空に、完成近い鹿鳴館の、怪奇ともいえる黒い巨大な影がそびえて見える場所であった。

「どこへ？」

「そうだな。築地《つきじ》の海辺のほうへでもいってもらおうか」

妙な命令であった。その不審より、壮士連に同情的な千兵衛をも、さすがに当惑させたものがある。雪だ。

「お客さま。……実は、もう商売じまいにしたいのでございますがな。御覧のような女の子もおりますので」

「馬車なら、ほんの一走りじゃないか。ゆけ」

白髪の壮士は吼《ほ》えて、首がひっこんだ。

馬首をめぐらした馬車のゆくてに、やがて暗い彼方《かなた》から海の音が聞え、いちめんのうす白い原っぱがひろがって来た。

二

馬車は、原の手前で停められた。

漁師か、埋立工事の人足の物置か、二、三軒のそんな無人の小屋がならんでいる前であった。雪はやんでいた。

「おい、ここでいい、帰ってくれ」

馬車から下りた五人の壮士のうち、白髪の男が銭を払うと、あごをしゃくった。

干潟干兵衛は、怪しむように見まもった。たしかこの一帯は南小田原町というはずだが、明治初年から徐々に埋立てられつつあるけれど、まだ人家とてない場所だ。夜、こんなところへ来て、いったい何をしようというのだろう？

顎鬚の男がどなった。

「何をしとる。ゆかんか！」

そして、五人は、干兵衛が馬車を大きく廻《まわ》して、町のほうへ歩み出すまで、そこに立って、じっと見送っていた。

馬車が小屋の蔭《かげ》に消えると、彼らは歩き出そうとした。海のひびきの聞える方角へだ。

――いや、五人が、ではない。動かない一人があった。

「おい、何をしようというんだ」

と、その男が不安そうにいった。さっき千兵衛に服部伍長《ごちょう》と呼ばれた若者であった。

「貴公の弁明を聞こうというんだ」

白髪の壮士がいった。

「こんなところでか？」

「あまり人の多いところでは困る。これは貴公も同様じゃろう」

――先刻、日本橋から京橋までの馬車の中で、服部は、以前巡査をしていたことを改めて認めた。すると、フロックコートの男が白髪の同志に、馬車を築地あたりの海岸にやらせろと命じ、それっきりみんな黙りこんでしまったのだ。

「とにかく、歩け、服部」

四人は、服部を囲むようにして歩き出した。

雪はやんだが、地上は一寸余りの雪の原となって薄白かった。海にも、蒼白《そうはく》の光がある。

遠く左のほうに、ポチポチと灯が見えるのは、佃島《つくだじま》か石川島のものだろう。――この当時、月島《つきしま》はまだ存在せず、ここから見ると前面はただ大海原で、その潮の音が高かった。

彼らは、その海のほうへ歩いていった。数歩歩くたびに、ステッキで足駄の雪を落す。

コーン、コーン、という音が広い夜気にひびく。

「ここらでよかろう」

原っぱのまんなかあたりまで来ると、フロックコートの男が立ちどまり、地についたステッキの頭に両掌《りょうて》を重ねていった。

「改めて聞くが、服部、なぜ巡査の一件を黙っておった？」

「さっきいったように、それは五年も六年も前のことで、今のおれとは何の関係もないことだと思ったからだ」

「嘘だ」

地を這《は》うような、低い、かすれ声を出す男であったが、ふしぎに重いひびきがあった。

「巡査をやっていた自由党員はほかにも沢山ある。げんに、この赤井も然《しか》りだ」

と、横に立っている一人をあごでさした。

「赤井もまた巡査隊として西南の役に参加した。しかし、それはだれでも知っとる。ほかの同様の経歴を持つ同志も、そんな経歴を隠すやつはおらん。それなのに、演説好きの、多弁な貴公が、なぜ隠した？」

「服部君」

と、いま赤井と呼ばれた壮士がいった。彫りのふかい、しかしみるからに情熱的な眼を持った美青年であった。

「同志の中で、一番君と親しかったのはおれだと思う。そのおれに、君がそんな話をしたことのないのは、おれも不思議だ。しかし、おれは君を信じている。いや、信じたいのだ。……われわれの間に、妙な隠し事があってはならん。服部、わけがあったら、ここで正直に告白してくれ。事情が納得出来れば、みんな笑って許すだろうよ」

うなだれていた服部は、顔をあげた。その童顔に、感動の色があった。

「おれは、苦しかった」

と、彼はいった。

「赤井さん。――おれは君に、告白しよう、告白しようと、ずっと煩悶《はんもん》して来たんだ」

「なに？　すると――」

「おれは警視庁の密偵《いぬ》だ。――現在ただいまも」

みんな沈黙した。海からの風にはためいていた袖《そで》や袴《はかま》まで静止したように見えた。

「しかし、君たちとつき合っているうち、君たちの精神に心から共鳴するようになった。自由、民権を弾圧しようとする藩閥政府は真に許せん！　いや、そういって演説してまわったおれは、決してお芝居じゃない、あれは本気だったんだ。……」

服部はがばと雪の上に坐《すわ》り、両手をついた。

「おれはいま、警視庁と手を切り、ほんとうの自由党員として生れ変ることを誓うが、それにしてもいままで白状しなかったことをわびる。打つなり蹴《け》るなり、気のすむまで制裁してくれ。……」

「死んでもらおう」

と、フロックコートの男がいった。

「なんだと？」

愕然《がくぜん》としたのは、そう宣告された当人より、赤井であった。

「死んでもらうだと？　そりゃ少しひど過ぎる。告白してわびているんだから、そこまで要求するのは酷だろう。……」

「お前にはそういう甘さがあるから、まんまと密偵《いぬ》と親友などになったんじゃ。いや、赤井ばかりを責められん。これからわれわれの志をとげるのに、われわれ自身、鉄のきびしさを持たねばならんという自戒のためもある。……とにかく、密偵は、現在ただいまも密偵であることを白状した。充分、処刑に値する」

フロックコートの男は、顎鬚《あごひげ》の同志にあごをしゃくった。

「風間。――お前のステッキも仕《し》込杖《こみづえ》になっておったな。それを服部に貸してやれ」

「やっ？　腹を切らせるのか」

「その気があるならな。――それがいやなら、おれが処刑する」

依然として、低いしゃがれ声で、フロックコートの男はいった。雪明りに照らされた山高帽の下の顔は、細い口髭《くちひげ》を生やし、銅面のような感じであった。

坐っていた服部の前に、ステッキが投げ出された。

「腹を切るのが不承知なら、服部、おれにかかって来い。処罰はおれの方針だが、ほかの人間はどうか知らん。おれを斃《たお》せば、生きられるかも知れんぞ」

服部は、じいっとステッキをにらんでいたが、やがて左腕をのばして、それをひっつかんだ。童顔が、別人のように凄愴《せいそう》なものに変って、

「死ぬのはかまわんが、こんなことで腹を切るのは不本意だ。神に誓って、おれは自由党員として再誕したい。そういっても、柿ノ木さん、聞いてくれないか？」

「然り」

「では、やむを得ん、おれは、手向いするぞ！」

絶叫すると、服部は躍りあがり、抜刀した。ステッキから刀身がきらめき出した。足駄は、坐ったときから飛んでいたから、雪の上に両足は裸足《はだし》であった。

あっけにとられたようにこのなりゆきを眺めていた赤井が、

「待ってくれ」

と、さけんで進み出ようとしたが、そのときおそく、

「えやぁっ」

雪を蹴って、服部は相手に突進した。

フロックコートのステッキからも、白刃がほとばしった。突っ込んで来た敵の剣尖《けんさき》をはねのけた。はねのけた白刃は稲妻のように宙にあがって、つんのめって来る頭部を斬り下ろした。——高速度撮影でもしたら、以上の経過が見てとれたであろう。

雪明りがあるとはいえ、夜のことであったし、常人の眼には、銀灰色の世界に怪鳥《けちょう》が羽ばたいたように見えた。耳には、これは何とも形容のしようのない音が残ったが、これは鋼鉄が頭蓋骨《ずがいこつ》をたたき割ったひびきであった。

それっきり、一息、静寂が落ちて。——

「……アア」

うめき声をあげたのは、赤井であった。

「親友」の無惨な死よりも、いまの手練に呆《あき》れはてた面持で、

「これほどとは思わなんだな、柿ノ木義康《よしやす》。――」

相手の名を呼んだのは、感嘆のあまりだろう。が、すぐに、墨汁をぶちまけたような雪の上に這って動かぬ服部を見下ろして、

「しかし、むごいことを――。こいつの回心はほんものであったとおれは思うが――もう少し話を聞いてやってもよかったのではないか？」

悵然《ちょうぜん》と、つぶやいた。

「ほかにも密偵《いぬ》がはいっておる可能性がある。そやつらに、これはよい訓戒になるじゃろ、責任は、おれがとる」

柿ノ木義康は、ヒョロリと高いからだを折って、刀身の血を雪でぬぐいながら、

「とはいえ、屍骸《しがい》をここに放置しておくわけにもゆかんな。――秦《はた》、さっき馬車を停めた小屋の前に、鍬《くわ》やシャヴェルが置いてあったようじゃ。そいつをとって来てくれ」

そんなものまで眼にとめていたとは、あのときからもうこういう始末を念頭に置いていたと見える。

「……いや、恐れいった、中江兆民先生の秘蔵弟子！」

秦と呼ばれた白髪の壮士は、これまた感にたえたように、大きくうなずいて、

「一刀両断す　君主の首

天日　光は寒し巴里城《パリー》」

きちがいじみた声で吟じながら、足駄をぬいで片手にぶら下げ、裸足でもと来た道を駈《か》けていった。

その姿が小屋の前あたりに着いたと見えたころ、そこから突然、ただならぬ声が聞えて来た。

「やっ……まだおったのか、この馬車屋。――」

三人の壮士は顔見合せ、それから雪を蹴散らして駈け出した。ものに動ぜぬフロックコートの柿ノ木義康でさえも狼狽《ろうばい》した足どりに見えた。

三

いかにも、例の馬車はまだそこに停っていた。

のみならず、馭者《ぎょしゃ》は馭者台から下りてそばに立ち、饅頭笠《まんじゅうがさ》に手をかけて、原っぱから走って来る壮士たちをじっと見迎えていたのである。

「こやつ……ゆけといったのに、なぜゆかなかったんじゃ？」

秦は、白髪をふりたてたてどなった。

雪のために車輪のひびきがなく、それで遠ざかってゆく音を確認しなかった自分たちの迂闊《うかつ》さが悔いられたが、それにしてもあの馬車が、まだこんなところにいようとは！

「子供が、おしっこと申しましてな」

と、馭者はまじめな顔で答えた。

それは、ほんとうのことであった。――しかし、子供のおしっこが、そんなにながいわけはない。彼自身、雪の原へ歩いていった壮士たちが気がかりになって眺めていたもので、ふいにその一人が駈けて来るのを見ても、こんどは馬車を動かそうにもそのいとまがなく、やむを得ずこれを迎えることになったのだ。

「き、きさま、見たか。――」

「聞いておったか！」

あとの男たちも走って来て、ぐるっととり囲んだ。

千兵衛は、雪明りに遠望しただけだ。また、声高な問答を、とぎれとぎれに聞いただけだ。

が、事情は、だいたいのみこめた。……実に怖ろしい連中だと思った。いちどは西南の役で知った若者が殺され、しかもそれがどうやら、彼を巡査だといった自分の言葉がもとらしいと知って、心騒ぐものがあった。

とはいえ、いま、はからずも目撃した惨劇を、恐れながらと訴えて出る気はない。それは壮士たちに同情を覚えているというより、この敗残者を自覚した男をとらえている一種の虚無感からであった。

しかし、そういう心情は、述べても無駄だろう。――

「多少」

と、干兵衛は答えた。

山高帽の男は、じいっとこちらをすかして見ていた。

「そうだ、うぬも西南戦争に出征しておったとかいっておったが……元は侍じゃな」

と、例の低いしゃがれ声でいったのにかぶせて、白髪の男が、

「生かしてはおけぬ！」

と、吼《ほ》えた。

その手にも、あとの連中の手にも、すでに三本の仕込杖の刀身がひかっていた。――干兵衛がぶら下げているのは、一本の鞭《むち》だけだ。

ふだん馬車を操るための西洋式の革鞭《かわむち》ではない。もう一本、習性として持っている日本古来の竹鞭である。

干兵衛は、ふりむいて、ふいにさけんだ。

「お雛。――父《とと》を呼んでくれ」

一息か、二息おいて、海鳴りの夜空を銀鈴のような声が流れた。

「父《とと》……父《とと》！」

四人の壮士は、キョトンとした。

「なんじゃ？」

と、顎髯《あごひげ》の男が、まわりをキョロキョロ見まわし、べつに何の異変もないので、気をとり直して、

「馬車屋、騒いでも無用じゃ。おとなしく念仏を唱えろ」

と、白刃を徐々にふりあげていった。

干兵衛は、息子の亡霊が出て来ないことを知った。このごろ、必ずしもあてにならないと不安に思っていたが、果せるかな、こんどはお雛の声は蔵太郎の耳にとどかなかったらしい。それとも一日に二度の出動は、幽霊もくたびれたのかも知れない。——

「くたばれ!」

猛然と躍りかかって来た壮士から身をかわし、干兵衛の鞭がその背をたたきつけた。髯の壮士はつんのめった。

「野郎」

白髪の男が愕然《がくぜん》とした風で白刃をとり直すのを、

「秦、お前ではだめだ。——のけ」

と、フロックコートの男が、山高帽をゆらりとふって前へ出て来た。

「この馬車屋、思いのほかに出来るやつじゃ。面白い。——おれがやって見よう」

その刀身がしずかにあがって、青眼の位置で停った。

反射的に鞭を構えたが——干潟干兵衛の背に、水のようなものが這《は》い上った。

彼はこの相手が、会津でも見たことのないほどの使い手であることを直感した。よくこ

れだけの腕が、明治十五年のきょうまで残っていたものだ。腕というより、その人間全体から出て来る、剣気としかいいようのない冷たい炎を彼は知覚した。

しかも、自分の手にあるのは一本の鞭だけだ。——

四

「お許し下され」

と、干潟干兵衛はいった。

「私の見たこと、聞いたことを、よそでしゃべろうとは思わぬ。……拙者、これでも、あなた方の共鳴者のつもりで。……」

それは、彼にとって、真実の声であった。

「柿ノ木」

ふいに赤井が呼びかけた。

「ちょっと待て」

「なんじゃ？」

「馭者風情、やはり殺す必要はあるまい。見逃してやれ」

「また、お前の癖が出た。何をしゃべるかわからん馭者風情だから、始末しておかんけりゃならんのだ」

「そうか。それなら、せめて対等の武器でやったらどうだ」

「なに？」

「相手にも刀を与えてやれ。そこに風間の刀が落ちておる。それを拾わせてやるがいい」

これに対して、白髪の秦という男のほうがさけび出した。

「何をいうか、赤井。そりゃ、同志じゃない、服部の場合とはちがう。見てはならんものを見た町の馬車屋を消すだけの話じゃないか。対等の勝負をしろなど、おかしなことをいうな」

「馬車屋」

柿ノ木義康はあごをふった。

「刀を拾え」

「いや、私は……」

千兵衛は、たたかう意志のないことを動作で示した。が。——

「どっちにしても斬るのじゃ！」

山高帽の男が冷やかにこういうのを聞くと、やんぬるかな、といいたげに、相手を見まもりながら、数歩歩いて腰をかがめ、鞭を捨て、落ちていた刀身を拾いあげた。

「やりたくない。私は、やりたくない。……しかし、こんなことで殺されては困るから、手向います」

千兵衛は、うめくようにいった。

さっきの服部某も、同じせりふをいった。そして彼は、簡単に殺されたのである。

しかし、こんどはそうはゆかなかった。刀をとり、ふたたび相対した中年の馭者に対し、この男がさっき同志風間を地に這わせたのを見たときに浮かべた意外感の光が、それ以上に柿ノ木義康の眼にひろがって来た。

……と、彼は妙な動きかたをした。

ジリジリと身体を半身にし、刀を右手一本だけで握って前にのばし、左手をうしろにあげていったのである。

いまでいうフェンシングの構えで、仕込杖《しこみづえ》は直刀だから、その刀法をとったのだろうが、いったい彼はどこからそんな西洋剣術を学んだのであろうか。

山高帽にフロックコートの男が、そんな姿勢で剣をのばしているのは、雪明りに怪鳥《けちょう》の姿としか見えなかった。

「許して下され。……お願いでござる」

これは、ふつうの青眼に構えたまま、馭者はまたいった。

驚きの眼は、見ていた同志の赤井や秦も同じであった。

しかし、その奇怪な姿勢に移ったが、柿ノ木義康は、それっきりまた動かなくなった。そういう構えをとるまでに、ただならぬ努力を要したらしく、その銅面みたいな顔に、あきらかにあぶら汗がにじみ出していた。

異様な「静」は、突如破られた。

うしろの馬車で、ふいに女の子の泣き声が起ったのだ。

干潟千兵衛は、さっき自分が這わせた壮士が、いつのまにか起きあがって、馬車のほうへ忍び寄っていたことを知らなかった。その男が、馭者台《ぎょしゃ》に坐《すわ》っていた少女を、いきなり抱き下ろしにかかったのを知らなかった。

悲鳴を聞いて、千兵衛はふり返った。

「柿ノ木さん、何をモタモタしとる。早く片づけんか」

壮士風間は、お雛を横抱きにして吼えた。

「馭者！　刀を捨てい、抵抗すると、この餓鬼、絞め殺すぞ！」

前面の山高帽には眼もくれず、干潟千兵衛はそのほうへ馳《は》せ寄った。

そんな威嚇《いかく》行動に出たのに、風間某が、あっとさけんでその少女を、相手に向って放り出すようにしたのは、相手の名状しがたい凄《すさ》まじい勢いのせいであった。

干潟千兵衛は刀を投げ捨て、お雛を受けとめ、どうと両膝《りょうひざ》をついていた。

そして、まったく無防備になった姿のまま、壮士たちをふりむいてさけんだ。

「この子に万一のことがあって見ろ。わしは化けて出るぞ！」

――もしも、この馭者に、ときどきほんとうに幽霊が出ることを知っていたら、この言葉に、相手はたえがたいユーモアを感じたかも知れない。しかし千兵衛は、このとき、例の幽霊のことなど毛ほども思い浮かべず、臓腑《ぞうふ》をたたきつけるような思いでさけんだのだ。

彼がさっき、殺されては困る、といったのは、自分のためより、この子のためであった。

しかし、相手は、それなりに恐怖に打たれた。子供を投げたあと、顎髯の壮士が尻餅《しりもち》をついたきりしばらく動けなかったのは、その恐怖のせいであった。

「よしよし、よしよし、祖父《じじ》がおる。もう大丈夫じゃ」

火のつくように泣いているお雛を抱きしめて、千兵衛はいった。

依然として、まったく無防備のままである。しかし、ほかの壮士たちも動かなかった。動かなかったのは、みな必ずしも馭者のこの姿に感動したせいではない。ほかに理由があった。

少女の悲鳴を聞いて、馭者が身をひるがえしたとき、あけっぱなしになったその背に、反射的にフロックコートの男の剣は、流星のようにのびようとした。

間一髪、その前に立った者がある。赤井であった。

「いかん」

彼はいった。

柿ノ木義康の眼は、殺気に夜光虫みたいにひかった。

「また、邪魔するか、赤井。――」

「これ以上、同志討ちはしたくない」

と、赤井は首をふった。言葉はこの通りだが、同時にそれは、事と次第では自分が相手になるという意味をふくんでいるように聞えた。

柿ノ木はかすれた声でいった。

「おい、おれを相手にしてやる気か」

赤井はそれにはとり合わず、ふりむいた。

「あれを見ろ。……やはり、あれを殺すことはよくない。服部のことはしかたがなかったとして、罪もなければ縁もない町の馬車屋を殺すということには、おれは抵抗を感じる。その上、子供までいるじゃないか。許してやれ。……」

柿ノ木義康は、雪の上に坐って、女の子に頰ずりしている馭者を見た。刀身が徐々に下がった。さすがに殺意が萎《な》えて来たらしい。

「赤井、おぬしが責任を持つな？」

と、彼はいった。

赤井はうなずいて、馭者のところへ歩いていった。

「馬車屋、命は助けてやる。……今夜のこと、黙っていてくれるな？」

「そんな……そんなことは、むろんでございます。だれにもいわぬ、とは、さっきから申しあげているではございませぬか？」

千兵衛は地上から哀れな顔をあげていった。

「それを信じるとしよう。しかし、念のため、やってもらいたいことがある」

「ど、どんなことを」

「さっき殺した男の屍骸《しがい》を埋めなければならんが、それを手伝ってもらいたい。……それをやってくれれば、お前も同罪となる」

「それは……お易い御用でございます」

千兵衛は立ちあがった。

その間に、赤井は、小屋の前から、鍬《くわ》とシャヴェルを拾って来た。

千兵衛は、お雛を馭者台に運びかけて、しばしためらい、馬車の中にはいっていった。そこへ娘を置くのかと思ったら、そうではなくて、帯のようなものを持ち出して来て、子供を背負うのにかかった。

一人、あとに残すのは、不安にたえなかったらしい。——そうと見ても、だれも笑う者はない。

「おい、おぬしたちも手伝え」

赤井にいわれて、秦と風間も、しぶしぶついて来た。同志を——実は警視庁の密偵《いぬ》を殺した当人の柿ノ木義康だけは、そこに銅像のように佇立《ちょりつ》したままであった。

数十分ののち、服部某の屍骸は、雪の原っぱの地下一メートルばかりに埋められた。あと、ならされた土の上に、明日《あした》をも待たず消えるのではないかと思われる雪が、念のためにシャヴェルですくわれて敷かれた。

やがて、彼らが帰って来ると、柿ノ木義康がいった。

「馭者、もういちど鹿鳴館のそばへやってくれ」

ようやくこのフロックコートの剣鬼も、第二の殺人は放擲《ほうてき》したと見える。

五

馬車の天井には、小さな洋燈《ランプ》がともされて、ゆれていた。

「だいぶ、おくれたな」

と、柿ノ木義康が懐中時計をとり出してつぶやいた。

「九時になった。ところで、向うへいって、改めて同志に相談しようと思うのだが、おれは方針を変えたぞ」

「とは？」

秦が聞く。

「三島暗殺は延期じゃ」

「えっ。——なぜ？」

「おそらく、成功せん」

「ど、どうして？」

「同志の中に、あんな警視庁の密偵《いぬ》がはいっておったとわかってはじゃ」

「いや、まったくあれには驚いた。服部が密偵だったとは。——しかし、あれはいま処分したじゃないか」

「まったく偶然の発見でな。が、この分では、ほかにも警視庁の密偵は、まだおりかねぬ。

——いや、おれの考えでは、まだ相当数まじりこんでおる」

壮士たちは沈黙した。宙にあげた眼は、だれそれの顔、顔、顔を描いているようだ。

「三島暗殺どころではない。へたに動けば、一網打尽が落ちじゃろ。今夜の会合ですら危険な気がして来た」

と、柿ノ木義康はいった。

彼らは、みな自由党の中の過激派であった。

自由、民権をさけんで前年十月結成された自由党——その中での急進派で、いまの政府にただ言論をもって要求しても、しょせん見込みなし、現在の薩長閥《さっちょう》の領袖《りょうしゅう》たちを抹殺しなければその目的はとげられまい、と見る一団であった。党首板垣退助などは、その点まだ楽天的であったが、しかしこの一派の判断は、結局的中していたのである。

まず現代における赤軍派みたいなものだ。

そのグループの中心人物が、柿ノ木義康なのであった。年のころは三十半ば、土佐人だが、早くから国を出て、土佐訛《なま》りはない。それどころか、フランスに留学していたこともあるという。——以上、土佐出身、フランス帰りという点で大先輩たる中江兆民の秘蔵弟子であったのも当然だ。もっとも、いまは弟子ではない。正確にいうと、兆民先生から破門された。相当に激しい兆民先生も面《おもて》をそむけるような過激派のせいだという。

しかし、ふだんはあくまで水のように冷静で、鉄のように沈着だし、一派の首領株たる資格は充分にあった。とくに碩学《せきがく》兆民にはとうていついてゆけない、血気だけの壮士たちの指導者としては打ってつけであった。彼は、「平等」の見地から、みなから「先生」と呼ばれるのをきらい、敬語も敬遠し、あくまで同志を同志として扱う。おまけに、彼には、兆民にない一種の剣気がまつわりついていた。

もっとも――仲間の壮士たちも、今夜はじめて見たが、このフランス帰りの自由の理論家が、あれほどの武術の体得者だとは、想像以上ではあった。

彼らは、地方の自由民権論者の弾圧を治績の一つと心得ているらしい県令たちの中でも、代表的な専制者と噂の高い三島通庸《みちつね》が、こんど山形県令から福島県令に転じたのを機とし、数日帰京したのを、これまた絶好の機として、これに天誅《てんちゅう》を下そうと動いて来たのだ。今夜のことは、そのために鹿鳴館近くの隠れ家に集《が》まっているはずの同志たちのもとへ、赴く途中の出来事なのであった。

それを――いま、柿ノ木義康は、突然、不可、といい出した。

「総点検。しかし、服部の例を見てもわかるように――どうして、同志の中から密偵を探し出す？」

と、聞いたのは、顎鬚《あごひげ》の風間安太郎だ。

「疑い出すと、キリがない。そういわれれば、思い浮かべただけでも、妙なやつは掃いて捨てるほどおるが」

「それについて、いまいろいろ思案したのじゃが。――ただ一つ法がある」

「それは？」

「同志の中で、どこかくさいやつらに、ある行為をさせるのじゃ」

しばし、箱の中には、車輪のひびきだけが満ちた。馬車は大通りに帰って来ていた。

「わかったぞ！」

と、秦剛三郎がさけんだ。若いくせに白髪だが、これはよくいえば豪快な——悪くいえば粗暴な熱血漢であった。それが、

「聞えはすまいな？」

と、ふと不安な眼を前方に向けたのは、何を考えてのことか。

箱の外に聞えるはずはない。馬車は日比谷へ向って進んでいる。

「ちょっと待て、柿ノ木さん。さっき赤井が馬車屋にやらせたことから、おれも思いついたことがある」

と、秦はいった。

「あんたの考えた法というやつを、ひとつ紙に書いてくれ。おれも、おれの思いついたことを書く。そして、あとで見せ合うとしよう」

秦は腰から、矢立《やたて》、懐《ふところ》から懐紙をとり出した。紙の束を二つにわけて、一つを柿ノ木におしつける。

そして、左掌で隠しながら、自分の束の表面に何やら書いて、筆を相手にわたした。柿ノ木義康もスラスラと書いた。

「それ。……」

二人は、同時に紙束をさし出した。

双方の紙には、同じ文字が書いてあった。

「強盗」

の、二文字が。――

「なんだ、それは？」

風間が頓狂《とんきょう》な声をあげた。

「柿ノ木さんの考えも、同じじゃったか。――うん、怪しいやつを、強盗の仲間にいれるのじゃ」

と、秦は答えた。

「だれが強盗をやるのじゃ？」

「われわれが。――軍資金入手の名目で。いや、名目じゃない。実際に軍資金が要《い》る」

「警視庁の密偵が――すなわち巡査たるものが、果して強盗をやるか。これは何より辛辣《しんらつ》な試験となるぞ。この話を持ちかけたときの、それぞれの顔色を見るのも一興である」

と、兆民先生の秘蔵弟子であった男は、山高帽の下で、ニンマリと笑った。

六

馬車は三十間堀《さんじっけんぼり》を渡り、窓の外にガス燈《とう》が流れはじめた。築地の原っぱでは薄くつもっていた雪も、ここらあたりは踏み消されて、車輪の、キイクル、キイクル、という耳ざわりな音が聞え出した。

「おい、赤井」

と、秦剛三郎が呼びかけた。

「お前、黙っとるが、この法に不賛成か」

「賛成せん」

と、腕ぐみをしたまま、赤井は答えた。

「では、ほかに密偵《いぬ》を見つけ出す妙案があるか」

「それより、われわれの名が汚《けが》れる。……われわれが政府大官の暗殺を計るのも、自由と民権という理想を達成するためだ。つかまって、絞首台に上っても、国事犯としての誇りは残る。しかし、強盗をやって見ろ、政府のほうじゃ必ずそっちにひっかけて、破廉恥罪《はれんちざい》の罪人として処刑するだろう」

「貴公、名を惜しむのか？」

と、柿ノ木義康がいった。

「ふつうの戦いの場合なら、それも道理じゃ。しかし、われわれの戦う敵は政府だぞ。立場は、対等ではない。あらゆる国家権力を行使する相手に、手段を考えておっちゃ、とうてい目的はとげられん。目的さえとげれば、斃《たお》れたあとの汚名など、何かあらんや、じゃ」

ゆれる洋燈《ランプ》に、その眼が赤くひかった。

「それは、この密偵《いぬ》探しのことには限らん。何にせよ、われわれに惜しむものがあっては、それが致命的な弱点となる。いや、そんなものを惜しむ分子があっては、われら同志の致命的な障害となる。――」

先刻、同志であった一人を殺した男の言葉としては、恐ろしいものであったが、相手が動ずる色もなく黙っているのを見て、またいい出した。

「さっき、貴公は馬車屋を屍体隠匿《したいいんとく》の同罪にひっぱりこんで、口をふさごうとした。強盗をやらせて密偵を見つけ出すというのは、秦もいったように、その貴公の智慧《ちえ》から思いついたことじゃないか？」

「あれとは、少し事情がちがうだろう。あれはあと始末だし、これは、これからの話だ」

と、赤井はいった。

「おれは、しばらく君たちから、はずれようと思う」

三人は、その顔を凝視した。赤井は首をふった。

「いまの件に拘泥《こうでい》してじゃない。大官暗殺の計画を延期するなら、ということだ」

「えっ……すると、おぬし、一人だけでもやるというのか？」

秦がこういったのは、この赤井という同志が、ふだんの言動は落着いているが、その実思い切った激情家であることを知っていたからであった。

「ちがう。同志の中の密偵《いぬ》云々《うんぬん》のことはともかく、おれも東京へ来ていろいろようすを見た結果、たしかに伊藤《いとう》、井上、松方を三人同時に暗殺するのは簡単なことじゃない、ということがわかった。三島通庸も、あれ一人なら何とかなると思うが、あれを東京で斃《たお》せば、恐ろしい警戒と追及がはじまり、かえって肝心の三元凶を護《まも》ることになるだろう」

赤井はいった。

「それよりね、おれはひとまず越後《えちご》へ帰って、それから福島へいって見ようと思う」

「福島へ？」

「まもなく、三島は福島県へ帰任するだろう。そこできゃつが何をやるか、見てやろう。事と次第では、河野広中《こうのひろなか》先生とも相談の上、そっちで三島に天誅《てんちゅう》を下す。あるいは、やっぱり東京へやって来ることになるかも知れん。それは福島の状態次第だ」

赤井は白い歯を見せた。

「おれが当分、同志の盟約からはずれるといっても、まさか警視庁の密偵《いぬ》だとは思わんだろうな」

馬車が停った。

「着いたらしい」

もう問答するいとまはない。というより、判断力を失った顔で、三人は黙々と馬車から下りた。それにつづいて、赤井も下りて来た。

建築中の鹿鳴館の前であった。壮士たちの密会場所は、ここから馬車もはいらぬ路地の奥にある。

「馬車屋、また頼みがある」

赤井は、馭者台《ぎょしゃ》のそばへいって話し出した。

「あの三人はここで下りる。おれだけ、まだ乗っけていってもらいたいんだが。……」

「へえ、どこへ？」

「巣鴨《すがも》へ」

馭者は驚いたようだ。それも当然だ。先刻、いちど日比谷で商売じまいにしたいといったのを築地のはずれまで往復させたあげくのことなのだから。——

「雪さえなきゃ、歩いてゆく。いや、べつに俥《くるま》を傭《やと》ってもいいんだが、せっかくついでだから、いってもらえるならと頼むんだ」

干潟干兵衛は、赤井を見て、考えこんでいるようであったが、そばの子供に眼を移して、

「左様でございますな、この子さえ、箱の中で寝させていただけるなら、参ってもよろしゅうございます」

と、いった。

さっき人殺しをやった連中の一人と子供を、同じ場所に置くことになるが。——

「それはかまわん。いや、こっちも退屈がまぎれていい。おいで、おじさんといっしょにゆこう」

赤井はステッキを脇にはさみ、両腕で馭者台から女の子を抱き下ろした。そして、

「では、諸君、おそらくおれはまた東京に帰って来ることになると思うが、それまでせい

ぜい党内を清掃しておいてくれ」

と、いって、少女を抱いたまま、馬車に乗りこんでいった。

その女の子も、思えばふしぎな子だ。さっきあんな恐ろしい目にあったのに、いま、べつに泣きもしない。

馭者は、黒い鹿鳴館の前の一本のガス燈の下に立っている三人の壮士に眼もくれず、馬車を廻《まわ》すのにかかった。

まだ、判断を決しかねるように、黙ってこれを見守っていた白髪の秦剛三郎が、突然呼びかけた。

「馭者、よいか、めったなことをしゃべると、うぬはおろか、その小娘の命はないぞ。われわれの同志は、何百何千といるのだ。おぼえておけ。……」

すると、饅頭笠《まんじゅうがさ》の下で、二つの眼が、めらっと燃えあがったようであった。いま人を殺して来た壮士たちが、思わず息をとめて動けなくなったほどであった。

が、馭者は、「わかっております」というように笠を伏せ、口は一語もきかず、馬車を煉瓦《れんが》街のほうへ動かしていった。……

「あいつ、大丈夫かな」

あと見送って、風間がつぶやいた。秦がきく。

「赤井か」

「赤井は大丈夫だろうが……あの馭者がよ。あれを見て、あんなことを手伝わせたのに、妙に落着いたやつだ」

「もとは侍じゃな」

と、柿ノ木義康がいった。

「しかも、どうも会津くさい。……その上、なかなかの腕じゃ」

「さすがの柿ノ木さんも、さっきちょっとめんくらっておったようだな」

と、秦がいうのに、フロックコートの壮士は、鉄を打つように答えた。

「しばらく、あれを監視しておって、密告のおそれが見えたら斬《き》ろう。……さあ、ゆこう、ここは寒い」

七

巣鴨は庚申塚《こうしんづか》のそばで停めてくれといった。

千兵衛が戸をあけると、馬車の中に、壮士は眠ったお雛を抱いて、坐《すわ》ったままこれも眠っていた。いかにも男らしい美貌《びぼう》の青年であった。

「旦那《だんな》」

呼びかけると、眼をあけて、

「やあ、これは」

と、笑った。

「いや、お雛坊に——名をきいたよ——唄《うた》を教えてもらったんだ。それを歌ってるうち、お雛坊は眠り、おれも眠ってしまったらしい」

千兵衛が孫娘を受けとって、別の座席に横たえている間、彼は歌った。

「大波小波
　風が吹いて山よ
　郵便配達お上の御用
　エッサッサ」

さっきあんな行為をした連中の一味なのに、いい度胸だ、と千兵衛が感心していると、相手も歌いながらしげしげと千兵衛を見て、

「お前さん、馭者はやってるが、侍だね」

と、いった。

「会津者です」

千兵衛は恥じらいながらいった。

「会津！」

と、相手は眼をまるくしてさけんだ。

「そりゃ、借りがある！　おれは高田藩だ」

その意味は、千兵衛にはすぐにわかった。高田藩は徳川四天王といわれた榊原《さかきばら》家だ。それが維新のとき、混乱のあげく、ついに官軍に屈して、いっしょに会津攻撃に加わるとい

う寝覚めのよくないことをした。

「これは、さっき同志の乱暴をとめてよかった」

彼は、吐息をもらした。

築地の雪原で、柿ノ木義康の凶剣にさらされた千兵衛に刀を与え、かつ、子供の泣声に千兵衛が夢中で背を見せたとき、追い打つ柿ノ木の仕込杖《しこみづえ》の前に立ちふさがったことを思い出したのだろう。——

実は千兵衛も、そのことを思い出して、先刻この青年が巣鴨へやってくれといったのを承諾する気になったのであった。

「いや、まことにありがとうございました。おかげで、命拾いいたしました」

「あれは、こわい人だからな」

彼は、くびをすくめた。

「凄《すご》い使い手でござりますな」

「うん、あれほどとは思わなかった。おれも、ぞっとした」

「しかし、あなたも相当お出来になるようで」

「おれはただ、かっとなるとわけがわからなくなる無鉄砲というやつさ。さっき戊辰《ぼしん》のときの高田藩についてあやまったが、当時おれはまだ十歳、御一新後におぼえた剣術だから、ものになるわけがない」

千兵衛は、ではこの若者は、死んだ蔵太郎と同じ年だ、と考えた。

するとと、相手は、

「さっきお雛坊がね、腕の中でおれを見あげて、おじさん、あたいの父《とと》のともだち？　と聞いたっけ」

と、苦笑した。

「してみると、これはお前さんのお孫さんかね」

「左様でござる」

「そういえば、先刻、あの、何された同志に——西南の役で仲のよかった友達のおやじだ、とお前さんが呼びかけたのが、今夜の騒ぎのもととなったのだが、お前さん、父子《おやこ》であの戦争にいってたのか」

「はい。うかと、つまらないことを申しまして、くやんでおります。……警視庁の警視隊の同僚として知った顔だったので、思わず口走ったのが、とんでもないことに。——」

「いや、あの男が巡査だった、とは知らなかった。実はおれも警視隊としていったことがあるのだよ」

「へへえ」

さっき雪原での壮士たちの会話を、遠くからいちいちだれの言葉と聞きとめていたわけではないから、これには干兵衛も眼をまるくした。

「お前さんは、どこの戦闘」

「田原坂などで。——」

「おう、それは大変だったな。それで、息子さんは？」

「田原坂で戦死しました」

「それは、気の毒に。……」

一息おいて、

「おれは、薩軍の背後を衝《つ》いて、長崎から八代《やつしろ》に上陸した組だったよ」

西南の役に出動した巡査部隊は一万人に近かったのだから、おたがいに知らなかったとしても当然だ。

「もう、ちょっと話したいが、お前さん、すぐに帰るのかね？」

「いえ、子供さえ寝れば、あとは構いませぬが——旦那は？」

「おれは、明日《あした》、故郷の高田へむけて出かけるが、今夜はこの巣鴨の知り合いに泊めてもらうつもりでいるんだ」

若者は改めて干兵衛を見守った。その眼には、いささか敬意の色があった。

「旦那、なんて呼ばれるのはおかしい。こっちがお前さん呼ばわりするのも、失礼かも知れんな。これは、先輩だ。——いわんや、会津のお侍だったとは。——さっきは、屍骸《しがい》の埋葬を手伝わせたりして、相すまなんだ」

「いえ、いまはただの馬車屋でござる」

干兵衛は座席に坐って、その下からゴソゴソと、五合くらいはいる徳利と茶碗《ちゃわん》を二つとり出した。

「旦那、どうでござります。拙者、あまりたしなみませぬが、ときどき子供が寝たあと、この馬車の中で一人飲むことがござりますので」

「やあ、これはありがとう。……しかし、変な酒盛りだな」

馬車の窓に、またサラサラと春の夜の雪があたりはじめた。近くに灯影《ほかげ》も見えない寂しい巣鴨の往来に停った馬車の中で、二人は茶碗酒をのみながら話した。

干潟干兵衛は、むろんこの越後のどこか爽《さわ》やかな壮士に好意をおぼえ出していた。

「名は？」

「干潟干兵衛と申します」

「おれは、赤井景韶《かげあき》というんだ。韶は音偏に召すという、ばかにえらそうな字だがね、御覧の通りの若僧です」

と、彼は名乗った。

「いや、ただの馬車屋じゃない、会津のお侍と知って、改めてお願いする。われわれは自由党員だ。今夜のことはどうか黙っていてもらいたい」

「それは、むろん。――」

「あの山高帽の人だって、こわい人だが、またえらい人だ。同志の指導者なんだ。……密偵使いの好きな圧制政府と戦うためには、あの制裁もやむを得なかった。――」

干兵衛は、何か考えるような眼つきをしていた。

「拙者は、あの人も知っているようで。――」

「ほう、柿ノ木義康を?」

「柿ノ木——とおっしゃるのでござりますか。それなら、ちがう。私の知っている男とはちがう。いや、あのころ私とほぼ同年配だったから、生きていれば、少なくともいま四十半ばのはず——あの山高帽の人は、まだ三十代でござりましたな?」

「あんたの知っていた男とは?」

「私が京都守護職に勤めていたころ、いちばん危険人物として追っかけた男——土佐の岡田以蔵《いぞう》、別名人斬り以蔵といわれた男です」

「なに?」

赤井は眼をひろげた。

「柿ノ木さんは、たしかに土佐人だが——姓はちがうな」

「いえ、別人でしょう。岡田以蔵はその後土佐へ召喚されて殺された、という話を聞きましたから。別人にはちがいないが、実によく似ているのでござる。それも、顔かたちより感じがね、剣をとったときの感じがね。あんな感じの人物は、ちょっとござらぬから」

「では、弟かな? そんな話は、聞いたことがないが。——」

それから、赤井景韶は、自分はやがて福島へゆくつもりだといい、福島県が悪県令三島通庸の暴政にさらされる兆《きざ》しがあると話し、おぬし、会津人ならそっちへ帰る気はないか、といった。

「私は」

と、干潟干兵衛は苦笑した。

「私は、ただあの孫のほかに考えることはござらぬ」

仕掛花火に似た命

一

一夜の雪が溶けると、東京はみるみる春にはいった。春の東京を、古ぼけた二頭立ての箱馬車はめぐってゆく。

馬車には、さまざまな人々が乗り、また下りてゆく。千潟千兵衛は、どの客をも丁重に、しかし無関心に迎え、送り出す。あの雪の夜の恐ろしい男たちも、彼にとっては、それら無数の幻影のいくつかに過ぎないかのようであった。彼の顔は、ただ馭者台《ぎょしゃだい》にならんだお雛の無心のわらべ唄《うた》を聞くときだけはほころんだ。

しかし、去来するおびただしい客の中には、そんな千兵衛の重い血を、ときに他動的にゆるがせる男がある。女がある。そして、事件がある。運命がある。

これから、その辻馬車《つじ》が拾った風変りな話のいくつかを、過ぎゆく時に従ってつらねてゆくことにしよう。いままで物語ったのも、その例の一つだが――ただし、作者の眼は不断にその馬車だけにそそがれているわけではない。ただいちどだけでもその馬車に乗る運命を持った人々の物語だと、ことわっておいたほうがいいかも知れない。

三月半ばのある夕方であった。

茅場町《かやばちょう》あたりの大通りを、ぽくぽく流していた干潟干兵衛は、ふと、さし迫った女の声を聞いた。

「馬車屋さん、助けておくれでないか」

干兵衛は、馭者台から見下ろした。

馬車と家並《やなみ》の間を、一人の娘が歩いていた。いかにも貧しげな身なりだが、蒼白《あおじろ》い、細面の、珍しいばかりの美貌《びぼう》であった。

「あたしじゃないの」

と、娘はいった。

「ほら、すぐ前を、籠《かご》をかついだ屑拾《くずひろ》いが二人ゆくでしょ？　その向う――ずっと向うを、書生さんが一人歩いてゆくでしょ、その人に知らせてあげて」

彼女は、馭者を見もせず、ただ前方を眺めていた。その横顔に、干兵衛は思わず眼を吸われた。貧しい身なりにもそぐわない凄艶《せいえん》さに加えて、ふつうのそんな年ごろの娘には見られない激しさがあった。

「あたしが駈《か》けてゆくと、見つかるから――あの、屑屋の姿をしたのが悪いやつなのよ」

馭者の返事も聞かないで、ひとりでしゃべっているのは、よほど思いつめた結果だろう。

「ね、お願い」

「いったい、どうすればよいのでございます」

「あの書生さんに追いついて、教えてあげて――うしろからポリスが尾《つ》けてますって」

ポリスに尾けられているなら、悪いやつはどっちだ、と馭者が疑うだろうことも念頭にないらしい。

千兵衛はゆくてを見て、追う者と追われる者の距離を計ってから、馬車を停め、お雛を抱いて飛び下り、扉をあけ、娘にいった。

「この子を抱いて下さい」

娘は、眼を見張ったままである。

「書生さんが逃げ出しゃ、かえって追っかけられるでしょう。あのかたも乗せましょう」

「だって。――」

「あなたが乗って、屑屋を追い越したら、左側の戸をあけて、あの書生さんとすれちがうときに声をかけ、屑屋に見えないように乗ってもらうんでございます。窓からは、めくらましに、この子をお見せなさい」

「……」

「早く」

押しつけられたお雛を抱いた娘を扉から押し込むと、千兵衛はふたたび馭者台に戻り、かるく馬に鞭《むち》をあてた。

馬車はやや車輪を早め、二人の屑屋を追いぬいた。

娘は、いわれた通りにした。追跡者に見えない家並の側の扉をあけ、小声で男を呼んだ。男はむろんびっくりした表情になった。しかし、すぐにこれまたいわれた通りにした。この間、馬車はゆっくりと走りつづけている。

馬車が去ったあと、ゆくてに書生の姿がないことに、二人の眉屋は気がついて愕然《がくぜん》となり、砂けむりたてて走って来た。

書生が消えた路地の入口で、二人はキリキリ舞いをした。何か、声高に話し合い、一人は路地へ飛び込み、もう一人は馬車を追って来た。が、窓からのぞいているあどけない女の子を見ると、すぐに自分のあり得ない疑いを捨てたらしく、あわててまた引返し、これまた路地へ飛び込んでいった。

そのまま馬車は駈けつづけ、永代橋《えいたい》のたもとでやっととまった。

千兵衛は下りていって、扉をあけた。

「ポリスは、もう追っかけて来ないようでござります。子供を、いただきましょう」

お雛をよこしたあと、書生と娘も下りて来た。

「一銭頂戴しましょうか」

茫然《ぼうぜん》と馭者を見ていた書生は――やっと、本来のきりっとした精悍《せいかん》な顔に戻って、

「馬車屋、ポリに追われていると知って、なぜ助けた？」

「へえ、私にもよくわかりませぬが」

と、千兵衛は、この男には珍しくほのかに笑った。

「私は、その自由党ってえ方々が好きなんで……では、もう馬車は持ってってよろしゅうございますか」

「あ、待ってくれ、おれはこのまま下りるが」

書生は、袂《たもと》から二銭銅貨を出していった。

「これで、このひとを、もとのうちの近くまで帰してあげてくれ」


娘は、また茅場町の大通りで下りた。

それまでの昂奮《こうふん》のつづきで、礼もいわず、まだ放心したように、二、三歩、ゆきかけたが、すぐにわれに返ったように立ち戻って来て、

「馬車屋さん、あたし、うっかりさっき、ポリスに追われてるっていっちまったらしいわね。倖《さいわ》い、おまえ、自由党が好きだそうで助かったけれど……ほんとうにありがとうよ。でも、この話、だれにも黙っていてね」

と、念を押した。

「しゃべるくらいなら、はじめからあんなことはいたしませんよ」

よく考えると、ぞっとするような犯人逃亡扶助罪の離れわざをやってのけたこの町の馭者は、何でもないように首をふったが、そのまま娘の顔を見まもって、

「娘さん、しかし……事情はわかりませんが、およしになったほうがいいんじゃありませんか？」

といった。

「何を？」

「自由党ってえのは、おっかないもんじゃござりませんか」

それは二つの意味があったが、いま自由党が好きだといったくせにそんなことをいう初老の馭者を、娘はしばしあっけにとられたように見あげた。が、たちまち、

「そんなことは承知の上さ！」

さけぶと、路地の奥へ、一羽の美しい鳥みたいに駈け込んでいった。千兵衛の眼には、貧しげなその娘の着物までが、その瞬間、なぜか炎に変ったように見えた。

二

娘は、お梅といった。ことし二十になる。

父は花井専之助という元佐倉藩の侍であったが、御一新以来、御多分にもれず、零落し切っていた。いま住んでいるところも、貧民窟《ひんみんくつ》の一劃《いっかく》である。

母は十三のときに亡くなったし――お梅は、物心ついてから、愉《たの》しい思い、豊かな思いを、いちどだって味わったことはなかったといっていい。

父は、頑固者であった。と、いって――まだ五十くらいであったが、一見したところまったくの老人になっていたけれど――べつに古武士の風格があるというわけでもない。侍

であったころ勘定奉行の下役として働いていたこともあって、瓦解《がかい》後東京へ出て来てから、いろいろと新しい商売は試みた。しかし、いずれもしくじった。むしろ貪欲《どんよく》なほうのたちであったが、やはり頭の高さが何より災いしたのである。

専之助はいまも、うまくゆきそうもない新しい儲《もう》け口《ぐち》に釣られて、外を飛びまわっている。性格はむしろ卑屈なものに変ったが、家に帰ると、娘のお梅を奴隷扱いにすることは同様であった。

貧しい、うす暗い長屋の一隅に、しかしお梅はその名のように美しく育って来た。彼女のほうに、気丈な――むしろ凜《りん》としたところが残っていたのは、これは亡くなった母の遺伝でもあったのだろうか。

お梅の美貌に、いい寄る男はむろん幾人もあった。その中には、ちょっとした金持もあった。また、貧しさにつけこんで、いかがわしい話を持ち込んで来る男もあった。どれも彼女はきっぱりとはねつけた。そこには昔の父の持っていた一種の頑固ささえ見られた。

お梅は、何かを夢みているようであった。

実は、お梅自身、たしかに待っていた。それが何だか、彼女にもわからなかった。

一点の光が、とうとう現われた、とお梅は思った。一年ばかり前からのことだ。

長屋の一軒に一人の若者が住むようになったのである。名は本阿弥《ほんあみ》三五郎といった。

そこの物干にかけてあったボロボロの袴《はかま》が落ちていたのを、通りがかりにお梅が拾ってやり、ついでに洗濯して、つくろって返してやったことから、若い二人の間に波が流れ出した。

どこから来たのか、何をやっているのか、しばらくお梅は知らなかったが、やがてその若者が、世のいわゆる自由党の壮士の一人であることを知った。

――ここで一言すれば、このたぐいの青年たちが日本におびただしく湧き出したのは、幕末のいわゆる志士以来のことで、明治十年代の一大特徴だ。幕末の志士たちが尊王攘夷《そんのうじょうい》を唱えたのに代って、彼らは自由民権をうたった。ただ幕末の志士は成功したから志士となり、明治十年代の壮士は挫折《ざせつ》したからただの壮士となる。

皮肉に考えれば、幕末の志士にとって、尊王攘夷の旗がただ旧勢力を倒す道具に過ぎず、天下をとってしまえば攘夷どころか、まったくの欧化に邁進《まいしん》したように、明治の壮士にとっては、自由民権は、その新しい体制から疎外された連中が政府をゆるがせるべつの新しい道具であったといえる。

が、道具にしても、実に魅力のある旗であった。

彼らを集めて板垣退助が自由党を結成したが、むろんまだ統一された組織ではない。自然発生的に生れつつある地方はもとより、東京の中でも、もっと急進的な社会主義的な思想にとらえられている連中もあり、さまざまなグループがてんでに流動しているのが実状であった。

いずれにしても、自由党は、その名からして現代のわれわれは自民党を連想するけれど、似て非なることこれに勝るものなく、当時の当局の眼からすれば、危険きわまる運動であった。法律、軍事、産業、学問、めちゃくちゃといっていいほど大胆な欧化推進政策の中で、さかしくも権力者たちが、それだけはオミットした西洋の自由民権思想を、彼らは旗としていたからである。

――前に述べたように、まったく現代の過激派にあたる。

お梅は、むろんそんなことは知らない。ただお上《かみ》に刃向う連中だということだけは感じている。

彼女は、本阿弥三五郎が自由党員だと知っても、全然怖れはおぼえなかった。

それどころか、尊敬した。――あたしの待っていたのは、こういう人だったのだ！ と心にさけんだ。彼女の三五郎を見る眼は、いよいよ燃えるようになった。

去年の秋。――いちど何かのはずみで、三五郎はお梅を抱きしめかけたことがある。

「いや、いかん」

彼は、首をふり、彼女を離した。

「どうして？ ど、どうして？ 三五郎さん」

お梅は蒼《あお》ざめた。

「あたし、どうなってもいいの」

「おれは、あまり遠くないうちに死ぬから」

「だったら、あたしも死ぬわ。……」

こんどは頰を薄くれないに染めてあえいでいる美しい娘を見やって、三五郎の眼に感動の光が浮かんだ。

「おれは、いま……お梅さんだからいうが……恐ろしいことをやっているんだ」

「何を？　三五郎さんのためなら、あたしどんなことでも手伝うわ」

「あるところで、爆裂弾を作りかかっている。むろん、自由民権の敵をやっつけるためだ。

……」

「……」

「そして、どうやらもう密偵《いぬ》がおれに眼をつけている気配がある」

じっと三五郎を凝視していたお梅の眼がまた燃えた。

「それなら……それなら……三五郎さん、いっそう……あたしを抱いて！　ほんとうの仲間にして！」

しがみつこうとするお梅を、しかし若者は強い力でおさえて、寄せつけなかった。

「おれは、その目的以外に犠牲者を作りたくないんだ。それがおれの、短いいのちに全うしたい主義だ。お梅さん、おれを忘れてくれ」

本阿弥三五郎の精悍《せいかん》な顔は、ストイックな意志力を加えて、かぎりもない悲壮美に満ちていた。

――こういうことがあった。その春、お梅が千兵衛の馬車に頼んだのは、爆裂弾製造のアジトへゆこうとする三五郎を尾行している密偵に気がついて、これをふせごうとする必死の行動だったのである。

三

「……これは、幽霊馬車屋」

築地の入船町通りである。雨もよいの三月末の夜であった。

牛肉料理店の門燈《もんとう》の前で、千潟千兵衛の馬車を呼びとめたのは、二人の男であった。

「旦那《だんな》、これがいつかお話しした、女房の幽霊が出たってえ男の馬車でさあ」

と、やくざらしい一人が、もう一人の、縮緬《ちりめん》の襟巻をして鳥打帽をかぶった、でっぷりふとった男に話しかけた。

「もっともあっしゃあ見たこともねえが……死んだ精造の旦那が、胴ぶるいして帰って来て話したことなんで、その後あっしも出かけて、幽霊が出るなら見せてくれといったことがありやしたが……この男は、そんなことは嘘だといった。嘘だろうとはあっしも思うんだが、とにかくあれほど因業な精造の旦那が、あとで寝込むほどこわがったことはほんとうだから、今でもあっしにゃ腑《ふ》に落ちねえ」

千兵衛は、そのやくざらしい、いい男だが、みるからにいやしげな顔をした男が、いつか自分を大いに苦しめた高利貸しの手代をやっていた八杉峰吉という男であることを認めた。

「馬車屋、やっぱり、ありゃ嘘話かねえ？」

「嘘でございますよ、精造どのの何かの見まちがえで」

と、千兵衛は答えた。

「ほう、してみると、精造どのは亡くなられましたか。あれっきりおいでにならんので、首をひねっておりましたが……まさか、その嘘話がもとじゃございますまい」

「いや、精造の旦那が亡くなったのは、去年夏からの胃病がもとだがね」

「あれは、高利貸しにふさわしからぬ臆病《おくびょう》なやつだったからな」

と、相手は笑った。四十二、三の、これも高利貸しとしか思えない服装と顔かたちを持った男であった。

夜ふけの往来に、馬車を停めたまま、二人の高利貸しは平気で立ち話をしている。

ただし、高利貸しといっても、峰吉が精造という高利貸しの手代であったところから、同伴者もそうだろうと推量したのであり、どうやらいまはその男に使われているらしい、と、千兵衛は考えた。

「ところで峰吉、お前も乗ってってくれ」

と、鳥打帽の男はいった。

「あっしも？」

「茅場町へゆくんだ。そして、花井へ金をとどけてくれ」

「へえ、今夜、これから、ねえ？」

「口直しだよ。少し善い事をしなけりゃ、今夜の寝つきがよくない。せっかくお前の案内だからここへ来たが、さすがのおれも気色が悪くなった。ここはお前なんかに合う場所だよ」

男はいま出て来た店の軒燈をふり返った。が、灯影に、快楽的な顔は、ニタニタ笑っていた。

軒燈には、牛肉料理とあるが、このあたり一帯は軒なみ密淫売《いんばい》の魔窟《まくつ》になっている、という噂を、千兵衛はふと思い出した。

「ほかじゃちょっとやらねえことを、この家じゃやってくれるんで、旦那をお連れしたんだが、旦那も案外ですね」

いい男だが、恐ろしく卑猥《ひわい》な笑顔になって、峰吉はいった。彼は半纏《はんてん》を着て、一見職人風をしていた。

「しかし、案外といや、旦那があっしに、チョイチョイあの花井へ金を投げ込ませなさる気が知れねえ。なぜ旦那が直接お手渡しなさらねえんです？」

「花井は、あれでも元武士だ。恥をかかせたくないからさ」

「昔の朋輩《ほうばい》に金をもらって恥じいるようなおやじにゃ見えねえが」

峰吉は首をかしげ、またニヤニヤした。

「ひょっとしたら、旦那、旦那はあのおやじさんより、娘さんに逢《あ》うのを遠慮していなさるんじゃあありませんかえ？」

「馬鹿ぬかせ、このおれが、なぜ？」

「そういわれると、あっしにもわからねえ。こういっちゃ何だが、旦那にそんなはにかみがあろうたァ見えねえからね。それとも、親切をわざとかくして、あとでぱっとひきぬきをぬいで、仏の顔でみえを切ろうってえ深謀遠慮で？」

鳥打帽はそわそわして、二重になったあごをしゃくった。

「おい、馬車が待ってる。乗ろう」

峰吉は、馬車の扉の外に立っている千兵衛をふり返って、やっと歩き出したが、

「旦那、あんまり遠まわしの手を打っていなさると、手遅れになる心配がありゃしませんか。げんに、同じ長屋に住む例の壮士ってえ風態のやつが、このごろお梅さんのまわりをチラチラしているようでゲスぜ」

と、いった。鳥打帽の男の分厚い筋肉が、だぶっと動いた。

「へ、へ、だいたいあんなきれいな娘が、いつまでも野中の一本杉みてえに立ってるってえのがおかしいと思っていやしたよ」

二人は、馬車に乗り込んだ。なまぬるい春の夜風が、千兵衛の鼻に、酒の香と、それから何ともえたいの知れない不潔な匂いを、ふっと送り込んだ。

馬車は、命じられた通り、茅場町までいった。そして、停められたのは——いつか、あの娘が駈《か》けこんでいった路地の前であった。

千潟千兵衛は、いまの二人の問答を、聞くともなく聞いていたが、何の話かよくわからなかった。その中に出た女の名も、むろん記憶がなかった。が、その路地をのぞいて、は

じめてふっと、いまの話に出たお梅というのは、ひょっとしたら、いつかの壮士を逃がしたあの娘ではないか、と考えた。

二人は、そこで下りた。

そして、峰吉だけが路地へはいってゆき、鳥打帽の男は一人残って待っていた。

待っていてくれといわれたわけではないが、千兵衛はちょっとそこに馬車を停めていた。

——いまの話は何だったろう？　と、考えていたのである。まだ事情はわからないなりに、あの凄艶《せいえん》で燃えるような感じの娘の顔が、頭の中に浮かんでいた。あの娘がお梅というのなら——壮士の件より、なぜか、もっと危険な運命が迫っているような気がした。

峰吉が出て来た。

「旦那、放り込んでおきましたぜ」

「御苦労。……花井はいたかい？」

「どうやら、お梅さん一人が、洋燈《ランプ》の下で縫物をしていたようで、それが金を投げ込むと立ちあがって来ましたが……それなのに、こっちは一目散に逃げ出すたァ、毎度のことながら何て馬鹿げた話なんだろう」

「うん、それでいい」

男は、馬車に気づいて、

「いってくれ、おれはここからぶらぶら歩く。峰吉、お前も、もう帰んな」

と、いって、五、六歩ゆきかけたが、ふとふり返って、

「峰吉、早くゆけ、お前、あの娘に変な気を出すとただじゃあおかねえぞ！」

と、一喝した。笑いながらであったが、妙に怖ろしい余韻があった。

そして、大通りから、路地とは反対の亀島町のほうへ一人で歩いていった。

峰吉は、あと見送っていたが、

「へっ」

と、舌を出して、これは海運橋のほうへ歩いていった。

いまの二人に、何やらもののけみたいな不吉感をおぼえながら、

——何が起ろうと、おれに何が出来る？

つぶやいて、干潟干兵衛は、また馬車を転がし出した。

四

自由党員本阿弥《ほんあみ》三五郎は金を欲した。

彼はかねてから、時至らば一挙に政府要人を爆殺すべく、ひそかに九州人の来島恒喜《くるしまつねき》という同志と爆裂弾の製造にとりかかっていたが、その冬から来島が重病にかかった。一方で、最近警視庁に眼をつけられて、尾行されていることが明らかになったので、病気の来島をかかえて、至急姿をくらます必要があった。

先立つものは、金だ。

で、別系だが、やはり自由党員で、知り合いの秦剛三郎という男に、ふと金の工面がつかぬか、と頼んだところ、秦が思いがけないことをいい出したのである。

「強盗をやってはどうじゃ」

冗談かと思ったら、本気の話なのだ。

秦はいった。自分たちもまた軍資金を必要としているが、同時にこのごろ――同志の中に警視庁の密偵《いぬ》がはいりこんでいる徴候が多々ある。その疑いのあるやつを、強盗行為にひきずり込んで、その反応を見たいと思っている。その試験をやる仲間に、おぬし、はいる気はないか、と彼はいうのであった。

「おい、まさかおれも密偵《いぬ》だと見ているわけじゃあるまいな？」

と三五郎がいうと、

「そりゃちがう。おぬしはちがう」

と、秦はあわてて手をふった。

三五郎は、余りにも自分の清浄潔白を信じていたから、その点についてはそれ以上、気にしなかった。だから、同様の正々堂々たる心理で、

「そこまでやるのは、おれはちょっと考えさせてくれ」

と、いった。

「しかし、本阿弥、軍資金もほんとうに要るのじゃ。目的のために手段を選んでおっちゃ、われわれは何も出来んぞ」

白髪の下で、異様に眼をひからせて迫る奏に、

「それはわかるが、しかし、おれが処刑されるときに、強盗罪の札を貼られるのはいやだよ」

と、三五郎はきっぱりといった。

が、彼はいよいよ急迫した。そのために、彼はお梅からさえ金を借りた。父親は何をしているかわからず、本人は毎晩内職の縫物をしている貧しい娘に。——

むろんお梅のほうは、「軍資金」としてではなく、三五郎の生活の窮迫ぶりを見て、ただそれを救うために自分から金をさし出したのだが、そのとき彼女は妙なことをいった。

「三五郎さん、お入用《いりよう》だったら、もっといって下さいな。あたし、まだお金があるんです」

「いや、お梅さんから金を借りるなんて、残酷この上ないと、身を切られる思いがする」

「いいえ、あたしの家には……ときどき、夜、お金を投げ込んでくれる人があるんです。ですから、暮しが立っているようなもので。……」

「へえ？　だれが？」

「わかりません。いえ、父は知っているようなんです。それがだれかいいませんけれど、あたしの感じでは、どうも父が侍だったころの知り合いらしいんです」

「それが、なぜ姿を見せないで、夜中に投げ込んでゆくのかな」

「あたしにはわかりません。情けないことに、父はそれをあてにしているようです」

と、いってから、お梅はあわてて、

「でも、あたしだけいるときにも、そんなことがあるので、父にはないしょで持って来ます。三五郎さん、どうぞ遠慮なくいって下さいな。……」

と、例の燃えるような眼でいった。

しかし、そんな妙な話を聞いたが、だからといってお梅に、そうそう金の調達を命じることが出来るものではなく、三月の終り、三五郎は、いくどか小金を借りている近所の金貸しの老人のところへいった。

そこで彼は、一人の若い男に出逢《であ》ったのである。

金を貸せといい、もう貸せないという押問答をそばで聞いていたその男が、妙な笑い声で立って来て、

「書生さん、それくらいなら、あっしが何とかしてあげましょうか」

と、いった。

「お前はなんだ。お前も金貸しか」

「そうなりてえんだが、まだそうなれねえ。大金貸しの下働きをやってるもんで」

それからその男は、事と次第では——また、もっとまとまった金が要るなら、その大金貸しのところへ連れていってやってもいい、そして、もし相手が金を貸してくれたら、自分にその一割を礼金としてもらいたい、と、いい出した。

「そ、その人が、おれなんぞに貸してくれるのか」

「話の持ってゆきようではね。おそらくうまくゆくと思いやす」

「どんな話をすればいいのだ」

「それは、あたしが伝授しましょう。……とにかく、いって御覧になりますかい？」

三五郎は、あたしがしげしげとその変な男を見つめた。……とにかく、いい男のうちにはいるのだろうが、妙にいやしく、メフィストフェレスじみたところのある顔を。

しかし、三五郎は焦眉《しょうび》の急を思い出した。

「それじゃ、連れてってくれ。その人の家はどこだ」

「とにかく、ここを出やしょう」

二人が往来に出ると、馭者台《ぎょしゃ》に女の子を乗せた箱馬車が、向うを通ってゆくのが見えた。

「やあ、あれか。……あれに乗ってゆきましょう。金を借りるにゃ、しおたれていっちゃいけねえ、二頭立ての馬車で乗り込むくれえでなくっちゃ、駄目なもんでさあ。あ、は、は。――おうい、馬車屋」

停った馬車に、二人は近づいていった。

千兵衛は下りて、彼らがだれであるかを認め、あまり思いがけない組合せだったので、眼を大きくした。

「おい、しかしその金貸しへ、どういうのじゃ？」

三五郎は、不安そうにいった。彼は、その馬車が、いつか自分についた警視庁の密偵をまいてくれた馬車であることさえ思い出す余裕もないらしかった。

「ひとことでいや——あのお梅さんを、女郎か芸者にするよりほかはねえって、いってごらんなせえまし」

「なに、お梅を——おい、お前、お梅を知っているのか」

「ま、馬車に乗ってから話しやしょう。おい、馬喰町《ばくろちょう》へいってくれ。染屋《そめや》銅助ってえ人の家だ」

扉をあけた千兵衛に、峰吉はいった。

五

——ええ、旦那《だんな》、この書生さんがあのお梅さんのいいひとでござんすがね。このごろひどくお金のお入用《いりよう》なことがあって、何とも弱っていらっしゃるんで、どうかひとつ、助けてあげて下せえませんか。

という話に、染屋銅助は黙って本阿弥三五郎を凝視した。でっぷり肥《ふと》った四十男だ。

さすがに、照れたように、峰吉はつづける。

——なにしろ、お梅さんはこのひとに首ったけだ。この本阿弥さんの困り加減を見て、何ならあたしが身を売って、といい出したらしいんで。

「要るのは、いくら」

と、染屋銅助はいった。

元侍だったというその底光りのする眼に、射すくめられたような思いになりながら、

「三百円です」

と、三五郎はいった。――以上の話は、馬車の中で峰吉が出した智慧《ちえ》で、本来なら彼がしゃべらなければならないところだが、いざとなると、とうていお梅云々《うんぬん》の嘘などつけず、彼は声も出なかった。ただし、金が欲しいことだけはほんとうだ。

染屋銅助は、にやっと笑った。

「それなら、その金をお梅さんにやるとしようよ、その話がほんとうならな」

そして彼は、ふとい煙管《キセル》を長火鉢のふちでたたいた。

「話はこれで終りだね」

と、冷然といって、眼を峰吉に移した。

「峰、てめえもお節介な野郎だな。いったい何を考えているんだ」

二人は、ほうほうの態《てい》で、宏壮《こうそう》な高利貸しの門を出た。

峰吉が待っていてくれといったので、馬車は外に待っている。それに乗るのも忘れて、峰吉は三五郎に話しかけていた。

「いや、うまくゆくと思ってたんだが、相手が悪かった。実はね、あの染屋の旦那は、あっしの見たところじゃ、お梅さんに惚《ほ》れてるんですよ。何度かあっしに、花井へ金を投げ込ませたくらいでね」

――ほ？　というように、三五郎は峰吉をふり返った。

「だから、お梅さんが女郎か芸者になるといったら、あわてて金を出すと思ったんだが——出すなら、そっちに出すとおいでなすった。あ、は、考えて見りゃ、あたりめえかも知れねえ。とくに本阿弥さんがお梅さんのいいひとだなんていったものだから、こりゃいよいよ臍《へそ》を曲げまさあね。こいつァ、おれとしたことが、とんだ大しくじりだった」

頭をかいて、やっと馬車に気づき、

「いらねえ、いってくれ」

と、あごをしゃくった。

「それじゃあ、ここへ来るまでの馬車代を」

と、干兵衛がいうと、峰吉は吼《ほ》えた。

「金を借りに来て、追っぱらわれた人間に金があるかよ？　こんど出逢ったときに払ってやる。いっちまえ」

干潟干兵衛は、べつに驚いた顔もせず、それより首をかしげて、門標を見ていた。そして染屋銅助というのが、先夜この峰吉といっしょに乗ったあの男らしい、と考えていた。

六

——真っ昼間から酔った濁声《だみごえ》が流れているのは、花の季節だからではない。こんな場所では、いつもそうだ。俥夫《しゃふ》、職人、人足、日傭《ひやと》い、物売り、などが集まる浜町二丁目の一《いち》膳飯屋《ぜんめし》であった。

外にはたしかにうららかな春光が満ちているのに、縄のれんの中は地下室みたいに陰湿で、恐ろしい喧騒《けんそう》が殺気さえ帯びているのは、故老が「旧幕のころより貧乏人がふえた」という時勢のせいであろうか。

その中で、蛸《たこ》の足と鰯《いわし》のぬたをサカナに、本阿弥三五郎と八杉峰吉が酒を飲んでいた。腰かけているのは、空樽《あきだる》だ。

「ふうむ、あの野郎、何を考えているんだか、いよいよわからなくなりやしたね。……」

と、峰吉は上眼づかいになり、下唇をつき出した。

あの野郎、というのは、酒のせいもあったろうが、高利貸しの染屋銅助のことだ。――それははじめ三五郎は、この峰吉が染屋の手代くらいやっているのかと思っていたが、それはたしかに貸金の取立てはやらされるけれど、まあ臨時傭いという程度であったらしい。

おれもろくでなしだが、あれはまた一桁《けた》も二桁も上の悪《わる》でござんすからね、と彼はいい、また、おれはこう見えて、あんたのような壮士ってえのが好きなんだ、ともいった。この世に、一種の反感を持っている男であることにまちがいない。

さて、この四月初めの一日、ばったり逢《あ》ったこの男に、三五郎が打ち明けたのは、お梅から聞いた話だ。

――先日、その染屋銅助がお梅のうちへやって来て、父親の専之助と逢った。年はだいぶ染屋のほうが下だが、御一新前は同藩の侍であったらしい。

「つかぬことを聞くが。……」

と、久しぶりの挨拶《あいさつ》のあと、染屋銅助は、さきごろふとしたことで、ある向きから、お梅が芸者か女郎に身を売ろうとしているという話を聞いたが、そんなことはよしたがいい、といい、そして雑談のあと、たまたま不要な金があるから何かの足しにしてくれ、といって、三百円置いていったというのだ。

お梅は、その染屋銅助にはじめて逢ったのだが、すぐに、ああ、いつも夜中に金を投げ込んでくれるのはこの人だ！　と直感した。おそらく父の専之助もそのことは察しているだろうに、何も聞かず、また相手もひとことも口にしなかった。

「いったい、あのひとは、どういうつもりなんでしょう？」

と、お梅はかえっておびえたように三五郎に訴えた。

彼女はそのとき、ちらっちらっと自分を眺めていた染屋銅助の眼に、ただ旧友の娘というだけでない異様な熱気のようなものを感じたのであった。そのことを、はっきり言葉としてはいわなかったが、染屋のお梅への「邪念」を三五郎も嗅《か》ぎとった。

——お前さんへ、気があるのじゃないか。

そんな冗談を口にするゆとりは、彼になかった。また決して冗談とはいえない出来事であったが、それより彼は、先日自分が染屋に妙な談判にいったことを、染屋の口からぶちまけられそうになったということを知って、狼狽《ろうばい》した。三百円という金も、あのとき銅助に要求した額だ。

「だれかしら、あたしが芸者か女郎になるなんていったのは？」

お梅の表情から、しかし染屋銅助は、少なくとも三五郎の名をしゃべることだけはかんべんしてくれたらしい。──お梅は、心外にたえぬ、といった風に身をくねらせた。

「あなたという人を知ってるのに……あたしがそんなものになるなんて！」

──三五郎がこの話をして、このお梅の言葉を伝えると、峰吉はゲタゲタ笑い出した。

三五郎は、滑稽感《こっけい》をおぼえるどころではない。

「しかし、事態はいよいよ切迫しているように思われる。どうしたものだろう？」

「大将、いよいよひきぬきをぬぎやしたね」

茶碗酒《ちゃわんざけ》をあおって、峰吉は笑った。飲んでいるのは、彼だけであった。

「染屋が三百円ねえ。いま、あの人がなに考えてるかわからなくなった、といったが、そりゃ、まだそんな手数を踏むところがわからねえ、という意味で、その本心は明々白々でさあ。……こりゃ、いよいよほんものだ。よく出したもんだ。ただ、そいつが、こっちの頭を飛び越えて、じかに向うのおやじにいっちまったというところが可笑《おか》しいやね」

「専之助は、平気でそれをもらったらしい」

三五郎は、憤然といった。自分の立場の滑稽さに気がつかなかったのは、彼自身が金の点でいよいよ急迫しているからであった。

「お梅は、もしおれが金が要るなら、どうにかして少し盗んで来ようか、といったが。…

……」

「へえ、こっちも、相当なもんだね。で？」

「そんな馬鹿な真似をしちゃいけない、といってやった」

「しようがねえな、書生さん、あんたは金が要らねえんですかい？」

「要る。のどがひりつくほど欲しいが、しかし、まさか泥棒させるわけにはゆかんじゃないか」

「それじゃあ、ほかに金のはいるめどがあるんですかい？」

「ない」

峰吉は黙ってまた酒を飲んだ。手のつけようがない、という表情が露骨に現われた。

それから、眼を移して、

「おや」

と、いった。

奥の方で、飯屋の下女から、大丼《おおどんぶり》に山盛りの飯、皿に芋や豆腐の煮染《にしめ》を受取っている男に気がついたのである。三五郎も、それがいつかの馬車屋の馭者《ぎょしゃ》であることを知った。

馭者は、この店の者と馴染《なじみ》らしい。盆に小さい茶碗までのせてもらって、お辞儀して出ていった。

縄のれん越しに外を見ると、いかにも向うの大川端に例の馬車が停っている。――そこで、あの小娘と食事をするつもりらしい。

「よし」

と、峰吉はうなずいた。

「ひとつ、手がありやす」

「どんな手が」

「染屋の旦那《だんな》は、どうあってもあの娘さんが芸者や女郎になるのを防ぎたいらしい。ほうっときゃ、あれはあの海坊主のものになりますぜ。そう思うと、おれのへそ曲りの虫がうずうずしやしてね。それにこないだ、ケンもホロロに追っぱらわれたのも癪《しゃく》だ。……どうです、あの娘さんを、ほんとに芸者か女郎にしてやろうじゃござんせんか」

「お梅を……そんなものにして、どうするんだ」

「身売りの金を頂戴するんですよ」

「馬鹿な！　そんな金を……だいいち、身売りする気のない女に、身売りさせられるか」

「旦那が手をついて頼んでごらんなさい。あの娘さんは、あんたにくびったけじゃありませんか。こいつは案外、あのケチンボのおやじから盗むより、かえってたしかな法だとあっしは見る」

「そんなことが頼めるか。……あの娘は、おれを信じているのだ！」

「信じているから、ききめがあるんでさあ」

峰吉は平気でいって、それから三五郎を見守った。

「ちょっとうかがいますがね、旦那、旦那はあの娘さんと、その、からだのほうはどうなんで？」

　三五郎は顔を赤くした。

「ない」

「そんな気がしていた。そこがわからねえ、と、あっしゃ首をひねってたんだが。……」

「考えるところがあって、そうしていたんだ。……その、白梅みたいにきれいな娘に、女郎か芸者になれなどという頓狂《とんきょう》なことがいえるか」

「それじゃ、ほかに金の作れる見込みはありやすかえ？」

　三五郎は、絶句した。

　いまこのえたいの知れない男の持ち出した智慧《ちえ》の馬鹿らしさとは別に、彼の、金を必要とする緊急性はいよいよせっぱ詰っていたことはたしかであった。いつかの秦剛三郎の強盗の件も、もういちど真剣に考え出していたくらいである。

　大義親《しん》を滅す……大事の前の小事……大行《たいこう》は細謹《さいきん》を顧みず……そんな言葉が、きれぎれに脳裡《のうり》を明滅した。彼の理性は混乱して来た。

「そ、そんなことが出来るのか」

　彼は嗄《しゃが》れた声でいった。

「どういったら、あの娘が承知するのだ」

「書生さんは何も御存知じゃねえらしいから申しますがね。女なんてものは、どんなに清浄潔白に見えたって、どうせしんからよごれ放題になるもんです。いや、こっちのよごしかたによって、いっぺんに女郎も顔まけってえ女になるもんでさ」

峰吉の笑顔に、仔細《しさい》は聞かず、三五郎の全身は鳥肌になった。反射的に殴りつけたい衝動をあやうく抑え、彼は苦鳴にちかい声をあげた。

「だから、どうするというのだ?」

「かりに、あんたがやったとしても、この用はうまくゆかねえ。まあ、あっしに委《まか》せておくんなさい」

峰吉は立ちあがった。

そして、ふらつく足で、縄のれんをくぐって外へ出ていった。あっけにとられて見ていると、彼は往来——往来というより空地を通って、大川端に停っている馬車のところへ近づいた。

干潟干兵衛とお雛は、馬車から下りて、河っぷちにならんで腰かけて、ぬるんだ水面をやさしく撫《な》でている柳や、ずっと向うをすべってゆく渡し舟を眺めながら、煮染で御飯を食べていた。御飯を食べながら、お雛はしきりに何やらせがんでいた。

「おい、馬車屋、いつかの駄賃を払うぜ」

峰吉は呼びかけて、ふりかえった馭者に銭を渡した。

「それから、頼みがある。お前、いつかの夜、築地の入船町から茅場町へ連れてってくれたことがあったっけな。あの茅場町の路地のところへ……そうさな、夕方、六時ごろ、来てくれねえか。こんどはまちがいなく駄賃をやるから」

七

午後六時、干兵衛は、律義に命じられた場所に馬車を停めた。

……ただ律義ばかりでなく、彼は先日からこのやくざと自由党の若者が組んで動いていることに、好奇心と、それ以上に何やら不安を禁じ得なかったからだ。その日、彼は、一《いち》膳飯屋《ぜんめしや》でも二人がヒソヒソ話をしているのを、ちらっと見た。

やがて路地から出て来たのが、その峰吉といつかの娘であることを知って、干兵衛の眼がまたひろがった。

「三五郎さんが、どうして浜町河岸で待っているの？」

と、娘は不安そうに峰吉に聞いた。

「何御用かしら？」

「いって見りゃ、わかりまさあ。どうあっても、あそこでお梅さんに話してえことがあるそうで。――」

と、峰吉は答え、駅者台にあごをしゃくった。

「浜町河岸へいってくれ。安宅《あたけ》の渡しのところだ」

二人は馬車に乗り込んだ。

馬車を動き出させながら、干兵衛は怪しんだ。この二人のこともさることながら、歩いてもほんの一足といっていいところへ、なぜ馬車で、しかもわざわざ呼びつけてまで乗ってゆくのか、ということだ。

浜町河岸の安宅の渡し――深川の、そのころ安宅町といった町へ渡し舟が往復する場所で、現在は浜町公園であるが、当時はただの空地になっていた。

そこへゆくと、峰吉は千兵衛に妙なことをいった。

これから、ここでこの娘さんと逢《あ》ってしばらくないしょで話をさせたい人があるから、しばらく馬車を貸してくれないか、その間、お前さんたちは――そうだ、いま安宅町へゆく最後の舟が出る、あれに乗って、それが帰って来るまででいい、どうか一つ頼む――と、妙に迫った眼でいうのであった。

そこまで峰吉は考えたことではなかろうが、千兵衛はかんちがいをした。お梅と逢うのは、あの自由党の若者だろうと思いこんだのである。同じ長屋に住んでいるらしいのに、なぜわざわざこんなところで話す必要があるのか、それは納得ゆかないけれど、とにかく容易ならぬ秘密を抱いているらしい若者であったので、何か事情があるのだろう、と想像したのである。

「承知しました」

と、千兵衛はいった。

承知したのには、もう一つわけがある。ひるま、この近くで飯を食べているとき、お離から、いちどあの渡し舟にのせて、と、せがまれたことだ。これはいい機会かも知れない、と彼は考えた。

二人は、渡し舟に乗った。――

夕焼けに朱を流したような春の大川に、案の定、お雛はよろこんだ。河の途中で、背後に何やら女のさけび声らしいものを聞いたような気がしたが、千兵衛はお雛の喜悦ぶりに気をとられて、それを聞き流してしまった。

やがて、安宅町へ渡って、おしまいの舟で二人は帰って来た。相客は、三人しかいなかった。

二人がまた浜町河岸へ上ったとき、薄墨色の空地には、馬車の影だけが浮かんでいた。もう出る舟はないので、ほかに人影もない。

「お雛、ちょっと待っておれよ」

何やら異様な気配を感じて、千兵衛はお雛を河っぷちに置き、一人、馬車のほうへヒタヒタと近づいていった。

扉をあけて、彼は眼をむいた。

中の座席に、峰吉は膝《ひざ》をひろげて坐《すわ》っている。その前にひざまずいているのは、あの娘であった。

ただ、ひざまずいているのではない。彼女は、実に面《おもて》をそむけるような行為を強いられていた。――そこに至るまで、何が行われたか、娘の着物は裂け、髷《まげ》は崩れ、あちこちから血さえ流れ――その黒髪を、峰吉はなお両手でひっつかんで、強引にひきずり寄せているのであった。

　もう暗いはずの馬車の中に、一瞬に千兵衛は、この淫らな地獄図を夜光虫のようにありありと見て、立ちすくんだ。

扉がひらいたのにやっと気づいた風で、峰吉はこちらを見、さすがに髪をつかんでいた手を離した。娘はふりむき、立ちあがり、恐ろしい勢いでよろめいて来て、千兵衛にしがみついた。

「助けて！」

それを抱いて、

「出なさい」

と、千兵衛は峰吉に低い声でいった。

峰吉はわざと落着きはらって、身づくろいし、馬車から出て来た。

「駄賃はやるよ。ありがとうよ」

と、銭をおしつけて来た手から、千兵衛は身をひいた。

「要らねえのか。それなら、もう用はすんだから、いってくれ」
五、六歩ゆき過ぎた背に鞭《むち》がうなり、夜鴉《よがらす》みたいなさけびをあげて峰吉はつんのめったが、すぐに猛然とふりむいて、
「てめえ、駆者《ぎょしゃ》のくせに何しやがる。てめえたァ関係ねえ、男と女のことだぞ！」

と、わめいた。手にキラリと匕首《あいくち》がひかった。

「関係がある。馬車を汚されては、黙っておれぬ」

と、千兵衛がいったとき、その足もとにくずおれていた娘が、ふいに向うの柳の影を見て、

「あっ、三五郎さん！」

絶叫して、転がるようにそっちへ走っていった。

はっとして千兵衛がそのゆくえを見ると、柳の下に浮かんで見えた影が、ふっとまた消えてしまった。それは柳の糸の数本が動いたとしか思われなかった。

八

日を正確にいえば、四月十二日の夜のことである。雲におぼろ月が溶けていた。

染屋銅助と八杉峰吉は、いつかのように酩酊《めいてい》して、築地入船町の魔窟《まくつ》から現われた。

「旦那《だんな》、どうです」

「少し、馴《な》れたよ」

「やっぱり、面白うがしょう？　へへへ」

この二人の関係はどうなっているのか。先日、この峰吉は銅助のところへ、変な金の要求にいって、ケンもホロロに追っ払われたはずなのが、もう何くわぬ顔で、熟柿《じゅくし》臭い息を吐きかけ合っている。

おそらくこの両人は、一方はなめ切って見くだし、一方は腹に一物ありながら、それでも互いに役に立つことがあって、こんなつきあいを続けているのだろう。

「そいつァ困った、それじゃ今夜はお口直しの必要はございませんか」

「口直し？　あああれか、あれはもういい、当分は大丈夫だ」

ちょっと皮肉な眼になって笑う銅助を上眼づかいに見て、

「旦那。……これからひとつお梅さんに逢っちゃ下さいませんか」

と、峰吉はいった。

「お梅さんに？　茅場町でか」

「いえ、越前堀の、ある家でござんすが。……」

「なに？　そ、そりゃ、どういう家だ」

「いつか、お宅へお連れした書生さんの……お友達の家で」

「そこに、どうしてお梅さんがいるんだ」

「へえ、旦那に話があるんで……そこに待ってもらってるんでさあ」

染屋銅助は、はじめて愕然《がくぜん》としたようだ。

「それじゃてめえ。……今夜、そんな下心がありながら、とぼけた顔でおれと遊んでたんだなあ」

と、うめいた。峰吉は、首すじをかきながらいった。

「いえ、言おう、言おうと思いながら、言い出しそびれたんで。……」

「お梅さんが、おれに何の話があるんだ」

「だから、そこへいって、聞いてあげて下せえましな」

染屋銅助は凄《すご》い眼で相手をにらみつけて、なお何か言おうと厚い唇を動かしかけたが、声にならないうちに、向うを、二、三台の俥《くるま》が通りかかるのを見て、

「おうい、俥。……二台だ」

と、呼びかけた。

ちょうど、空俥だったと見えて、二台がそばにやって来た。

「越前堀だ。……峰吉、てめえ、先にゆけ」

越前堀町は、入船町から亀島川を渡ってすぐの霊岸島にある町だが、そのマッチ箱をつらねたような一劃《いっかく》に、峰吉は俥を停めた。

「……？」

けげんな顔で、高利貸しの銅助は、峰吉につづいてその一軒にはいる。

土間もないような家の中の、赤茶けたたたみの部屋に、まさしくお梅は坐っていた。安物の洋燈《ランプ》が一閑張りの机の上にあるほかは、だれの姿も見えない。

「おう、お梅さん！」

酔いも何もさめた顔色で、高利貸しは呼びかけたが、お梅は放心したようにこちらを眺めたきりだ。

「どうしたんだね、お梅さん、どうしてこんなところにいるんだえ？　染屋だ。お父上の

朋輩《ほうばい》の染屋銅助だ。……」

彼はずかずか上りこんで、その前に坐って話しかけたが、依然お梅はうつろな顔で、黙っている。

「峰！　どうしたってんだ、わけをいえ！」

銅助はふり返った。

「旦那。……」

うしろに膝をついていた峰吉がいった。

「旦那にゃ、まことに申しわけねえことをしたかも知れません。……」

「おれに？」

「へえ、しばらく、怒らねえで聞いておくんなさい。……こないだ旦那は、お梅さんのところへいらっして、お金をさしあげなすったってねえ。あれがね、あのお金は、おやじさんがみんな懐ろにいれちまって、こちら何の役にもたたねえ。……」

「こちら？　お前にか」

「いいえ、お梅さんに」

「あれでお梅さんは芸者や女郎なんぞにならなくてすんだはずじゃないか」

「それが困るんで……それじゃ、あの書生さんの手に金がはいらねえ」

「そんなことは、おれは知らない」

「とにかく、金が早急に要るんです。お梅さんに身を売ってもらうよりほかに法はねえ、ってことはどうしようもねえんだが、あの書生さんは、どうしてもそれが言い出せねえ」

「当り前だ。どこをついたら、そんな手前勝手な智慧《ちえ》が出るんだ」

「それどころか、二人、惚《ほ》れ合ってるくせにまだろくに手も握ったことがねえって間で……見るに見かねやしてね、あっしがじれったくなって、とうとう荒療治をやっちまいやした。……」

「荒療治とは何だ」

「つまり、その、あっしが、お梅さんの新鉢《あらばち》を割っちまったんで。……」

染屋銅助のふといのどの奥から、名状しがたい音がもれた。

「あ、怒らねえでおくんなさい。あっしゃ、ただお梅さんの思い切りをよくさせるためにやっただけなんだ。だいいち、あっしにゃ、とうていこんな美人は持ち切れねえ」

峰吉のどこか下卑た顔には、うすら笑いさえ浮かんでいた。

「ところがね、お梅さんが……こんなに、ふぬけみたいになっちまった。いえ、べつに気がちがったわけでもねえ、そのうちもとに戻るとは思いやすがね。そこであっしは考えたんだが、芸者なんかになるよりお梅さんは、やっぱり旦那に養われたほうがいいんじゃねえか」

彼は、銅助の顔を見た。

「旦那、御執心でしょう。昔のお友達の娘さんだから、旦那らしくもねえ、馬鹿に遠慮していなさるようだが、もうこういうことになっちゃ、遠慮は御無用だ。一応はあっしを、とんでもねえ野郎だと腹をたてなさるだろうが、どうか旦那のために峰吉が露払いしたと思い直しておくんなさい。そもそも、今夜旦那をここにお連れして、わざわざこんな話を持ちかけたってえのも、あっしの老婆心なんでさあ。……」

染屋銅助は、黙って峰吉を眺め、お梅を眺めた。

峰吉は、かんちがいしていたのである。――自分の奇々怪々な行動と理窟《りくつ》を、この染屋という高利貸しは、いったんは苦り切るだろうが、結局受けいれてくれるものと思いこんでいたのである。

彼がそう思いこむほど、染屋銅助は、ふだん、目的のためには手段を選ばない、悪どい高利貸しであったのだ。だから、いままでウマの合うところもあったのだ。

峰吉が、染屋銅助にこんな話を持って来たのは、芸者や女郎に売るより、こっちのほうがはるかに高く売れると見込んだからだ。むろん自分の貰《もら》い分も多くなると算盤《そろばん》をはじいたのである。

それに、数日前のあの暴行以来、お梅が半分精神病みたいになって、芸者屋にも女郎屋にも連れてゆくことが出来ず、また父親の専之助に怪しまれ、一刻も早く処置する必要もあった。

「ば、馬鹿っ」

突如、銅助は吼《ほ》えた。

予想以上の怒号ではあったが、まあこれくらいのことは一応覚悟していた峰吉が、次に聞いたのは、思いがけないうめきであった。

「おれはこの娘さんにそんな気は露ほどもない！」

このあぶらぎった四十男の眼に涙がひかり、その手はたたみをたたいた。声は、苦鳴に近かった。

「おれの惚れていたのは、このひとの死んだおふくろなんだ！　いっしょに死のうとまで約束したこともあるひとだが、結局きれいなままで別れ、その後、ある事情で花井の女房になった。そのいきさつを花井は知ってるから、おれはあからさまに花井のところへ顔を出せなかったが、本心、父親みたいにかげながらこの娘を見守って来たんだ！　それが……おれのたった一つのきれいな道楽だったんだ！」

彼は、突然、立ちあがった。

「そ、その娘を、てめえは……」

その眼に、はじめて峰吉は「侍」を感じた。ほんものの殺気に吹かれ、彼は飛びさがり、一つでんぐり返しをやって、入口へ逃げた。狂気のように戸をあける。

猛然と追いすがる染屋銅助から、からくも半身逃れたが、はだかった裾《すそ》をつかまれた。

その銅助の猪首《いくび》に、別の手がかかった。

「く、くっ」

真昼なら、その顔が暗紫色にふくれあがり、次に鼻からタラタラと血が流れるのが見えたであろう。

高利貸し染屋銅助はくずおれた。

ふりかえった峰吉は、戸口の外に茫然《ぼうぜん》と立っている影に、

「……や、やりやしたね？」

と、いった。

口もきけず、わななきながら突っ立っているのは、自由党の壮士本阿弥三五郎であった。が、そのとき往来から近づいて来た一つの影に、二人ははっとして顔をふりむけた。

九

近づいて来た影は、三五郎と同年輩の若者で——福岡県人の来島恒喜《くるしまつねき》という。この家を借りて、三五郎といっしょに爆裂弾製造に苦心していた同志だ。

「やったか」

と、いい、

「とにかく、早く家にいれろ」

と、峰吉にいった。

峰吉が、銅助の身体をひきずり込もうとしたが、重いと見えて、容易に動かない。二人は、手伝った。首を絞められた男は完全に死んでいた。

「だからおれは、こんな男を連れて来るのに反対だったんだ」

と、来島はいう。病み上りらしく、彼はぜいぜい息を切っていた。彼は、峰吉がその高利貸しと話をつけるまで、しばらく姿をかくしていてくれといわれて、それまで夜の町を徘徊《はいかい》していたのであった。

「やむを得なんだ！」

と、本阿弥三五郎はうめいた。これまた来島以上にあえいでいる。彼自身、死人《しびと》のような顔色であった。

――実にとんでもないことになった、と彼自身痛感しているのだが、その原因はすでに前から種をまかれている。そもそもはじめから何か狂っていたことを、彼は自覚していたかどうか。

「そこで、この屍体《したい》をどうする。埋めるだけの庭もないぞ」

来島はいった。

「と、とりあえず、床下にでも」

と、さすがにふるえ声で峰吉がいうのに、

「そんなものの上で暮すのは、おれはいやだよ。たとえ引っ越すにしても、そうなればなったで、あとが心配だ」

「とにかく、どこかへ運ぶよりほかなかろうが。……」

と、三五郎がいった。

「この重いものをか？　おぼろ月が出ておるせいか、まだ往来をチラホラと歩いているやつがあるぞ。……どこへ運ぶ？」

そういった来島は、ふっと眼を宙にあげた。

「あの親子馬車屋な、いつかお前を助けてくれたという。——あれが、いま高橋の向うに停っておったぞ」

高橋というのは、入船町のほうからこの霊岸島に渡って来る橋の名だ。

「客待ちをしておるのか。……駆者《ぎょしゃ》は、ガス燈《とう》の下で、新聞を読んでおったが、あれに運ばせたらどうじゃろ？」

「あっ、あいつはいけねえ！」

峰吉が手をふった。

彼は先日、その馬車を利用してお梅を犯し、あとで、怒ったその駆者に鞭《むち》で一撃をくったばかりであった。そのときお梅が駈《か》け出し、駆者もそれを追って、二、三歩離れたすきに逃げ去ったのだが。——あのあと、駆者はお梅を馬車にのせて、また茅場町の家へ連れていってくれたという。

「あのおやじ、ただの駆者じゃねえ、どうやら元は侍らしゅうござんすぜ。……」

「ただの駆者じゃないことはわかっている。だから、頼むんだ」

偶然だが、本阿弥三五郎はその馬車に三度縁があって、とくに一度目と三度目は甚だ異常な使い方で、あとでわざわざ来島にしゃべったことがあった。

「あれは、ポリスに追われているお前を助けて、おれは自由党が好きなんだ、といったそうじゃないか」

「しかし……まさか、屍体まで運んでくれはすまい」

「いけませんよ、そいつァ」

と、峰吉はまた口を出した。

「あの馭者は、その……染屋の旦那《だんな》の顔も知ってますぜ。……」

「お前はひっこんでろ。お前は姿を見せちゃいかん」

と、来島恒喜はいった。

「それには、法があるんだ。……お梅さんにも手伝ってもらったほうがいいかも知れん。あの馬車が、いってしまうと困る。事を急ごう」

十分ばかりのち、本阿弥三五郎とお梅は、急ぎ足で夜の道を駈けていた。

「許してくれ、お梅さん。……われわれの志す大事が破れては困るのだ。わかってくれるな？」

ときどき、ふり返って、三五郎はそんなことをいう。

そのたびに、お梅はこっくりした。ほんのさっき、自分の運命に関する残酷なとりひきを峰吉の口から聞かされながら、放心状態にあった娘が――いや、あれ以来、ふぬけみたいになっていたお梅が、三五郎に話しかけられたときだけ、魔術のように正気に戻るようだ。それどころか、あのこと以前の、三五郎のためならどんなことでもやる、可憐《かれん》でけなげな魂を甦《よみがえ》らせるかに見える。

高橋の向うに、まだ馬車は停って、幼女とならんで駆者は坐《すわ》っていた。

駆者は、なるほど、まだ新聞を読んでいた。

客待ちのしのぎもあるが、彼はさっき乗った客が馬車の中に残していった「東京日日新聞」の記事に興味を奪われていたのである。

それは、この四月七日、岐阜で刺された自由党首領板垣退助に関する詳しい続報であった。彼は、凶漢の匕首《あいくち》に数創を受けながら、「板垣死すとも自由は死せず」と、さけんだという。――

「馬車屋」

橋の上から駈けて来た二人を見て、干潟干兵衛は眼をまるくした。

むろん、それがあの自由党の若者と、彼を恋する娘であることを認めたからだが。――

「頼みがある。助けてもらいたい」

と、三五郎は馬車のそばに来てささやいた。

「何でござります？」

「屍《し》骸《がい》を一つ運んでもらいたいのだ」

「えっ？　だ、だれの屍骸で？」

「友人の。……いつかお前に助けてもらったからあえて白状するが、おれの同志が、爆裂弾製造の失敗で、頭をやられて死んだ。ところが、今夜にも隠れ家《が》にポリスが踏み込んで来そうなんだ。火薬で顔を焼かれた屍骸をすぐに隠さなければならん。それを、急いで運んで欲しいのだ」

「お願い、馬車屋さん。……」

と、お梅もいった。

十

馬車は、橋を渡り、越前堀の陋屋《ろうおく》の前にやって来た。

さきに下り立った本阿弥三五郎とお梅が、まず家の中にはいる。

「馭者、こういうことだ、下りて見てくれ」

呼ばれて、千兵衛も馭者台から下りて、戸口からのぞいた。

道具とては何一つない、荒涼たる破れだたみの上に、人間が一人ころがっていた。

顔は帯のようなものでグルグル巻きされている。衣服は、ようかん色の紋付に膝《ひざ》のぬけそうな袴《はかま》をつけていたが、その袖《そで》や胸のあたりは明らかに焼け焦げていた。投げ出された手足から見て、体格のいい男らしい。

「火薬で顔を焼かれて、あまりひどいことになったので、とりあえずこうした。――」

三五郎は、馭者をふり返って、のどがつまったような声でいった。お梅も蒼白《あおじろ》い顔をして、こきざみに身体をふるわせている。

三五郎の緊張は、自分のやった人殺しの恐怖もさることながら、この馭者が果して屍体運搬などということを承知してくれるか、どうか、という心配からであった。

今にして、この馬車との妙な縁を思う。

最初は、警視庁の密偵に尾《つ》けられている自分を、お梅とともに助けてくれた。

次は、自分が峰吉といっしょに染屋銅助に金を借りにゆく用件で、馬喰町《ばくろちょう》まで運んでくれた。

それから最後は、これは思い出したくない記憶だが、峰吉がお梅を犯すという場所に、この馬車を使った。――

そして、いま、屍体を一つ運ばせようというのだ。

「今夜にも隠れ家にポリス《が》が踏み込んで来そうだから」と訴えたのは、半分嘘だが、早急に屍骸を始末しなければならないことはほんとうであった。しかも、どこか遠い場所に埋葬することが望ましい以上、この馬車を使うよりほかはない、というのが同志来島恒喜の提案だが、まさにその通りにちがいない。

しかし、こんな用件を承知してくれるだろうか？

三五郎は、むろんその馭者がいかなる人間であるか知らない。頼るのは、ただその馭者が自由党が好きらしいこと、併せて自分やお梅にもどうやら好意を持っていてくれるらしい、ということだけだ。

ただ、こういうことを依頼して、相手がいやだといえば、無事にはすまさない覚悟はある。

「ようがす」

と、馭者はうなずいた。

さっき屍体を運んでくれと切り出したときはさすがにびっくりしたようであったが、いまその屍骸を見ても、べつに動揺の色は見えない。

ただの馭者ではない、どうやら元は侍だったらしい、と、ようやく認識するところがあったが、いかにも重い表情で、

「それで、どこへ？」

と、訊《き》いた。

「左様。――築地の埋立地へでも」

と、三五郎はいった。

千兵衛は、ちらっと三五郎を見た。それは彼が先日、壮士たちに命じられて屍体を一つ埋めさせられた場所だったからだ。

しかし、三五郎はそれは知らなかった。屍骸を運んで、河か海にでも捨てようか、という話が出たとき、あとで屍骸が見つかれば今夜最後まで死人とつき合っていた自分が疑われる、行方不明なら、何とかいい逃れられる、と峰吉がいい、とにかく人の余り来ない空地に埋めるのが一番だ、ということになり、距離の点から築地の埋立地がよかろう、という結論になったに過ぎない。

千兵衛はそれ以上、何も訊かず、

「では、やるとしましょうか」

と、いって、屍骸を馬車に運ぶのにかかった。むろん、三五郎もそれを手伝う。

三五郎は足のほうを、干兵衛は頭のほうを抱えて、戸口を出ながら——干兵衛は、そこに放心したように立っているお梅にいった。

「これから、築地にゆきますが、あなたもゆかれるのか」

お梅は、戸惑った眼で、三五郎を見た。

「ゆかれないほうがいい」

と、馭者《ぎょしゃ》はいった。

屍骸の埋葬などという仕事に女は立ち合わないほうがよい、という意味だと思っていると、彼はつぶやくようにまた妙なことをいった。

「自由党とはこれ以上、つき合われないほうがよろしいと思う」

それは、どういう意味だ？　と、三五郎が聞き返す前に、お梅がさけび出した。

「あたし、ゆくよ！」

突然また魂がはいったかのように、頬さえ紅潮させた娘を見て、馭者は口をつぐんで戸口を出た。

馭者台には、女の子が待っている。屍体とは知らないまでも、頭部を布で包まれた壮漢の身体が馬車にかつぎ込まれるのを見ても、さけび声もたてず、オットリと坐っている。

——妙な女の子だ。

やがて馬車は、屍骸と、三五郎とお梅を乗せて動き出した。

その屍骸をはじめ、すべては自分に起因したことであり、かつ馬車を頼んだのも自分でありながら、本阿弥三五郎は、はじめて魔魅の馬車に乗って、魔魅の世界を運ばれてゆくような気がしはじめた。

十一

馬車は、運河にかかる短い橋を二つほど渡って、明石町を通り過ぎ、さらに橋を渡って、南小田原町にはいった。

そこで、馬車は停った。

窓から見ると、このあたり、まだ人家があり、往来する人影がある。

扉をあけて、馭者がのぞいた。

「どうしたんだ、ここはまだ。……」

と、三五郎は訊いた。無人の埋立地じゃないじゃないか、と、いおうとしたのだ。

「そこへゆく前に……ちょっとおうかがいしたいことがございますので」

と、馭者はいって、中にはいって来た。

「なんだ」

「そこの仏さまは、ほんとうに自由党のお方でございますか?」

三五郎はちょっとまばたきしたあと、

「そうだ！」

と、うなずいた。

顔を包んだ屍骸《しがい》は、同志来島恒喜に見立ててある。いかにも火薬によるらしい焼け焦げまでつけた着物は、まさに来島のものだ。この馭者が来島を知らない以上、それを見破ることは出来ないはずだ。

「なぜ、そんなことをいう？」

「さっきから、どうにも気になってならないので、お尋ねしたわけで……これから埋めます前に、ちょっと拝見してよろしゅうございますか？」

「見たからといって、お前がおれの同志の顔を知るまい？」

「いえ、ほかの、ある人じゃないかと。……」

「だ、だれだ」

「高利貸しの、染屋銅助というお人じゃございませんか？」

三五郎は、息をのんだ。

――さっき峰吉は、あの馭者は染屋の旦那《だんな》を知っていますぜ、といった。それで訊きただしてみると、いつか峰吉が銅助といっしょに茅場町へ金を投げ込みにいったとき、乗ったことがある、ということだけらしい。もういちど峰吉は三五郎とともに馬喰町の染屋の家まで乗りつけたことがあるが、このときは銅助が出て来たわけではないから、知らないはずだ。そもそも、染屋の名さえ知っているとは思われない。

そんなことなら、いちいち憶《おぼ》えているものか、だいいち顔は隠すんだ、と来島がいい、それでうまくゆくと思っていたのだが、天なり命なり、この馭者は、やはり染屋銅助を知っていた！

「うぬは、染屋銅助の知り合いか？」

これがすでに一つの白状になっていることを、三五郎は気がつかない。

「いえ、かけちがって、あの方から金を借りたことはございませんが……ただ、二度ばかりこの馬車に乗っていただいたことがあるのでございます」

馭者は、ぼそぼそという。

「わずか二度乗っていただいただけで、その身体つきまで憶えていたというのは、私にも珍しいことでございますが、それにはわけがござる。この方が、茅場町のその娘さんのうちへお金を持っていってあげられたときの話でございますが」

馭者は、手の中の屍骸を見て、「この方」といった。

手の中、というのは、彼はその屍骸の顔を巻いた帯を解くのにかかっていたからである。

それを見ながら、三五郎は金縛りになったようであった。

「路地から出て来て、ニコニコ笑いながら、きょうはよいことをした、馬車屋、お祝儀をやるぞ、とおっしゃりました。それで私、一度目にこの旦那が、峰吉というあまりたちのよくない男と、やはり茅場町へいって、どうやら金を投げ込まれたらしい夜のことを思い出したわけでございます」

三五郎はむろん、お梅も瞳孔《どうこう》をひろげている。

どうやらそれは、染屋銅助が昼間一人ではじめて花井の家を訪れて、三百円という大金を置いていったときのことらしい、と、はじめて気がついた。それは知らなかったが、では、あの日、染屋はやはりこの馬車に乗ってやって来たというのか？

「それで、私、何をなさったので、と訊きました。すると旦那は、よほどうれしかったものでござろう、いやなに、この奥におれの昔の朋輩《ほうばい》が住んでいてね、その娘さんをそばからっついて身売りさせようとしている妙なやつがいる、そんなことをさせちゃ大変だから、金をやって来た。――」

ゆっくりと、布は解かれてゆく。

「というのは、その娘さんの死んだおふくろってえのが、おれの惚《ほ》れた女だったからさ。なに、変な下心は露ほどもないぜ、だいいちそのおふくろともきれいなままで済んだんだ。だからその娘さんを救ってやるのがいっそううれしいのさ。ま、汚ない泥沼を這《は》いまわっているような男が、たった一つ、その沼に浮かんだきれいな蓮《はす》の花を眺めてよろこんでいるようなものだなあ。どんな悪党だって、一つくらいこんなことがあるものさ、と、笑っておっしゃった。――馬車のそばの立ち話は、たったそれだけでござります」

帯は解かれてゆく。

「そういうわけで、染屋銅助というお方が、ちょっと頭に残ったのでござる。いや、ちょっとではござらぬ、そのことで、その娘さんとは、いつか拙者に、あなた――自由党の書生さんを助けてくれと頼みなすったあの娘さんじゃあなかったか、と気づき、またあなたが峰吉という悪党といっしょに染屋さんのお宅へいって、どうやら借金を断わられなすったらしい、ということも思い出しました」

屍骸の顔が、半分現われた。

「そして、そのあと、例の浜町河岸の……あの、いうに忍びぬ事件でござる。そのあげく……この人殺しは、やはり金か、事か、思い通りに運ばなんだことからの破綻《はたん》でござろうが」

お梅の顔色より、三五郎のそれのほうが凄《すさ》まじかった。彼はいま、とんでもない馬車を呼んだことをはじめて知ったのである。

「それが、どうしたのだ？」

と、彼はうめいた。

「そんなことが、お前に、何の関係があるのだ？」

「関係はござりませぬ。ただ。……」

帯を解きながら、千兵衛は、依然低い声でいった。

「私、以上のことをつなぎ合せて想像するに……あなたは、染屋の旦那とは逆に、どうしてもあの娘さんに身売りさせようとなされたようでござりますな、あの峰吉という悪党の手を借りてまで」

「金が要ったのだ」

三五郎は、ふるえながらいった。彼の頭は、この馭者《ぎよしや》はいったい何者だろう？　という疑惑のために混乱していた。

「それも、私欲の金ではない！　自由民権の志をとげるための金だ！」

「そう、じかにその娘さんに申されたか」

「いわぬ。女に、そのようなことが頼めるか。峰吉が自分に委《まか》せてくれというから、委せたのだ。……」

「強盗よりも汚ない」

「なに？」

「私の想像した通りでござったな。自分の手を汚したくないあまり、あなたは悪党峰吉の手をかりてその娘さんを汚し、堕落させ、身売りさせようとなすった。そんなことをやる人が、女を愛しておられるはずがない。愛している女をそんな目に合わせるのも正気の沙《さ》汰《た》とは思われぬが、愛してもいない女をそんな目に合わせる――しかも、自分の手はきれいなままにしておく、それが人間のやることでござろうか？」

「黙れ、うぬのような馭者風情に、自由と民権の思想に生命まで捧《ささ》げようとしている志士の心がわかるか。……うぬは、何だといいたいのだ？」

「私はただ、女や子供や、弱い人間をいけにえにするやつは許してはおけないといいたいのです。あなたはこの高利貸しとは反対に、きれいなことをやろうとしながら、汚ない恋をなすった。いや、これが恋でござろうか。……娘さん、こうと聞いても、まだあなたはこの人のあやつり人形になっていなさるつもりかな」

お梅の返事も聞かず、自由党の壮士本阿弥三五郎はさけんだ。

「許してはおけん、とは、どういうことか」

「自首しなされ。……こんな罪を犯して、自由も民権もござるまい」

布は完全に解かれ、絞め殺され、ふくれあがった染屋銅助の顔が、ごろんと現われた。

「おい、外へ出ろ」

顔をそむけ、三五郎はあごをしゃくった。その眼はすでに狂気の光をはなっていた。

彼はステッキを握っていた。これも仕込杖《しこみづえ》になっている。万一、馭者が屍体《したい》を埋葬するまでに不審な挙動を見せたら、やむを得ず――と考えてその用意であったが、不審な挙動どころか、真っ向から断罪されることになろうとは！

千兵衛は、つづいて馬車から下りた。

外は朧月《おぼろづき》であった。ぬるい風に、潮の香がしている。

白刃を抜いた自由党の壮士と、鞭《むち》を一本ぶら下げた馭者は相対した。

「お雛、こわがるでないぞ」

と、千兵衛は声をかけた。

若者は躍りかかった。白刃は空《くう》を打ち、その身体はつんのめった。鞭でどこを打たれたか、彼は地上を転がりまわるだけで、そのまま起《た》てなかった。

十二

干潟干兵衛は眼をあげた。

偶然だが、さっき渡って来た橋の向うから、二人の巡査がやって来るのが見えた。

「やあ」

と、干兵衛は声をかけた。

「早く来て下され、大変ですっ」

巡査は、こちらより何か気がかりなものがあったと見えて、橋のたもとの柳の蔭《かげ》に歩み寄ろうとしているところであったが、ただならぬこの声に、そちらは放り出して、佩剣《はいけん》をガチャつかせながら駈《か》けて来た。

そのとき、こちらでは、もっと大変なことが起った。馬車の車輪の蔭で、苦鳴があがったのである。

地上を這いまわっていた本阿弥三五郎が、その仕込杖を逆手に持って、いきなり頸動《けいどう》脈《みゃく》をかき切ってしまったのであった。

「しまった」

ひざまずいて、朧月にそれを見て、干潟干兵衛はさすがに狼狽《ろうばい》した。刀をもぎとったが、若者は四肢をふるわせ、がっくりと仰《あお》のいた。

「これは、おれも少々やり過ぎたようじゃ」

自分のした行為に対して、愕然《がくぜん》たる痛恨の色が面上に浮かんだ。

巡査が駈けつけて来た。

「どうしたのじゃ？」

「馬車の中にもう一人、屍骸《しがい》がござる」

「なに？」

干兵衛はおろおろと起ちあがって、わけを述べた。

「どうやら高利貸しの方のようで……事情は私にもよくわかりませぬが、この書生さんと借金のもめごとで、馬車の中で喧嘩《けんか》をはじめ、そのあげくの人殺しで。――物音に私が馬車をとめて、わけを聞いているうちに、ふいに自分でのどをかき切ってしまったんで。……」

巡査たちは馬車の中をのぞいて、

「やっ、屍骸が二つある！」

「女も死んでおるぞ！」

と、さけんだ。

干潟干兵衛は仰天し、巡査をかきわけて、馬車へ駈け込んだ。

お梅は座席にのけぞっていた。しかし、すぐにそれは、失神しているだけだとわかった。

おそらく、窓からいま三五郎の死を見て気を失ったものと思われるが、ひょっとしたら、三五郎が馬車から下りたころ、すでに気絶していたのかも知れない。

駁者は、座席の下から瓢箪《ひょうたん》をとり出し、娘の顔に水を吹いた。

「これは、直接関係はないようで……私も知っておる娘さんでござります。私が証人になります」

お梅は、ボンヤリ眼をあけた。

「おう、お前は親子馬車屋じゃな」

巡査は、はじめて気がついたようだ。

「とにかく、外の屍骸をいれろ。警視庁へ運んでとり調べんけりゃならん。……馬車屋、まだお前に聞きたいことがある。警視庁へ、いっしょに来てくれ」

干兵衛はうなずき、お梅に声をかけた。

「心配ござりません。私にまかせておきなされ。……」

鍛冶《かじ》橋の警視庁は、同じ場所に第二次の洋風新庁舎が建設中であったが、すべての仕事は依然として、明治七年来の元津山藩邸を改装した旧庁舎で続けられている。ただし、その長官は、最初の大警視という呼称が、去年から警視総監と改められ、いまの警視総監は元陸軍少将樺山資紀《かばやますけのり》であった。

干潟干兵衛とお梅がそこから出て来たのは、もう深夜に近かった。

「再度の呼び出しがあったとしても、私だけでよいそうでござるから、あなたはもう気づかいりませぬ」

と、千兵衛は娘にいった。――そういうことになったのは、千兵衛の朴訥《ぼくとつ》で誠実な人柄が、取調官に影響を与えたせいに相違ない。

「これまでのことは、悪い夢を見たと思って、みんな忘れなされ。……」

彼はそういいながら、馬車に近づいて、扉をあけた。中では、お雛が眠っていたが、その音で眼をあけた。

「さ、茅場町のお家まで送っていってあげましょう」

お梅は、動かなかった。

いま警視庁での訊問《じんもん》中も、依然放心状態であった娘の眼は、ガス燈《とう》の下で夜光虫みたいにひかっていた。彼女はさけんだ。

「あたしのいのちの花火は終った！　花火を消したのは、お前だよ！」

そしてお梅は、ハタハタと眼の見えない夜の鳥みたいに乱れた足で、京橋のほうへ駈けていった。

千兵衛は、口をあけて見送ったきり、一歩も足が動かなかった。

――おれは、いったい、何をしたのか？

要らざることをした！　と、痛嘆したのは、さっきの自由党の若者の自害を見た刹那《せつな》であった。――ただ自分は、その若者が、純で無智な娘をいけにえにして顧みない心の持主であることを看破して、それを見捨てておけなかっただけだが――それで娘を救ったと思ったのはとんでもないまちがいで、彼女自身のすべてを打ち砕いてしまったのではなかったか？

うなだれて、凝然と立ちつくしている千兵衛に、

「祖父《じじ》」

と、扉のところでお雛が呼んだ。

「こんや、どこでねるの？」

「どこだかわからんが、お前はそのまま馬車で寝ていろ」

と、千兵衛は笑顔をふりむけた。

「ううん、もうすこし祖父《じじ》とのってゆく」

お雛は馬車から下りて来て、馭者《ぎよしや》台にチョコナンと乗り込んだ。

春ふかい夜の東京を、馬車は八重洲《やえす》橋のほうへゆっくりと廻り出した。

千兵衛は考える。――あの娘があああいう状態で去ったとすれば、死んだ壮士に必ずあるはずの仲間に、さっきのいきさつを、敵意をもって報告するにちがいない。

すると、どうなるか。――

自分は自由党の若者たちに好意を持っているのだが――彼らから、ひょっとすると報復の行為を受ける羽目にならないとも限らない。

「お雛」

と、彼はいった。

「お前、これからな、祖父《じじ》のいないとき、知らないおじさんに呼ばれても、決してついてゆくのじゃないぞ。そして、もし連れてゆかれたら……父《とと》を呼べ。そして父《とと》に祖父《じじ》を呼びに来させろ。いいか。……わかったか？」

「うん」

これは、半年ばかり後のことになるが。——

ある雨の日、柳橋近くの往来を走っていた千兵衛は、そこを通りかかったお梅を見た。

——彼女は藍微塵《あいみじん》のお召《めし》の袷《あわせ》に、黒繻子《くろじゅす》に八反《はったん》の腹合せの帯をしどけなくしめ、蛇の目をさしていたが、まぎれもなく凄艶《せいえん》な芸者の姿であった。

そして、そのうしろから歩いている箱屋は、例の八杉峰吉であった。

二人は、こちらを見て、はたと立ちどまった。お梅は蛇の目をくるっと廻《まわ》して顔をかくし、峰吉はあごをつき出して、にやっと笑った。

雨がふっていたのと、客を乗せていたこともあって、千兵衛は馬車をそのまま走らせて過ぎた。

あのお梅が、どうして芸者になったのか。——まして、自分を犯した、凶暴でいやしい、悪魔のような男を、どうして自分の箱屋にしたのか、彼にわかる道理はなかったが、なぜか罪の一端は自分にあるような気がした。あの女が、幸福になったはずがない。——

——この悪縁に結ばれた二人の男女が、浜町河岸で、お梅の峰吉殺しという破局を迎え、いわゆる「明治一代女」の幕をとじるのは、五年後の明治二十年の梅雨《つゆ》どきの話になる。

開化の手品師

一

……さて南小田原町で、屍骸《しがい》はおろか、二人の巡査まで乗せて、馬車がいってしまったあとである。

「どうしたんだ」

橋の手前の柳の蔭《かげ》で、不審な声が聞えた。

「いったい、何が起ったんだ？」

来島恒喜だ。

「わからねえ。……とにかく、まずいことになりやしたねえ！」

うめき出したのは、峰吉である。

二人は、本阿弥三五郎らが染屋銅助の屍体を運び出す間、例の家から身を隠していて、そのあと馬車を追ってついて来たのだが、その馬車で、今しがた起った事件の意味がよくわからなかった。――その三五郎と馭者の問答は、馬車の中でやりとりされたからだ。

ただ、彼らが見たのは、やがて二人が馬車から出て来て、意外な争闘が起って、三五郎が倒された光景であった。——駈《か》け寄ろうとしたところを、ちょうど巡邏《じゅんら》して来た巡査のために、その足を封じられてしまったのだ。

「警察へしょっぴかれて、あの馭者やお梅さんが何をしゃべるか。……いや、埋めねえ前にあの屍骸を見られりゃ、こっちはもうおしまいだ！」

峰吉は、のどがひりついたような声を出した。

「おりゃ、あんな馬車屋に頼むこたァ、はじめから反対だったんですよ！」

あの馬車屋に屍骸を運搬させることを思いついたのは、まさに来島だが、しかし来島にして見れば、そもそも本阿弥三五郎がこんなやくざ男と組んで高利貸しから金を取ろうとしたのが、魔が魅入ったとしか思われない。金が欲しかったのは事実だし、自分にその手段もないので、黙って見ているよりほかはなかったが。——

その本阿弥も、こいつの口ぐるまに乗せられたのだろう、と思ってはいるが、しかし、いまさら、このやくざ男とへまのなすり合いをする気は彼になかった。

「ね、染屋の旦那《だんな》を殺したのァ、あっしじゃねえからね。本阿弥さんでゲスからね。……」

「わかった、わかった」

歩き出しながら、来島はうるさげにうなずいたが、やはり改めて聞かずにはいられなかった。

「峰吉、そもそもお前は、どうしてお梅さんを身売りさせようなんてお節介なことを思いついたんだ。ただ金が欲しいにしては、少ししつこいようだが。……」

「へ、へ、こうなりゃ、いいますがね」

峰吉は、月光に、ぞっとするような悪党面《づら》になった。

「あんないい男と、いい女が――しかも、自由民権とか何とかえらそうなことをいって、いい気になってる若え二人を、めちゃくちゃにしてやりたかっただけでさあ」

来島恒喜の右手についていたステッキが、左手に移った。仕込杖《しこみづえ》であった。

峰吉は大きく飛びのいた。このときになって、彼が来島にこんな偽悪的な――あるいは本心だったかも知れない――告白をした気持は、次のせりふでわかった。

「あっしゃ、こんな悪党だ。だから、書生さん、あっしのことをばらすと、あっしもあんたがたのことをばらしますぜ。――あんたがたのやろうとしてることは、だいたい知ってるんだから」

何もかもぶちこわしになった、やけのやんぱちからではあろうが、明らかに恐喝であった。

「どっちも黙ってりゃ、あいこだ」

そして彼は、蝙蝠《こうもり》みたいに、ヒラヒラ逃げていった。

来島恒喜は、そのやくざ男を相手にしている余裕はなかった。――実際に、自分のアジトを警察にただちに急襲されるおそれがあったのだ。

そもそも、その危険は、この事件以前からあった。疑心暗鬼か、さっき二人の巡査が馬車のほうへ駈けつける前に、自分たちを不審訊問しようとした気配であったが、あれもただの巡邏とは思えない。

彼は、越前堀町の家へ馳《は》せ戻った。

とにかく爆弾関係の物件だけは持って、どこかへ身をくらませなければならない。

すると――その家の前に立っている一つの影があった。それが、マントをつけたポリスとしか見えず、彼はぎょっとしてたたらを踏んだ。

「来島さんじゃありませんか」

なれなれしい声がかかって来た。向うからは、月の光に、こちらがよく見えたらしい。

「だれ？」

「川上ですよ。玄洋社の川上音二郎ですよ」

来島は、溜息《ためいき》をついて、近づいた。

「やあ、やっぱり来島さんですな。ある方面から来島さんがここにいられると聞いて、探し探し――といっても、人に余り聞けないので、こんな夜になってしまって、申しわけありません」

と、相手はぺこんと頭を下げた。

廿歳《はたち》前後の青年だ。それが、実に妙な姿をしている。さっきマントを着た巡査と見誤ったが――肋骨《ろっこつ》のついた軍服に、陣羽織といったいでたちなのだ。

「どうやらここらしい、と探しあてたが、戸はあくし、灯もついてるのに、だれもいない。

「君は、大阪のほうにいたと聞いたが、いつ東京へ出て来たのだ」

「――」

「去年の暮です」

来島は博多の生れだが、早くから頭山満《とうやまみつる》の弟分格として、反政府結社「玄洋社」の壮士であった。そこへしきりに出入りしていた川上音二郎という同郷の少年は知っている。来島はことし二十五になるが、年はそれより五つ六つ下だろう。恐ろしく活気に満ち、呆《あき》れるほどにおしゃべりな少年だったという記憶がある。その後大阪へ出て、自由民権の煽動《せんどう》演説で、何十回も警察につかまるような生活をしているという話は、何かのはずみで、風の便りに聞いたことがあったが。――

「せっかくだが、今夜おれは、君と話をしていられない状態なんだ」

来島はそそくさと家の中にはいりながら、それにしても、と川上音二郎の異様な姿をふり返った。

「その恰好《かっこう》は何だ」

「いま僕は、松旭斎天一《しょうきょくさいてんいち》一座に籍を置いているんです」

「え、松旭斎？　あの、西洋大奇術の？」

「左様」

「君は手品師になったのか」

「少しは、やりますがね。それより前座として、唄《うた》を歌って、自由民権を鼓吹しているんです」

そして、その見るからに陽気な青年は、ほんの先刻殺人の行われた家で、どこからか扇子をとり出してパラリとひらき、陣羽織の姿をそっくり返らせて歌った。

「権利幸福きらいな人に、

自由湯《とう》をば飲ましたい

オッペケペ、オッペケペ、

オッペケペッポー、ペッポーポーポー」

それから、唖然《あぜん》としている来島に、彼はいった。

「いま浅草で興行してるんだが、知らなかったですか。……何なら、来島さん、そちらへゆかんですか？」

二

——旧幕時代から、小屋掛けの芝居や見世物は数多くあったが、これは異風だ。

舞台は粗作りながら一応の建物で、見物席も野天ではなく空を天幕で覆ってあり、まわりも蓆《むしろ》囲いでなく、板張りとなっている。

その板囲いのいたるところに、風船とともに天女が空中を飛翔《ひしょう》したり、美人の生首がテーブルの上にのっていたりする、稚拙だが、いかにも奇々怪々な極彩色の絵が貼ってある。

十数本の幟《のぼり》が初夏の蒼空にはためいて、それには、「万国第一等・世界無比・改良西洋大奇術興行・松旭斎天一一座」と染め出してあった。

浅草の奥山であった。

舞台のほうでは、お囃子《はやし》にのって、朗々とした口上の声、見物のどよめきが聞える。

「……手品と申せば不可思議のように思われまするが、それがマジック、軍人方は智謀計略といい、花魁《おいらん》は手練手管、あしたもきっと来てくんなまし……と、お背中たたくもこれ手品。長口上は略しまして、とりかかりまする奇術は、渡るに由《よし》なき天のかけ橋、股《また》からのぞいた錦帯橋《きんたいきょう》、当今で申せば、サスペンション・ブリッジとござい。……」

そんな口上や手品は、もう何度か見、聞き、その種や仕掛もだんだんわかって来たが、それでも来島恒喜には、まだ魔魅の世界に迷い込んで来たような気がする。

彼は、楽屋の箱にもたれて坐《すわ》り、茫然《ぼうぜん》としていた。

楽屋というものが猥雑《わいざつ》なことは、いずこも同じ、だろうが、ここではそれに猛烈な異国の匂いがする。

だいいち、彼のもたれかかっているえたいの知れぬ箱のかたち、金ピカの金具がそうだし、その他雑然と積んである鏡や椅子や壺《つぼ》、それに幻燈器《げんとうき》などいうものも見えるし、鳩や十姉妹《じゅうしまつ》をいれた鳥籠、金魚をいれたガラスの大鉢も日本製のものではなく、壁にかかった旗や衣裳《いしょう》もエキゾチックで、おまけに蠟《ろう》で作った人間の首や手首なども見える。

むろん、楽屋にいるのは彼だけではない。一座の手品師や前座の芸人もいるし、ひいきの客も詰めかけている。子供が多い。

その中を、いろいろの小道具をかかえた男女が忙しく出入している。

来島もその役を果さなければならないのだが――そして、ここ十余日、そうして働いて来たのだが――そのてんてこ舞いの疲れがふっと出て、背中に天一と染めた真っ赤な半被《はっぴ》を着たまま、そこに坐りこんでしまったのだ。

いましも、その楽屋の向うへ、松旭斎天一が舞台から引揚げて来た。

天一は、三十くらいであったが、四十男みたいな顔をしていた。老けている、という意味ではない。長いわらじのような顔に、もっともらしい口髭《くちひげ》、あぶらぎった堂々たる体格に、そんな貫禄《かんろく》があるという意味だ。これが、能衣裳みたいな金襴の袴《はかま》をつけ、きらびやかな裲襠《うちかけ》をゾロリと羽織っている。

「やあ、やあ、サンキュー、サンキュー」

と、いって彼はどっかと花模様の座蒲団《ざぶとん》に坐り、女弟子の捧《ささ》げるお茶をのみ、ひいきからのさし入れの菓子をパクパク食いながら、まわりに集まった子供たちに愛嬌《あいきょう》をふりまいた。

いまいったように、やるものが奇術だから、楽屋へ訪れて来るファンも、ほかの興行とちがって少年少女が多い。

「天一さん、あの刀の梯子《はしご》のぼって、どうして足が切れないの？」

「からっぽの帽子の中から、どうして鳩が出てきたの？」

「教えて、教えて」

そんなさえずりの中に、

「天一さん、きょう、あのオッペケペーのお兄さん、いないの？　どうしたの？」

という、女の子の声がした。

「やあ、貞《さだ》ヤッコさんか」

と、天一は相好を崩した。

稚児髷《おちご》に結った十ばかりの少女だ。ほかの子たちは、たいていこの浅草界隈《かいわい》の子供で、洟《はな》をたらしているのが混っていても目立たないむれの中に、これは大家のお嬢さまみたいにちゃんとした身なりをしていたが、何より人の眼をひくのは、青味をおびた大きな眼、かたちのいいつんとした鼻、雪のような肌、すでに豊艶《ほうえん》と形容してもいい、混血児《あいのこ》めいた美貌《びぼう》であった。

「オッペケペーはいまどこかに出かけているようだ。しかし、お前さん、へんなやつがひいきだね」

すると、ほかの子供たちが、いっせいにいった。

「あれ、おもしろいよ」

「あたいも、あのオッペケペーのお兄さん、好き！　好き！」

天一は苦笑した。

彼は、大阪の曾呂利《そろり》新左衛門《しんざえもん》という落語家とつき合いがあったが、去年の暮、その曾呂利新左衛門の弟子という紹介でやって来た川上音二郎という青年である。
ただし、落語にかけては、無能どころかほとんど無知であったが、恐ろしく元気のいい若者であったので、呼び込みか、小道具運びくらいには使えるだろうと、そんな連中がゴロゴロしている一座にいれてやった。
すると、この川上青年はしきりに舞台に立ちたがり、手品のつなぎに出してやったら、始めたのがオッペケペー節というしろものだ。
「かたい裃《かみしも》かどとれて
マンテルズボンに人力俥《しゃ》
粋《いき》な束髪、ボンネット
貴女《きじょ》に紳士の扮装《いでたち》で
うわべの飾りはりっぱだが
政治の思想が欠乏だ
心に自由の種をまけ
オッペケペ、オッペケペ、
オッペケペッポー、ペッポーポーポー」
これを、古軍服に緋《ひ》の陣羽織、日の丸の軍扇といういでたちで、蛮声張りあげて歌い、当人は芸名「自由童子」と称している。芸にも何にもなっていないが、これが意外にも受けるらしいので、天一はつづけることにした。

それに天一は、奇術の仕込みにアメリカへいっていたこともあって、自由の歌などいうものに拒否感がなかったせいもあった。また彼は、日本における西洋奇術の開祖的存在となっただけあって、よくいえば進取の気性、悪くいえばヤマ師的根性に富んでいたが、その彼がどこかこの狂躁《きょうそう》な若者に肌の合うものをおぼえるところがあったのだ。

とくに、子供たちに人気がある、とは承知していたが、この行儀のいい貞ヤッコまでがあの騒々しい若僧のひいきだとは思わなかった。

芳《よし》町の芸者置屋、浜田屋の養女だそうな。それが、しょっちゅう姐《ねえ》さん芸者、ときには女将《おかみ》に連れられて、俥《くるま》で見物にやって来る。はてはこうして楽屋にまではいり込むようになった。

貞ヤッコちゃんと呼ばれているが、むろんまだ芸者としての名であるはずはない。たんなる愛称だろうが、しかし将来はきっとそうなるはずで、しかもまちがいなく大した美人になると、今から眼にかけられて、ほかの下地っ子とはちがって特別待遇を受け、ある程度のわがままは大目に見られているらしかった。いわば、金の卵だ。

天一は、へたな女客より、この十歳の美少女が楽屋に来るほうを愉《たの》しみにしているほどであったが、しかしまったく自分の手品にひかれてのことだと思い込んでいた。

「なんだ、貞ヤッコさんは、西洋奇術を見に来るんじゃないのか」

と、いいながら天一は猿臂《えんぴ》をのばして、少女の髷に横ざしに刺してあった珊瑚《さんご》の簪《かんざし》をヒョイと抜きとった。

「あらっ、イヤ、かえして！」

と、貞ヤッコは身体をくねらせながらいざり寄って、手をのばす。

すると、その天一の掌の中で簪は忽然《こつぜん》と消え、ニヤニヤ笑いながら、また擦り合せる掌のあいだから、スーイと長いあやめの花が咲いて来た。

「まっ！」

舞台ではこんな花を何度か見ているけれど、すぐ眼の前でこれをやられて、口をあけてのぞきこむ貞ヤッコを、天一はあやめを放り出してぐいと抱き寄せ、ひざの上にのせて、そのさくらんぼのような唇をチュッと吸った。

すると、その頭をうしろから、ぴしっとたたいたものがある。

「何をする？」

三

「何をするとは、こっちでいいたい」

うしろに立っているのは、川上音二郎であった。手に扇子をぶら下げている。

「おれの貞ヤッコに何なさる」

音二郎は笑っていた。いま外から帰って来たところらしい。

「おれの貞ヤッコったってえ、まだこんなねんねじゃないか」

「いや、いくらねんねでも、とにかく女性に対して承諾なしのキッスはいかんよ。……一座の男女の風儀については、特別うるさい師匠じゃないか」

天一は苦笑した。

人間だれしも矛盾のかたまりといえるが、この松旭斎天一も、日本奇術史上、天一の前に天一なく、天一の後に天一なし、といわれるほどの人物である一方、言行不一致の大塊であった。

この男は、もとは真言宗の坊主であって、いわゆる真言秘密の法と称する加持祈禱《かじきとう》などやっているうちに、ふと長崎でジョネスというアメリカ人奇術師と知り合ったのがもとで、真言秘密の法より西洋奇術のほうが効験あらたかだとこの道にはいり込んだのだが、いまでも坊主時代のくせが残って、説教好きだ。

とくに、いま川上が指摘したように、一座における男女の道にうるさい。それまでの日本の芸能とちがい、男女混合の奇術師一座なので統制の必要もあったのだろうが、この点についてはふだんから、座員一同にこんこんとおごそかに訓示してやまない。

しかるに彼自身は、大変な好色漢なのである。女房も子供もあって、これは一座に同居させると教育上よろしくないと神田でてんぷら屋をやらせているが、自分は一座の女弟子たち——美人が多い——には、一視同仁、手をつけている。

いま、混血児《あいのこ》ではないかといわれる十の美少女にキスしたのも、ほんとうのところはその心底に、たしかに好色の衝動があった。——

それだけに天一は、いま自分を打擲《ちょうちゃく》したこの無礼な弟子の扇子に——ただの扇子ではない、骨の長さが一尺はあろうかと思われる軍扇である——冗談ではない力感があったことを感得した。

「音二郎、おれの貞ヤッコって。——」

と、彼はくり返した。

「お前も、この子が好きかね。年は十くらいもちがうじゃないか」

「師匠、出番です」

と、弟子が駈《か》けて来た。

天一は立ちあがり、楽屋の裏口で、このごろ川上が連れ込んだ来島という男が、壮士風の白髪の男と話しているのをちらっと眺めて、舞台のほうへ出ていった。

来島恒喜は、天一より早く、その男を発見していた。川上といっしょに現われたのだが、川上はすぐに貞ヤッコを抱いている天一のほうへ軍扇を握りしめて近づき、その男は、それからの椿事《ちんじ》より、楽屋の光景そのものを珍しげに見まわしていた。

「おう、秦君、お久しぶり」

来島は立っていって、声をかけた。

秦剛三郎——派閥がちがうが、やはり自由党の壮士で、来島も、二、三度会ったことがある。

「や、来島君。……川上から聞いたが、妙なところにおるな」

「ふふん」

来島は笑って、自分の半被《はっぴ》姿を見まわした。

「銀座でばったり川上に逢《あ》ってね、妙な話を聞いた」

「何だ」

「本阿弥が死んだそうだな」

「死んだ」

「それについて、親子馬車の馭者《ぎょしゃ》が問題だが。……」

来島は黙って相手の顔を見つめていたが、腹の中で、あのオッチョコチョイが要らざることを、と舌打ちした。

彼は、この秦という、いかにも凶暴粗雑な壮士が好きでない。きらいというより、何やら危険性を感じる。で、彼より本阿弥三五郎のほうが比較的親しくつき合っていたようだ。

その秦剛三郎を、去年の暮東京に出て来たという川上が、もう知っていたらしい。世の中にこわいということを知らず、全然人見知りしない——自由党の壮士らしいと見れば、だれでも近づいて肩をたたき、おしゃべりを始めかねない音二郎なればこその結びつきだろう。

そこへ、天一に一撃を加えたその川上がやって来た。

「ここでの立ち話は邪魔だ。そとへ出よう」

と、来島恒喜があごをしゃくった。

三人は裏の空地に出た。遠く近くから、見世物小屋の呼び込みの声、大道芸人の口上、鉦《かね》や太鼓、その他このごろめっきりふえた西洋楽器の音が、波のように流れて来る。

「川上に聞くと……その馬車の馭者、捨ててはおけんじゃないか」

と、秦剛三郎はいい出した。

例の本阿弥の件だ。そのことは、判断に苦しんで来島が川上に話した。

あの事件のあと、来島は苦労して、いちどだけお梅を呼び出し、どうして本阿弥が死んだのか、ということを聞きただした。お梅は依然ボンヤリしていて、話の内容もあの夜のようにおぼろめいていたが、それにしても驚くべき話であった。

馭者は、顔を布で包まれた屍体《したい》が何者であるかを看破したあげく、三五郎のやったこと――金欲しさにお梅を身売りさせようとしたその行為の、志士にあるまじき汚なさを指摘し、その結果、三五郎が錯乱状態におちいって切腹してしまったという。

来島は、うなった。はじめは、とんでもない馭者だ、と憤怒したが、よく考えると、まったく馭者のいう通りだ。実は来島も、三五郎の小細工には首をかしげていたのだ。それは金への渇望と本阿弥の異常な潔癖性からつむぎ出された、実に変てこな犯罪であった。

金の必要と友人の性格を知悉《ちしつ》しているから彼は黙視し、おしまいには犠牲者の屍骸《しがい》の処置まで自分が工夫する羽目にはなったが、それだけに来島は、そういわれてみると、罪を犯したのはまさにこっちだ、という悔いを改めて感じないではいられなかった。

「いったい、あの馭者は何者じゃ？」

と、秦がいう。

「わからん」

「敵か、味方か」

来島は首をかしげた。

「少なくとも、敵、とまではいえんのじゃないか」

こういう来島らしからぬ煮え切れなさが、川上をして秦に注進させることになったのだろう。――秦は、いらいらしたようにいった。

「あの馭者には、こっちもちょっと気にかかることがある」

「何だ。君も何かあったのか」

「それはまた、いつかいうことがあろう。……とにかく、捨ててはおけん」

秦の眼に、極めて危険な光が浮かんでいるのを見て、来島はいった。

「しかし、あのおやじには、小さな女の子がおるぞ。むやみに始末する、というわけにはゆかんだろう」

「そうだ」

と、川上音二郎が手を打った。

「その馭者が何者か、何を考えてあんなことをやったのか。……それを聞くために、その女の子をさらって、それを手品のたねにして、そやつに白状させたらどうでしょう？」

四

お雛が誘拐されようとしたのは、五月半ばのある午後であった。
燕《つばめ》飛ぶ大川に沿う花川戸の河岸地だ。やや広い通りなので、初夏の白い日ざしの中に、子供たちがたくさんむれ遊んでいた。縄飛びしている群れがある。鞠《まり》つきしている群れがある。石けりしている群れがある。
「まって」
と、お雛がいうので、干兵衛は空の馬車を停めた。
「お嬢さん、おはいり
はい、よろしゅう
ほら、ジャンケンポン
まけたおかたは
おぬけなさい」
子供たちが、歌って、笑って、遊んでいるのを、お雛は馭者台で、眼をかがやかして眺めている。
「お雛、ゆこうか」
と、やおら干兵衛がいっても、

「まって」

と、首をふる。

千兵衛は、馬車を動かしかねた。——幼女をかかえての馬車暮し、それはほかに法のない生活法であり、お雛もそれをいやがってはいないのだが、友達が出来ない、ということだけが苦のたねだ。

ふと、お雛があどけなく問いかけた。

「祖父《じじ》。……子供はみんな母《かか》さんからうまれるんでしょ?」

「そうだよ」

どうしてお雛が、いまそんな問いを投げて来たのか、見当もつかない。あまりそこにおびただしい子供たちがいたから、あれがどこから発生したのか、という疑問が天然自然に浮かんで来たのかも知れない。また、それを見ている母親たちの中に、あかん坊を抱いたり、背負ったりしている姿が、少なからずあったせいかも知れない。

しかし、千兵衛はあわてていた。この子の唇に、母という言葉が出るときが、いちばんつらい。

「母《かか》さんは、またその母《かか》さんからうまれるんでしょ?」

「そ、そうだよ」

「母さんの母さんは、またその母さんからうまれて、ズーッといちばんむかしは、だれからうまれたの?」

千兵衛は、ややほっとしてお雛の顔を見つめた。この子も、こういうことを訊《き》くころになったか、という感慨があった。

「それがよくわからんのじゃよ」

と、笑いながらいった。

「神さまが生んだのだ、ということになっとるがね」

「神さまって、天にいるんでしょ？」

「そういうことになっとるがね」

「それじゃ」

と、お雛はいった。

「神さまは、はじめ、ドスンと天からおちてきて、子供をうんだのね。……」

千兵衛は大笑し、可憐《かれん》さに涙をにじませた。何か買ってやらなければ納まらない気持になった。

それで、菓子を買って、食べさせながらゆくことを思いついた。見まわすと、片側に並んだ町家《まちや》の中に、駄菓子屋が一軒ある。

「お雛、祖父《じじ》はお菓子を買って来るからな、待っていろよ」

と、いって彼は馭者《ぎょしゃ》台から下りながら、

「もし、変なおじさんが来たら、大声で呼べ」

と、つけ加えた。

二人並んで馭者台に坐《すわ》っているとはいえ、むろん、日常、寸時も離れずそうしているわけにはゆかない。少時間にせよ、どうしても用足しにゆかなければならないときはある。

そのたびに、いちいちこんな注意をしているわけではないが、ただここ十日ばかり、妙な影を感じていたからだ。夜、停めている馬車の近くで、じっとだれか見張っているような気がしてならないことがあったし、また昼間、馬車を走らせているとき、幌《ほろ》をかけた俥《くるま》が一台、ときに二台、どうもこっちを追っているのではないかと思われたこともある。

——思い当ることはあった。

で、そんな注意を与えて、十歩ばかり歩いて、ふとふり返ると、お雛の姿が馭者台にない。はっとして見まわすと、その小さな姿が、縄飛びしている子供たちのほうへ飛んでゆくのが見えた。

どうやら、お雛はたまりかね、そばに祖父がいなくなると同時に、鎖を離された子犬みたいに駈《か》け出していったらしい。

それを呼び返す力は、千兵衛になかった。

「遊べ、遊べ。……遊んでもらえるなら、ちょっとでも遊べ」

むしろ、微笑《ほほえ》んで彼は歩き出し、駄菓子屋へはいった。

菓子を買ったついでに、隣りの荒物屋に寄って、マッチやシャボンやわらじなどを買う。

——突然、彼はふりむいた。

「祖父《じじ》！ 祖父《じじ》！」

子供たちの喧騒《けんそう》の渦の中から、その距離で、その声を聞いたのは、千兵衛だけであったろう。

彼は、二人の壮士風の男が、猛然と吾妻橋《あずま》のほうへ走ってゆくのを見た。手拭《てぬぐ》いで頬か
むりしたその一人が小脇に抱きかかえているのは、まぎれもなくお雛であった。

千兵衛は、買ったばかりの菓子やわらじを店に放り出し、恐ろしい勢いでそれを追っか
けていった。

「待てっ」

ちらっと、もう一人の壮士がふりむいて何かさけんだようだ。頬かむりの男は、お雛を
往来に投げ出し、馬道のほうへ、角を廻《まわ》って逃げていった。

千兵衛は駈け寄り、お雛を抱きあげ、男たちの逃げた方角とは反対側の吾妻橋のほうか
ら、五、六人の巡査が歩いて来るのを見ると、

「人殺しっ」

と、さけんだ。

「なに、人殺し？」

巡査たちは、砂けぶりをあげて駈けて来た。

「どこで人が殺された？」

「あそこへ逃げてゆく男どもが人殺しなのでござる！」

問いと返事がくいちがったが、それより巡査たちを打ったのは、千兵衛の凄《すさ》まじい形相

であった。

彼は、いまお雛をさらおうとしたのが、いつかの高利貸し殺し、また自由党の壮士殺しに関係のある連中だと看破していたわけではない。それより、いまお雛をさらおうとしたそのことが、人殺しに匹敵する凶行だと信じて怒り狂っていたのであった。

「あれをつかまえて下され、早く、早く！」

その必死の声に煽《あお》られて、巡査たちは佩剣《はいけん》をとり直して、まだ向うに見える二人の壮漢の影を追っかけていった。

干兵衛は、お雛を横抱きにして、これまた駈け出した。

男たちは、雷門《かみなりもん》跡あたりから、浅草寺《せんそう》境内へ消えてしまった。

五

雷門は慶応《けいおう》元年に焼けたっきりで、浅草寺は、当時の唯我《ゆいが》僧正が「公園トハ称スレドモ汚穢《おえ》ノ境ト変ジ」と歎《なげ》いて記したようなありさまであった。境内に、いわゆる奥山の見世物町が蟠踞《ばんきょ》していた状態をいったのだ。

いつのまにか、お雛の帯で、お雛を背負った干兵衛がその奥山に駈け込んだときは、巡査たちが板張りの見世物小屋の一つの前に立って、

「ここじゃ、たしかにここへ逃げ込んだぞ！」

と、さけんでいるところであった。

千兵衛は空を見た。「万国第一等・世界無比・改良西洋大奇術興行・松旭斎天一一座」の幟《のぼり》が何本かはためいていた。

「楽屋口もござる。一人か二人、裏にも廻って下され！」

と、千兵衛は巡査を指揮した。

そして、残りの巡査といっしょに、小屋の中へはいっていった。巡査たちの見幕におそれをなして、木戸番は制止もしない。巡査たちは逃げた男たちの罪状をたしかめるより、いま自分たちを見ながら逃走した二人の壮漢の挙動に不審をおぼえて、まずこれをつかまえるのにのぼせあがっていたのだ。

舞台では、いましもその松旭斎天一が、口上を述べているところであった。彼は例によって、能衣裳《のういしよう》みたいな金ピカの袴《はかま》に、恐ろしく華美《はで》な裲襠《うちかけ》を羽織っていた。

「お目にかけまするは、お待ちかね、人外の大神秘、美女の昇天。……」

そばに、鉄の柵《さく》で作った大きな箱が置かれてある。それから、いま彼は「美女」といったが、そこに立っているのは、稚児髷《おちご》に結った町の少女らしい、十ばかりの娘だ。ただし、たしかに眼を見張るばかりに美しい少女ではあった。

あとでわかったところによると、いつもは天女の扮装《ふんそう》をした女が出て来るのだが、その日は少し趣向を変えて、と天一がいい、客席にいたその少女を舞台に呼びあげて、これからその檻《おり》の中で消して見せる、と、いい出したところであった。

むろん、そんな手品を見物している場合ではない。その口上もうわのそらに、干兵衛と巡査たちは、見物のあいだを、眼をひからせて歩いてまわった。

むろん、そのころのことだから、見物は蓙《ござ》を敷いた土間に坐って見る。そこを傍若無人に立って徘徊《はいかい》する黒い影に、ぶつくさいう客は多く、しかしヒョイと見て、それが巡査だとわかると、たいてい声をのんでしまったが、中に、

「邪魔だ、ポリス！」

と、遠慮なく声をかける者もある。それは書生か壮士風の男にきまっていた。

こうして調べると、気のせいか、この見世物見物にそういう風態の若者が意外に多いことを知って、舌打ちしないわけにはゆかない。そして、そのため、さっきの男たちは、容易に判然としなかった。一人は頰かむりしていたし、もう一人も顔をはっきり見たわけではないし、だいいちその男たちがこの中にまぎれ込んでいるかどうかも、まだわからない。

が、あるところで、はたと立ちどまったのは干兵衛であった。

「お雛」

と、背中の孫娘にささやいた。

「おまえをさらったのは、この人か？」

彼がそういった相手は、まだ三十代と見えるくせに、白髪の壮士であった。干兵衛にとって、忘れることの出来ない築地の雪の野原で逢《あ》ったあの男にまぎれもなかった。

「なんじゃ？」

白髪の壮士は、険悪な眼をジロリとあげたが、ちらっとその眼を巡査のほうへ移して、

「やあ、いつかの馭者か。……あの節は何かと世話になった。その後、達者か」

と、いって、ニヤリと不敵に笑った。

「わかんない」

と、お雛は小さな声でいった。

夢中で遊んでいるところをいきなり横抱きされたので、幼女におぼえがないのも当然だ。ましてや、それが頬かむりしていたにおいてをやである。

千兵衛は、そばに坐っているもう一人の若い男を見下ろした。

「この人か？」

幼女に見つめられて、その若い男はドギマギと舞台に眼を移したが、幼女が何もいわないうちに、ふいにぱっと立ちあがった。

これは、古軍服をぬいでふつうの書生姿をしていたが、オッペケペーの川上音二郎であった。お雛をさらうとき、まず近づいて声をかけたのが彼だったので、いまその凝視を受けて動揺し、たまりかねたのである。

いちど出口のほうへ駈け出そうとし、そっちに巡査が立っているのを見ると、彼はどどっと舞台のほうへ逃げ出した。手に長い扇子を下げていた。

「やっ、あいつだ！　待て！」

巡査たちは、客を蹴飛《けと》ばしてそれを追った。

舞台では、見物席のざわめきに眉《まゆ》をひそめつつ、天一が長口上ののち見得を切り、促されて稚児髷の少女が檻へ進み寄ろうとしていた。檻は、四隅に一尺ばかりの足がついているので、小さな車のついた踏台を弟子が滑らせて来たのを踏んで、中にはいった。檻は舞台の中央にあり、その柵がはずれるようなものではなく、また柵のあいだも床下も見通しで、四方に隠し場所などないことは、さきに見物に見せてある。

と、その檻の四方から、巻きあげてあった真紅の長い幕がパラリと落ちた。――そこへ、いまの若者が飛びあがり、キリキリ舞いをし、扇子を放り出し、眼前の幕をひきあけて、転がるようにその檻の中へ逃げ込んだのである。

「――されば、いよいよ西洋大魔術、美女の昇天。……」

と、天一が朗々と声張りあげたのは、いままでの演技の流れがとまらなかったらしく、弟子がまた、いまの踏台を滑るようにとり払っていったのも、長年の習慣的動作であったろう。

「待て、興行中止！」

と、巡査たちは怒号した。

「その幕をあけろ！」

天一と弟子たちは夢から醒《さ》めたように狼狽《ろうばい》してその幕に手をかけ、いっきにひき落した。

檻の中ががらっぽであることに、見物たちがどっとどよめいた。わずか一分足らずのあいだに、いまの若者と少女は忽然《こつぜん》と消滅していたのである。

巡査たちは、かっと眼をむいたままであった。

「ど、どうしたのじゃ、これは？」

「さて、御見物衆、美女はいずこに昇天したものでござりましょうや。……」

と、いった松旭斎天一は、もうこのときにはおごそかな口髭《くちひげ》の下に、ニンマリと薄笑いを浮かべているようであった。

「こら、いまの若者はどこへいったか、早く出せ！」

「いまの若者、あれは、この世の夢か幻か。……」

舞台に上っていた干兵衛はしゃがみ込んで、そこに落ちていた大きな扇子を拾いあげた。

「師匠、いまの若い衆が落していったものが、ここにたしかにあるぞ。……」

天一は、落着き払ってそれを左手で受取り、右手でシュウとしごいた。

「これまた霧か煙か。……」

一尺以上もあろうかと思われる軍扇は、ふっと空中にかき消えていた。さすがの干潟干兵衛も、眼をパチクリさせた。

そのとき、舞台の袖《そで》から、縹渺《ひょうびょう》と一人の少女が現われた。――まるで、雲を踏んでいるような足どりであった。ほんのいま、檻の中で消えた少女だ。

「お、お前……隠形《おんぎょう》の術で空を飛んだか？」

鎮座したままの檻と見くらべ、思わず巡査の一人がそう訊《き》き、すぐに、

「こら、もう一人の男はどうした？」

と、鬼みたいな顔になってわめいた。

混血児《あいのこ》めいた美貌《びぼう》の少女は、眼をつむったまま、腕をあげて天をさした。

「ば、馬鹿な――きさま、小娘のくせに、警官を白痴《こけ》にするか！」

するよ、少女はびっくりしたように大きな瞳《ひとみ》をあけ、警官を眺め、それから両掌を顔にあてて、さめざめと泣き出した。数瞬ののち、見物席からは、不粋な警官を罵《ののし》る声が、嵐のように吹きつけて来た。

「楽屋には、怪しきやつはだれもおらんぞ。……」

と、裏口に廻《まわ》った二人の警官が、そこにキョトンとした顔をつき出した。

檻に逃げ込んだはずの若者は、天地の間にかき消えてしまったのである。気がつくと、客席にいた白髪の壮士も、いつのまにやら姿を消しているようだ。

満場の罵声《ばせい》と嘲笑《ちょうしょう》の中に立ちすくんでいる警官に、そのときおずおずと干兵衛がいい出した。

「これは、えらい騒ぎになった。……旦那《だんな》、申しわけござらぬ、実は、人殺しと申しましたが、あれは拙者、この子にいたずらしかけた男に逆上して、思わず左様に口走りましたが……人殺しでも、何でもないんで。……」

六

お雛がとうとう誘拐されたのは、六月末のある日のことだ。

その午後、千兵衛の馬車は、神田のほうからやって来て、日本橋を通りかかったのだが、橋の近くで動けなくなった。——往来いっぱいに群衆が充《み》ち満ちているのだ。

人々の頭の向うに、馬と黒い洋服を着た馭者《ぎょしゃ》と、赤いペンキを塗った長い箱馬車の屋根が見えた。

「祖父《じじ》、あれにのせて！」

と、お雛がさけび出した。

ここ数日、このあたりを通る機会がなかったので、千兵衛も見るのははじめてであったが、それが三日ほど前から新橋と日本橋のあいだを走り出した鉄道馬車というものであることは彼も知っている。

道路にレールを敷いて、二頭立ての馬を動力として、三十人乗りの大馬車を走らせるというやつ——これをやられると商売があがったりになるといって、俥夫《しゃふ》たちが騒いで、その反対運動に千兵衛までが巻き込まれて、あわやという目に逢いかかったのはこの春さきのことだ。

三日ばかり前の開業の日は、梅雨《つゆ》がふりしきっていたのに、押しかけた客で怪我人まで出たということは千兵衛も客の残していった新聞で見た。そして、その日も往来をふさいでいるのは、乗車を望む客と物見高い見物人に相違なかった。

「こりゃ、お雛、たいへんだよ」

「イヤ、のせて、ね、のせて！」

お雛は、だだをこねた。毎日、馬車に乗っているお雛だが、それだけにあの大きな馬車に乗ってみたいらしい。

俥夫たちから敵意の鋒先《ほこさき》を向けられたけれど、実は千兵衛にとっても鉄道馬車は商売がたきなのである。その登場はありがたくないが、それでも二頭の馬であれだけ大きな馬車が走るということは、そこがレールのおかげだろうが、充分好奇の対象となるに足りた。

「では、ちょっといって見るか」

彼は、馬車を、橋のたもとの空地に停めた。新橋まで乗っていって、すぐ引返すつもりであった。

停留所にゆこうとしたが、そのあたりは行列が渦を巻いている。

待っているあいだに、鉄道馬車は何台もやって来て、また走っていった。ぜんぶで六台あるそうだ。

次の次には乗れるのではないか、と思われるころになって、

「おういっ」

と、橋のそばで数人の人夫が呼んでいるのを耳にして、千兵衛はふりむいた。

「この馬車、じゃまだよっ、どっかへ持ってってくれっ」

荷馬車で工事用の材木を積んで来て、そこに下ろしにかかっているらしい。

千兵衛はあわてて、お雛と手をつないだままそっちへ駈《か》け出そうとしたが、行列がそこ

まで進んだのに、離れるとまたしっぽにくっつかなければならない、と気がついた。

「あの、恐れ入りますが、ほんのちょっとここをはずしますが、この子をよろしくお頼み申します」

と、彼はすぐ前のおかみさんに頭を下げた。

「あ、いいよ」

おかみさんが承諾すると、こんどはお雛にいった。

「お雛、祖父《じじ》は馬車をどけて来るからの。ここを動くんじゃないぞ。それから、もし、こわいよそのおじさんが連れに来たら、大きな声を出して呼ぶんだぞ」

「うん、わかった」

せんだっての浅草のこともあり、一抹以上の不安はあったのだが、行列の中に怪しげな壮漢の姿などないし、また多くの眼のある大道のことだから、千兵衛はお雛がこっくりすると、そのまま橋のほうへ走っていった。

自分の馬車を動かしているあいだに、鉄道馬車は一台出ていったようだ。

彼は急いで、馬車を少し離れた場所の、閉じたままの倉庫の前に移動させ、もとの行列に駈け戻って来た。

「あっ、お前さんお前さん！　困ったことになっちまったよ！」

頼んだおかみさんのあわてた顔を見るよりさきに、千兵衛はそこにお雛の姿がないのに、顔色を失っていた。

「娘さん、ひとりでさっきの鉄道馬車に乗っていっちまったんだよ。――」

「そ、そんな、馬鹿な!」

「前のほうに、女の子たちが、五、六人並んでいたんだよ。どうやら芸者衆の下地っ子らしくて、みんなピラシャラしてるもんだから、あたい、あれ見てくるって、娘さんがそっちへいったんだよ。ただ珍しがっていっただけと思ってたら、どうやらその女の子たちが馬車に乗るのにつりこまれて、いっしょに乗っていっちまったらしいんだよ!」

千兵衛は、相手を責める言葉を失った。

六つの少女だ。あり得ることだ。

千兵衛は、とっさにどうしていいかわからないといった風に、ウロウロした。

とにかく、さっきの鉄道馬車はいってしまった。あれはたしか、京橋、銀座尾張町《おわりちょう》と停り、新橋へいったらひき返して来るはずだ。

おそらく、それに乗って帰って来るだろう、と、いちど考えたが、いや、それはあてにならない、と思い直した。そこでまた他の客につりこまれて、下りてしまう可能性もある。

あの鉄道馬車を追っかけるよりほかはない!

鉄道馬車は、馬が全速力で駈けるわけではないらしいが、さっき出ていってからの時間から見て、いま二本の足で追っかけても、なかなか追いつけそうになかった。

彼は狼狽《ろうばい》して、また自分の馬車のところへ駈け戻った。そして、馭者台に飛び乗ると、馬に鞭《むち》をくれて、鉄道馬車を追うのにかかった。

とはいえ、これまた全速力で追跡するわけにはゆかない。

日本橋から新橋に至る煉瓦《れんが》街は、明治十年ごろほぼ完成したけれど、市民の煉瓦拒否症のため、いちじは見世物町の奇観を呈したこともあったが、このころ、やっと東京一の商店街としての面目を整え出していた。

柳だけは、後年のものよりもっと影ふかく青々と枝を垂れ、その下に古道具屋や古本屋や売卜者《ばいぼく》などが、蓙《ござ》を敷いて店を並べている。

千兵衛は、むろんそんな風景を眺めている余裕はない。

八間幅の車道は、まんなかを鉄道馬車の軌道が四本走っている上に、ほかの円太郎馬車、人力俥のゆききがよそに数倍し、千兵衛はゆき悩んだ。次第にその顔は、高熱患者のように赤くなっていた。

それでも、彼の馬車が必死に進んで、鉄道馬車にやっと追いついたのは、尾張町の停留所近くであった。客がひとかたまりになって下りて来る。千兵衛は、血走った眼でそれを注視した。

お雛の姿は、その中になかった。

鉄道馬車は新しい客を乗せて、また走り出した。

こちらは馬車も停めず、それと平行して追いながら、千兵衛は何度か孫娘の名を連呼した。鉄道馬車の窓からのぞいている子供の顔は少なからずあるのに、お雛の顔は見えない。

こちらの声は聞えないのか。それとも？

いや、あの中に、お雛は乗っているにきまっている。そのほかにどんな可能性があるというのか。——千兵衛は食いいるように眼をそちらに向け、馬と同様にあえぎながら、しかし心は理窟《りくつ》以上の不安に波立っていた。

こちらの馬車に突っかかられかけた俥《くるま》の俥夫が、口を四角にあけて大声で罵《ののし》るのに、会釈もせずに彼は追い越す。

双方、ほとんど同時に新橋についた。

鉄道馬車はここが終点だ。

客はにぎやかに笑いながら下りて来る。——ぜんぶ、下り切った。あとは空っぽになった。

お雛の姿は見えなかった！

全身から血の気がひくのをおぼえながら、千兵衛は馬車からまろび落ち、駈け寄った。鞄《かばん》を肩からかけた車掌は、馭者《ぎょしゃ》とともに、馬を馬車の反対側につけ変える作業を手伝っていた。鉄道馬車はここからまた日本橋へ引返してゆくのである。

「もしっ、これに日本橋から、六つくらいの女の子が乗って来たはずでござるが。——」

「女の子？　子供なんかたくさん乗ってるから、いちいちおぼえちゃいられないが。……」

車掌はうるさそうに首をふったが、千兵衛のただならぬ形相に、やっと思い出したようにうなずいた。

「そういや、京橋で、五、六人、女の子が下りてったようだなあ。しかし、みんな十四、五の娘だったと思うが、その中に、そんな小っちゃな女の子がいたっけかなあ？」

千兵衛は脳貧血を起したように、梅雨霽《ば》れの白日の中に、ふらりとして、立ちすくんだ。

七

十日間ほどのあいだに、干潟千兵衛はやつれ果てた。

お雛はあれっきり消えてしまった。

はじめ、さらわれた、とは思わなかった。お雛が鉄道馬車に乗り込んだいきさつから見ても、そうとは考えられなかった。

が、二、三日のうちに、千兵衛の心に重大な疑問がゆらめきのぼって来た。

わが孫ながら——どこかおっとりしたところはあるけれど、決して馬鹿とは思えないお雛が、ついよその少女たちにつりこまれて鉄道馬車に乗り込んだにしても、また同様、途中で下りてしまうようなことがあるだろうか。

いや、それは、自分がとんでもないことをしたと気がついて、あわてて下りたのかも知れないし、鉄道馬車の中でその少女たちと話でもして、いっしょに連れてゆかれたのかも知れない。馬鹿でないにしろ、とにかく六つという年だから、そんなことがないとはいえない。

それにしても、まるで神かくしにでも逢《あ》ったように、それっきり消息がないとはどういうことだ？

千兵衛は、その日から、馬車を捨てて、京橋あたりを歩きまわって、血まなこでお雛を探した。芸者の下地っ子らしかった、というおかみさんの言葉を頼りに、その界隈《かいわい》の芸者置屋を尋ね歩いた。が、その一帯に、それに類する家はおびただしく、手応《てごた》えは皆無であった。

そこで彼は、また馬車に乗って、客は乗せずにそのあたりをゆきつ戻りつした。

お雛がどこにいったにしろ、だれかに訊《き》かれれば、ふだん馬車に乗っているということくらいはしゃべるだろう。「親子馬車屋」のことは、知っている人もあるだろう。自分の姿を見れば、きっと呼びとめてくれるはずだ、と思ったからだ。

ところが、二、三日はおろか、十日たっても、お雛について、何の声も聞えなかった。

「おや、馬車屋さん、娘さんはどうしたのさ？」

聞いたのは、むしろそんな声ばかりだ。

お雛の消息が絶えたのは――やはり、これはさらわれたのではないか？

この疑惑にとらえられるとともに、千兵衛は半病人みたいになってしまった。もし、そうであったら――そして、お雛に万一のことがあったら、その悪鬼を殺して、わしは死ぬ。

千兵衛の頭に、あの白髪の壮士と、もう一人の若者が浮かんだ。

彼はいちど、夢遊病者のように、浅草奥山の西洋手品師松旭斎天一を楽屋に訪ねた。

あのとき、舞台の檻《おり》の中に若者は逃げ込んだあと、煙のように消え失《う》せた。それを怪しんだ警官に、自分が水をかけるようなことをいってそれ以上追及しなかったのは、そこに十くらいの少女が登場したからだ。それに、何より、事実としてお雛が無事であったからだ。

あの鉄の檻にはいった若者と少女が、忽然《こつぜん》と消滅した不思議さは、いまだに干兵衛にもわからない。

干兵衛が大目に見ようとしたにもかかわらず、巡査はその奇術のほうに心奪われて、天一を訊問《じんもん》したが、天一はそのからくりを打ち明けようとはしなかった。

「あれはあたしの飯のたねでござりましてな。おそれながら警視総監閣下がお尋ねになっても、申しあげられませぬ」

ゆったりと笑いながら、しかし断乎《だんこ》として彼はいった。

「この娘は、何者じゃ？」

と、いう問いには、

「これは御見物衆の中から出ていただいたお嬢さまで……ほんとに何も御存知ないのでござりまするよ」

と、答えた。

干兵衛が、あのときの稚児髷《おちご》の少女と、こんどのお雛の消滅にかかわりがあるかも知れない何人かの芸者の下地っ子らしい娘たちと結びつけて考えなかったのは、このときの天一の右の証言が原因であった。

実際彼が見たところでも、その少女は、手品師一座のさくらとは見えず、また芸者の下地っ子などという印象からもかけ離れ、それはまるで大家のお嬢さまとしか見えなかったのだ。それほど気品のある美少女だったのだ。

しかし、少女はともかく、あの若者を消したところ、あの若者は天一一座と関係がある男なのではないか。――千兵衛はそう思いついて、浅草に天一を訪ねたのだが、

「いや、知らないねえ」

と、案の定、天一は長い煙管《キセル》から煙を輪に吹いた。

「どんな飛び入りでも、たちどころに手品の道具に使うのが、あたしの自慢でね」

もし千兵衛がもっと冷静に執拗《しつよう》にこの件について調べたら、西洋奇術師のこのそらッとぼけはこれだけで通らなかったろうが、千兵衛はふだんの落着きを失っていた。彼は理性さえ混乱していた。

悄然《しょうぜん》として千兵衛は、手品師の楽屋を出た。ものかげから六つの眼が見送って、やがてささやき合った。

「あぶない、あぶない。すんでのことで見つかるところだった」

「こっちが怖がることはない。これからいよいよあいつを絞めあげる番じゃが、さてどうするな？」

ひとりが、首をふった。

「待て、あのおやじの弱りぶりを見ろ。まるできちがいの眼だ。……どうも、このやりかたは、あと味が悪いなあ。……」

千兵衛はまたものに憑《つ》かれたように、馬車で一帯をめぐり出した。

お雛の消失は、あの男たちとは関係ないかも知れないのだ。お雛は勝手に鉄道馬車に乗り、勝手に下りて、いまもそのあたりをさまよっているかも知れないのだ。ふだん、漂泊にちかい馬車暮しだから、平気でそこらの家の物置の中で寝ている可能性もないとはいえない。

「お雛。……お雛やあい！」

千兵衛のしゃがれ声が、深夜の京橋の雨空をながれた。

十何日目かの雨の夜であった。彼は白魚橋《しらうお》のほとりに馬車を停めて、その中に腰かけ、両手で頭をかかえこんでいたが、ひとりで身もだえし、しぼり出すようにうめいた。

「蔵太。……何をしておるか。お前の娘が消えてしまったのだぞ。どこへいったか、お前が探して来い。……そして、おれに教えてくれ！」

数分間たった。馬車の扉をだれかあけたものがあった。ギイという音がするはずなのに、そのひびきはなかった。

だから、千兵衛は気づかず、ただ風の流れにふと腕の中から頭をあげて、前に息子の蔵太郎が立って挙手の敬礼をしているのを見た。

「おれが呼んだのが、聞えたのか？」

と、干兵衛は啞然《あぜん》として訊いた。

ほんのいま、彼は息子に訴えたが、それは苦悶《くもん》のあまりの独語に過ぎなかった。だいいち、自分が呼んだって、蔵太郎は出て来ないはずなのだ。

「いえ、私はお雛に呼ばれたのです」

と、血まみれの軍服を着た幽霊はいった。

「お雛が？」

干兵衛は、万一危急の場合は父《とと》を呼べ、と、ふだんお雛にいい聞かせていたことを思い出した。

「お雛が、お前を呼んだ？」

干兵衛は髪も逆立つ思いでさけんだ。

「お雛は無事生きておるのか。――何が起ったんじゃ？」

「お雛は愉《たの》しく遊んでいます」

と、蔵太郎はいった。

「愉しく遊んでいる？　どこで？　あいつ、どこにいるのじゃ？」

「それをいっちゃあイヤ、というんです」

「な、なぜ？」

「いうと、祖父《じじ》が連れに来るから、というんですな。もう少し遊んでから帰るから、祖父《じじ》に心配しないで待っててくれと、それを祖父《じじ》にいってくれろと私を呼んだらしいのです」

幽霊は眼をうるませて笑った。

「あの子も、あれでそんな気づかいをするようになったのですな。……では、用件はそれだけ」

また挙手の礼をして背を見せ、馬車の扉をあける息子に、

「ま、待て、それだけいわれても、おれはわけがわからん」

と千兵衛はさけんだ。

「お雛の居場所はどこじゃ、それだけ教えてくれ！」

「お雛との約束で、それはいえません。祖父《じじ》にいっちゃあイヤよ、と、真顔でいうんです。どうやらお雛は、馬車の生活より、そこでの暮しが面白いらしいんで。……」

亡霊は、いたずらっぽい笑顔を残し、外へ出ていった。

しびれたようになっていた身体を、はじめてがばと起して、千兵衛は馬車の出口にまろび寄ったが、夜の雨の中に、息子の軍服姿は薄れ、ふっと消えてしまった。

八

お雛は、どこにいたか。――

お雛は、日本橋芳《よし》町の芸者置屋、浜田屋で暮していた。

まだ夜の明け切らないころ、下地っ子のお貞が、蒲団《ふとん》部屋の隅に寝ていた川上音二郎を

起しに来た。

「川上のお兄さん、なんとかして」

音二郎は起きあがった。眼をこすりながら、

「どうしたかね」

「お雛坊が泣いてこまるのよ、祖父《じじ》のところへゆくって」

そういえば、向うの部屋でシクシクと泣く女の子の声が聞える。

音二郎は、やはり隅っこに寝ていた来島恒喜も眼をあけているのを眺めて、

「来島さん、やっぱりこりゃ、あの子は返したほうがいいかも知れんですなあ」

と、いった。

二人は、あれから浅草の奇術師一座の楽屋をひき払って、この浜田屋に寝泊りしていたのである。あれから、というのは、親子馬車屋の馭者《ぎよしや》が松旭斎天一を詰問にやって来てから間もなくのことだ。

あのときは、あやうく馭者の眼をのがれて物蔭《ものかげ》からうかがったが、それ以来さすがに音二郎は、舞台でオッペケペーを歌うことは出来にくくなった。

しかし、二人が天一一座を引払うようになった原因はそればかりではない。むしろ来島が、その前から出入りしはじめた秦剛三郎をきらい出したからだ。

いや、はじめから来島は、秦を険呑視《けんのんし》している。

「来島君、君はいったい本阿弥と何をやろうとしていたのかね」

など、秦が訊《き》くのに、彼はそっぽをむいて返事もしなかった。

来島は、音二郎にさえ何か隠していることがある。前の隠れ家から運んだ一個の行李《こうり》の中を、絶対音二郎に見せようとはしない。

しかし音二郎は、この郷里の先輩の重厚さを尊敬していたし、自分のオッチョコチョイを承知していたから、それについて不平は持たなかった。好奇心の強い男であったが、行李の中をのぞこうとも思わなかった。それどころか彼は、つい軽はずみに、あのどことなく凶暴な白髪の壮士とつき合い出したことを、ようやく悔いはじめていた。

で。——あれから間もなく、

「川上君、おれはここから出ようと思う」

と、来島がいい出し、どこへ？　と訊いて、べつにあてはないが、という返事を聞くと、

「そうだ、あそこへ！」

と、手を打った。彼が思いついたのが、この浜田屋であった。

自分のひいき？の女将《おかみ》、というより貞ヤッコのいるこの芸者置屋だ。だいいち、さらった馭者の孫娘をそこに預けてあるのだから、それを放り出してどこかへ逃げ出すわけにはゆかない。

お雛をさらったのは、まったく偶然であった。

あの日、たまたま浜田屋へいって、鉄道馬車に乗ってみたい、という下地っ子たちを引率してゆく役を引受けた彼は、たまたま親子馬車から下りて来るあの馭者と孫娘を見たの

だ。

最初ぎょっとして、娘たちを置いて一時退避したが、馭者だけが馬車を動かしにひき返したのを見て、また駈《か》けつけ、貞ヤッコに、あの子をうまく鉄道馬車に乗せて、すぐ京橋で下りろ、と命じたのであった。

かくて、彼自身はしくじったのに、少女による幼女の誘拐は成功した。

さて、奇術師一座からの引っ越し先にその芸者置屋を思い浮かべた彼が、そのことについて女将に相談を持ちかけると、

「あ、いいよ、ちょうど男衆がいなくなって困ってたところさ、その代り遠慮なくコキ使うよ」

と、意外にあっさり承知してくれた。

来島さんもいっしょだが、というと、

「へへえ、あのひとは、どうも芸者置屋にゃむかないひとだね」と、ちょっと思案していたが、

「まあ、用心棒だと思うことにしよう。いいよ」

と、うなずいた。

来島恒喜が改めて挨拶《あいさつ》したときも、

「お前さん、自由党だね？」

と、平気でいい、しかし笑いながら、

「芸者置屋の用心棒でもがまんしておくれ。なに、いまの大臣だって、御一新前は何をしていたか、あたしゃみんな知ってるんだ」

と、力づけてくれたくらいである。

芳町の芸者置屋で一、二といわれる浜田屋の女将は亀吉といい、いまをときめく外務卿《きょう》井上馨《かおる》や参議伊藤博文らを友達扱いにする豪快な女性であった。

「オッペケペーが来りゃ、貞ヤッコがよろこぶだろうよ」

と、いったが、実際貞ヤッコはよろこんだ。貞ヤッコは、下地っ子というより、浜田屋の養女として、特別待遇を受けていた。

まだ十だから、さすがの女将も、貞ヤッコとオッペケペーの兄さんの仲を本気で心配はしなかったのだろうが、あの奇術の舞台で、音二郎といっしょに「昇天」してから、この少女の音二郎を見る眼は、むしろ哀艶《あいえん》と形容していい光をおびていた。

あの「美女昇天」のとき、むろん貞ヤッコは天一に頼まれたサクラであった。そこへ音二郎が逃げ込んで来たのはもとより偶然だが、両人ともあの奇術のたねは知っていた。檻《おり》にはいる前、踏んではいってすぐにとりのぞいた踏台が、昇天の道具だったのである。

ふだんなら一座の女一人が身をかくすだけの踏台に、身体をまるめた音二郎にしっかりと抱きしめられて運ばれた体験が、十の少女の心にどんな変化を与えたか、実は音二郎もちょっと変な気になったが、貞ヤッコに与えた影響は、彼の想像を越えたものであった。

さて、川上音二郎と来島恒喜が浜田屋へ来てからかれこれ十日になるから、お雛が連れ

て来られてから は一ト月近くになる。——

「女将さん、知ってるかい、あの親子馬車屋の馭者の孫娘さ。ちょっと預かってくれと頼まれたんだ」

と、亀吉に嘘をついたが、さすが女将も、まさかそんな者の孫娘を誘拐してどうしよう、などということには想像も及ばなかったらしく、それどころか、

「そうかい、お前さん、あの親子馬車と知り合いなの？　まあ、可愛い子、こりゃここに置いとくと、さきざきお貞のいい妹芸者になるね。……」

と、とんでもない商売の眼で、ほれぼれと見いったくらいである。

お雛は、夢中で貞ヤッコやほかの下地っ子たちと遊んでいた。それこそ、籠《かご》から出て、森の鳥の仲間にはいった小鳥のようであった。

それを見ていて音二郎は、つくづく自分のやったことを悔いた。「あと味が悪い」といった来島の言葉が、今さらのように胸を刺した。これを手品のたねに、あの馭者をおどす、などということはとうてい出来そうになかった。ただ、

「これがここにいることを、あの秦には知らすなよ」

と、来島が注意したので、さらった子はどこにいるのだ、と、しつこく訊く秦に、まあ、そのうちに、と、ごまかしておいたのがせめてものことだ。

では、なぜその子を馭者のところへ返さなかったのか、というと、——

貞ヤッコが返すことを承知しなかったからである。いや、当のお雛が帰るのをイヤだと

かぶりをふりつづけたからである。

「へんな誘拐だな」

と、来島が苦笑いした。

「おい、ほんとにあの子が芸者になるまでここに置いておく気か？」

「いや、そりゃ、いつか返してやるつもりではいますがね」

そういっているうちに、一ト月近くたって――さて、やっとその幼女が祖父を呼んで泣きはじめたというわけであった。

「ふーむ、さすがに里ごころがついたらしいな。よし、それじゃ、いよいよ返しにゆこうじゃないか。……連れておいで」

と、来島は貞ヤッコに命じた。音二郎は首をふった。

「そんなことをいったって、いまあの馬車がどこにいるかわかりませんよ」

「あ、そうか」

来島は頭をかいたが、なお向うで聞える泣声に耳をすまし、仄明《ほのあか》るんだ障子を見て、

「そろそろ夜も明けるようだ。馬車が見つかるか見つからんかはともかく、その子を連れてちょっと、そのあたりへ散歩に出よう」

と、立ちあがった。

「え、散歩？　オッペケペーのお兄さんもゆく？」

ゆこうか、という返事に、貞ヤッコは、

「じゃ、あたいもゆく、お雛坊つれてくるわね」

と、駈け出していった。

身支度をはじめた音二郎を見て、来島がいった。

「おい、オッペケペーの服を着てゆくのか」

「一張羅の袴《はかま》を、きのうの夜洗濯したばかりなんですよ。……なに、まだ往来を歩いてる人はいないから大丈夫ですよ」

この芸者置屋に来てからは、さすがに書生姿——いや、尻《しり》っからげに半纏《はんてん》など着ているが、奇術師一座にいたころは、平気で例の古軍服を着て外を往来していた川上なのである。赤い陣羽織をつけていないのが、まだしものことだ。

九

昧爽《まいそう》の日本橋の裏通りを、ぶらぶら歩く。

「どこへゆくの?」

と、お雛は訊き、

「祖父《じじ》のところへつれてってやるよ」

と、音二郎が頭をなでると、泣きやんで、こっくりした。

まだ夜が明け切らない時刻のせいもあるが、ドンヨリと曇って、いまにも一雨来そうな空模様であった。が、さすがに夏の朝はそれでも爽《さわ》やかだ。なるほど通りに人影はないが、家並の向うに波のような喧騒《けんそう》の声が聞えるのは、魚河岸から伝わって来るものに相違なかった。

十の貞ヤッコと六つのお雛は、手をとり合ってしゃべっていた。

「お雛ちゃん、大きくなったらなんになる？」

「およめさんになるわ」

「あら、お雛坊、お嫁にゆくの？」

「ゆくわよ、ゆかなきゃ、たいへんじゃないの」

「あら、ずーっと、あたいといっしょにいるんじゃないの」

「貞ヤッコちゃんは、女だからだめよ」

「あ、は、は、そんなら、祖父《じじ》は？　ずーっとお祖父《じい》さんといっしょにいるんじゃないの」

「だって祖父《じじ》はもうおじいさんだもの、だめよ」

「あかちゃん、生む？」

「そりゃあ、女ですもの」

聞いていて、来島と音二郎が笑い出すと、それをどういう風に聞いたのか、お雛がいった。

「あたい、やっぱりまだ貞ヤッコちゃんといっしょにいる。祖父《じじ》のところにかえるのはイヤ」

「こりゃまたお天気が変って困ったな。……」

と、音二郎が笑ったとき、来島恒喜がふと足をとめた。久松町の裏通りであった。彼はじっと薄蒼《うすあお》い外光を透かして見ながらささやいた。

「おい、あそこから来るのは、ありゃ秦じゃないか？」

「――えっ？」

向うから、低い――が、たしかに険悪な会話を交わしながらやって来るのは、二つの影であった。音二郎はお貞とお雛をかくすように立ちふさがってそちらを見ていたが、

「あっ、もう一人は天一師匠だ。……」

と、思わずかん高い声を張りあげた。

その声が聞えたのだろう、立ちどまった二人のうち、まず一人がつかつかとこちらに歩いて来た。着流しだが、絹の羽織を着て、山高帽をかぶって、手品師とは思えないが、なるほど松旭斎天一であった。

「川上」

と、不機嫌な声で呼んだ。

「お前、つまらないことをこの人に教えたようだね」

うしろから、ノソノソと秦剛三郎がついて来た。

「深草の少将ならぬ浅草の少将の百夜通いを待ち伏せておどすとは、風流心のない人だ。

お前が教えたからだよ」

　はじめ何のことかわからなかったが、数秒ののち音二郎は、このあたりの路地に天一が妾《めかけ》を囲っていることを思い出した。

十

　天一になじられて、川上音二郎は頭をかかえた。

　つまらないことを教えたな、というのは、天一の妾宅《しょうたく》の場所のことにちがいない。

　自由党壮士秦剛三郎と知り合ったころ、彼が松旭斎天一一座の生活について訊《き》くままに、一杯飲屋でつい天一の女好きの話をいろいろしゃべった。天一が一座の女芸人たちにまずたいてい手をつけていることに、音二郎自身ちょっと憤慨していたときでもあったからだが、そのとき天一が、ほかにも妾を囲っているという話を——場所まで教えたという記憶はないが——口走ったことがあるかも知れない。

　しかし、その後、秦という男がきらいになり、天一が好きになった。

　とくに、あの巡査に追われて舞台の檻《おり》に逃げ込んだとき、以心伝心、奇術で自分を消して、あとしゃあしゃあと巡査を煙に巻いてくれてからは。——

　あのあと、

「川上、お前に貸しが出来たぜ」

と、撫《な》でられた頭が、それっきり上らない。——

「なんだというんです？」

と、音二郎はいった。天一に訊いたのだが、眼は秦をにらんでいる。

「なに、お前さんたちの引っ越し先を教えろといいなさるんだが、知らないから知らないというよりほかはなかったんだが、思いがけず、変なところで逢《あ》ったなあ」

天一はそらとぼけている。むろん音二郎たちが芳町の浜田屋にいるということは知っていたはずだ。

「どこから出て来たんだね」

「それより、そんなことを訊くのに、どうしてこんな夜明け方、天一師匠の妾宅に待ち伏せていたんだ。——秦」

と、来島恒喜が口を出した。

「ああ、そういえば、ほかにも私になんか用がある口ぶりだったねえ。来島さん、聞いてあげてくれ」

と、天一はいって、急に笑顔をほかに向けた。

「いよう、貞ヤッコちゃん、川上がいなくなってから、すっかり浅草に来なくなったじゃないか」

そして彼は、キョトンと立っている貞ヤッコとお雛のところへいって、しゃがみ込んで二人の幼女と何やら話をしはじめた。

「天一師匠に何の用があったんだ、秦」

と、来島はまたいった。

「貴公たちの居場所を知りたかったんだ。……ほう、あの馭者《ぎょしゃ》の子といっしょだな」

秦剛三郎は、そちらに眼をそらした。どこやら、ごまかしている気配があった。

「この近くにいたんだな、家はどこだ？」

「おれたちに、何の用だ」

「いろいろと話があるじゃないか」

「こっちにはない」

来島恒喜は、にべもなくいった。

最初から秦に対して無愛想な来島であったが、けさは拒否の感情を露《あらわ》に面《おもて》に見せて憚《はばか》るところがない。くっついて来る汚物を払いのけるような顔つきであった。

「おい、同志じゃないか」

と、秦は笑いかけた。

この粗暴に見える男が、どういうわけか重厚な来島だけには、一目置くどころか、どこかに媚《こび》を売るような表情すら見せる。

「それに、おれは君を尊敬しておるんじゃ。君と行を共にしたいんじゃ。……本阿弥が死んだから、君も何かと助《すけ》ッ人《と》が要るだろうが」

と、いって、川上音二郎を見た。

「そんな若僧は役に立たんぞ」

「おれと行を共にするって、おれが何をやろうとしているのか、君は知っているのか」

「知らん。知らんが、君のことだから相当思い切ったことを目的としているだろうとにらんどる」

「夜明け方、芸人の妾宅を襲って何やら要求しようとしていた男が、おれと行を共にしてくれるというのかね」

来島は嘲笑《ちょうしょう》した。

「まあ、御免こうむる。自由党員なら、だれでも行を共にするというわけにはゆかん。いろいろと、くさいやつがおるからな」

「なに？」

はじめて、秦剛三郎の顔が凶相に変った。その右手についていた太いステッキが、左手に移った。

「きさま、おれを密偵《いぬ》とでもいうのか？」

「密偵《いぬ》をやるほど利口なやつなら、まだ相談の相手に出来るがね」

冷然という来島を、秦が血走った眼でにらんでジリジリと近づきかけ――さすが、のんき者の川上音二郎も、この両人の思いがけぬ雲ゆきに、手は出せず、ただ口をモガモガと動かしたとき、

「もうよかろう」

と、天一が声をかけた。

「子供衆も見てるってえのに、朝っぱらから大通で、大人の喧嘩《けんか》はおやめおやめ」

笑いながら、立ちあがった。

「来島さん、それより、これから鮨《すし》でも食べにゆかんかね？」

「鮨？」

音二郎が、頓狂《とんきょう》な声をあげた。この朝っぱらから、そのほうがよっぽど突飛だ。

「いえ、この子供たちがね、いま訊いたら、おなかすいたというんだ。だから、朝飯代りにさ」

「こんな時刻、どこで鮨を食わせるんだ」

と、来島もけげんな顔をした。

「すぐそこの魚河岸で」

と、松旭斎天一は指さした。

十一

曇っているせいもあったが、まだ暗みを残した空の下に、この時刻、わわわあんというどよめきを上げている一劃《いっかく》がそれであった。

そのころ、魚河岸は日本橋にあった。日本橋のすぐ下流、本《ほん》小田原、本《ほん》船町一帯がそれであり、いまの室町の一部にあたる。

「おう、魚河岸か、それは一見したいな」

と、来島はうなずいた。来島も川上も、すぐ近くの芳町に一時のねぐらを求めながら、まだ魚河岸を見たことがなかった。それは、商売柄、早朝だけに開かれるからだ。

「いや、市場《いちば》は子供連れでウロついていられる場所じゃない。けさは、市場の外で、まず朝飯だけ」

と、天一はいって、

「さあ、お鮨を食べにゆこうね」

と、両手に貞ヤッコとお雛を連れて歩き出した。

来島は、じろっと秦をにらみつけて、背を見せる。秦はステッキをついたまま、黙然として立っている。うす気味悪かったが、音二郎はもうどうしようもなく、これも天一たちのあとを追った。

河岸に近づくと、車や盤台に魚をのせた兄い連が、織るように往来している。ねじり鉢巻に半被《はっぴ》姿は当然だが、ふんどし一本に刺身庖丁《ぼうちょう》をぶら下げて歩いているのもある。たがいに交わす挨拶《あいさつ》は喧嘩しているようだ。天一がいった通り、市場には、子供はおろか大人でも、素人ははいってゆける雰囲気ではなかった。

「この店だ」

河岸にならんでいる、天ぷら、鮨、一膳飯屋《いちぜんめし》などの小屋のうち、比較的まともに見える一つに、天一は先にはいった。

「ええ、いらっしゃい！　おや、天一師匠じゃござんせんか」

鮨屋の主人は眼をまるくして、

「こりゃ、妙な組合せだね、ここで奇術でもやろうってんで？」

と、壮士姿、軍服姿、女の子二人という一行を眺めまわした。

「なに、そこでばったり逢った知り合いだあね。とにかくまず子供に、卵と海苔巻《のりま》きを。

――」

と、天一は注文し、来島と音二郎に、

「朝から何だが、せっかく来たんだから、軽く一杯やりますかね」

と、笑いかけた。

やがて鮨で酒を飲み出して、その美味《うま》いのに来島も音二郎も驚いた。天一が連れて来る気になったのも、ただ子供のせいではあるまい。何しろ魚屋を相手の河岸の鮨屋だから、たねが飛び切りなのは当然だと思い当った。

気がつくと、奥のほうの縁台に、着流しだが、たしかに金持ちらしい四十過ぎの客が、左右に芸者を侍《はべ》らせて一杯やっているのが見えたが、これも河岸の鮨屋が特別なことを知って、わざわざやって来た通人だろう。

「来島さん。……」

音二郎が、恒喜の横腹をつついた。

「うむ。……知らん顔をしとれ」

と、来島はふりかえりもせず、酒を飲んだ。

秦剛三郎がはいって来て、向うの縁台にのそりと腰を下ろしたのだ。

「旦那《だんな》、お酒は？」

と、訊《き》かれて、

「酒？　酒か――酒はいらん、鮨だけでいい」

と、秦は答えていた。

あとで考えると、この酒の好きな壮士が酒を断わったというのは、そうせざるを得ない理由があったのだ。というのは、気の毒なことに秦の懐中は甚だ乏しかったらしい。何のためにこちらのあとをつけて来たのかは不明として、ともかくここへやって来て、やはり空腹のため、どうしても鮨が食いたくなったと見える。

そこで滑稽《こっけい》な椿事《ちんじ》が起った。

「あっ、雨よ！」

と、奥の芸者がさけんだ。小屋の屋根を、たしかに雨の音が打ち出した。

「待たせてある馬車を呼びにやらせるから、ええ」

と、客が答えている。

秦剛三郎は、がつがつと鮨を食べていたが、酒を飲まないので間が持てなかったのか、いや、実は金がなかったせいということはすぐにわかったが、

「鮨屋、もういい。さあ、ここへ代を置くぞ。鮪《まぐろ》を十三食ったから、六銭五厘じゃ。よいな？」

と、台に小銭をならべて立ちあがった。

「おっと旦那、待っておくんなさい、申しわけねえが、それじゃ足りねえ」

「足らん？　鮪の鮨は、どこでも一個五厘じゃ。それを十三食ったから、十で五銭、三つで一銭五厘、合わせて六銭五厘でいいはずじゃないか」

「相すみませんがね、旦那、河岸の鮨は町中《まちなか》の鮨たあ、ものがちがうんです。ここは一つが一銭なんで、十三銭頂戴《ちょうだい》しなくちゃならねえんで。……」

「さあ、しまった。おれはてっきり一つ五厘と懐ろ勘定しておった。余分の持ち合せはない」

秦は狼狽《ろうばい》し、救いを求めるように、ちらっとこちらを見たが、来島は耳のないような顔をして盃《さかずき》をふくんでいる。

音二郎は、天一を見た。どうにかしてやろうにも、来島も彼も一銭も持っていない。天一は、これまた風馬牛《ふうばぎゅう》といった顔で、貞ヤッコとお雛に、新しい海苔巻きを皿にわけてやっている。

「しかし、ここに来る客は、見る通り市中の者もある。市中の値段とちがうなら、なぜはじめにそのことを断わらん？」

秦は窮鼠《きゅうそ》の態《てい》でひらき直ったようだ。

「おたがいに悪いのじゃ。まあ、負けておけ」

と、豪傑笑いしながら、出てゆこうとした。

「待てえ」

と、鮨屋の主人はさけんだ。

「変なことをぬかしやがる。おたがいに悪いんだとは何だ。銭が足りねえなら素直に謝りゃいいものを、馬鹿に威張りやがって、ここは天下の魚河岸だぞ。見そこなうな、やい、食った鮨の代金が払えなけりゃ、頭を下げて謝りやがれ」

「なにっ、こやつ、鮨屋の分際で。——」

秦は吼《ほ》えると、台の上の茶碗《ちゃわん》に半分残っていたお茶を、ざっと鮨屋に浴びせかけた。

「このしゃぐま野郎！　喧嘩《けんか》の本場で河岸の人間に喧嘩を売る気か！」

鮨職人たちは血相変えて、鮨台を飛び越えて来んばかりになった。

「待て」

奥のほうで声をかけた者がある。

「これ、鮨代はいくら足りんのじゃ」

芸者を連れた紳士であった。

「へえ。……こりゃ、ついのぼせて、とんでもねえざまをお見せいたしやした」

鮨屋は急におそろしく恐縮して、

「半分足りねえんで、つまり、六銭五厘で。……」

紳士は破顔した。

「大の男が六銭五厘でその騒ぎか。吾輩《わがはい》がこれだけ渡しておくから、あの壮士にも、食いたければ、もっと食わせてやるがいい」

と、いって、懐中から財布を取り出し、一枚の紙幣を台の上に置いた。十円紙幣であった。

「あとで釣りはいらんぞ。とっておけ」

「えっ？……こりゃ、どうも、伊藤の御前。……」

と、鮨屋は米つきばったみたいにお辞儀をした。

「伊藤の御前？」

来島がそっちを見て、前の職人に小声で訊いた。

「というと、参議伊藤博文卿《きょう》かね？」

「へえ、左様で……いつも御贔屓《ごひいき》になっております」

職人は、誇らしげにいった。

音二郎は、眼を見張って、もういちどそちらを見直した。伊藤博文といえば、大久保の横死後内務卿をついで、実質上内閣の首班となったこともある人物で、いまも明治政府の重鎮たる大参議だ。ただ新聞に写真など載らない時代で、一般民衆はその顔を知らない者が多かった。

また、たとい都大路を馬車を打たせてゆくその人を見たことがある人間にしても、まさかその本人が、あきらかに芸者を連れて、朝っぱらから魚河岸の鮨屋で盃をかたむけているとは、いま見ても、他人の空似として信じなかったにちがいない。

それにしても、これは彼の粋人ぶりの脱線だろうが、当人がどこまで承知しているかは知らず、げんに巷《ちまた》の壮士たちの中には、自由民権弾圧の標本として刃《やいば》をといでいる者もあるというのに、あまりといえば大胆なことだ。

いや、げんに、白髪の秦剛三郎が、はっと異様な動きかたをしたようだ。

それより早く、来島恒喜がすっと立って、奥のほうへ歩いていった。

そして、芸者に箸ではさんだ鮨を口にいれてもらっている伊藤の頭を、うしろから突然ピシャリと張りつけた。

伊藤博文は激怒の顔をふりむけた。

「何をするか、この無礼者め！」

口から鮨が飛んで、飯粒が来島の胸にくっついた。

「どっちが無礼じゃ。……なぜ、いま要らざる真似をした？」

来島はわめいた。

「だれが銭を出してくれといった。あそこにおる当人に何の断わりもなく、代りに銭を払うなんぞ、堂々一個の男子を乞食《こじき》扱いにした無礼な行為ではないか。銭を出すなら出すで、ちゃんと挨拶《あいさつ》せい！」

秦剛三郎自身が、口をぽかんとあけている。

「金さえ出せば何でも片がつくと思っておるこの成り上り者め。その恩着せがましい金も、実は人民から搾《しぼ》りあげた膏血《こうけつ》の変形したものじゃろう。あんまりえらそうな顔をするな、この大馬鹿野郎！」

川上音二郎は、あきれ返った。ふだん重厚な来島が、突然気がちがったのかと思った。

十二

雨の音が、ざっと小店や屋台の屋根をたたきはじめた。

夕立ではない。時刻はまだ早い朝だが、白雨といっていい夏の雨であった。外では、あわてて走る声や物をしまう音が聞えた。

その中で、この鮨屋一軒だけ、変にしんと静まり返っていたが、一息か二息おいて、怒りの声があがった。

殴られた伊藤博文に倍して、鮨屋の兄い連が逆上したのである。

「な、なにしやがる」

「この野郎」

「伊藤の御前に――」

「き、気でも狂ったか」

そんな、自分たちのほうが発狂したような声をあげて、鮨台を回るのももどかしくその上を躍り越えて来たが、そのはずみに飯櫃《めしびつ》を蹴飛《けと》ばし、煮えたぎった薬罐《やかん》をひっくり返し、鮨だねの魚を踏みつぶし――何もしないうちから、「あっちっち！」と、こちら側に転がり落ちたやつもある。

「きゃあ」

二人の芸者が悲鳴をあげた。

「おい、逃げろ！」

と、来島恒喜は、いきなり手近の貞ヤッコを横抱きにして、その店を駈《か》け出した。

音二郎は、まったく仰天した。何たる騒動をおっぱじめたものか、と狼狽しながらも、つづいてお雛をこれまた横抱きにしたのは、反射的に来島の真似をしたのだ。

相ついで飛び出した二人を、鮨屋たちはこけつまろびつ追う。

あとには、さすがの伊藤博文も、殴られた頭を片手で押え、口アングリとあけたまま、見送っているばかりであった。

白髪の壮士秦剛三郎と、奇術師松旭斎天一も茫然《ぼうぜん》として、むき出した眼を外へ向けていたが、逃走と追跡の突風が向うへ吹いていったあとになって、急にあわてふためいて、二人とも鼠みたいにどこかへ姿を消してしまった。みんな、食い逃げだ。

雨の中を、それぞれ少女を抱きかかえた来島と川上は河岸沿いに逃げてゆく。

「待てえ」

「逃がすな！」

「おうい、みんな来てくれ、河岸荒しだ！」

ねじり鉢巻に庖丁《ほうちょう》をつかんだ鮨屋の兄い連のさけびに、わけはわからないながら、そこらを歩いていた魚屋たちが、わっと集まって、追跡にかかった。

こういう騒ぎは、ここではすぐに野火みたいに拡がる。

ふんどし一本で、てんびん棒をつかんだ連中は、それこそ、秋、河を遡《さかのぼ》る鮭の大群のように追っかけた。――その壮観をなお雨が打ち、水煙が地上を渡った。

日本橋まではほんの一足だが、子供をひっかかえ、とうていそこまで逃げられそうになかった。また、日本橋まで逃げたところで、早朝のことだから、雑踏にまぎれ込むというわけにもゆかないことは明らかであった。

伊藤博文の頭を叩《たた》いた来島恒喜も、こんな騒動になるとは考えていなかったのではあるまいか。相手があっけにとられている間に逃げられると思っていたのではなかろうか。

音二郎はむろん、来島の顔も蒼《あお》くなっていた。これでは、生命の危険すらあった。

「……あっ」

突然、つんのめりながら、川上音二郎が立ちどまった。

彼は、ゆくてに思いがけないものを発見したのである。路傍に停っている一台の箱馬車であった。雨がふっているというのに、馭者《ぎょしゃ》は饅頭笠《まんじゅうがさ》にしぶきを散らしながら、地上に立ってこちらを眺めていた。

「祖父《じじ》！」

と、女の子の声がした。

「祖父《じじ》！」

音二郎の腕の中のお雛であった。

馭者は、干潟干兵衛であった。彼は先刻、新橋から芸者二人を連れたお大尽風の男を——それが伊藤博文とは気がつかず——乗せて来て、命じられるままに、ここで待っていたのだが、突然魚河岸のほうから渦巻いて来た叫喚の波に、びっくりして見守っていたところであったのだ。

いま、お雛の声を聞いて、彼は驚愕《きょうがく》した。軍服の男が横抱きにしているのがお雛、お雛を抱いたその軍服の男が、たしかいつか浅草の奇術師の舞台へ逃げた若者だ、と気がついても、なお数秒身動き出来なかったほど驚愕した。

「馭者。……お前の孫だ！」

と、川上音二郎は悲鳴をあげた。

「助けてくれ！」

彼は、お雛を抱いたまま馬車へ転がり込みながら、来島にも何かさけんだ。貞ヤッコを抱いた来島も馬車の中へ逃げ込んだ。

音二郎は入口で、顔じゅう口だらけにした。

「馭者！　馬車を出せ、早く、早く！」

干兵衛は、なお棒立ちになっている。

　自分がさらったくせに、この危急の場になって助けてくれとは図々《ずうずう》しい、など考える余裕は干兵衛にまだない。お雛をさらったのは、やはりあの男であったか、と納得する以前に、この突発事に彼はただ惑乱していた。

いずれにせよ、馭者台に飛び乗って馬車を出すにはもう遅かった。

干兵衛を突き飛ばし、渦に巻き込み、裸のむれは馬車に殺到した。干兵衛は全身から血のひくのをおぼえ、しかもどうすることも出来なかった。

──と、はげしい驟雨《しゅうう》が、その一瞬、その一劃《いっかく》だけを、滝壺《たきつぼ》に変えたようであった。馬車は真っ白なしぶきにつつまれた。その中で、

「──父《とと》！　父《とと》！」

という透き通るような細い声を、干兵衛だけが聞いた。

馬車は動き出した。馭者台に人影はないのに、二頭の馬はしずしずと歩き出したのである。

　その蹄《ひづめ》の音も車輪のひびきも聞えなかったが、それは叫喚の中ではだれにもわからなかったかも知れない。ただ、それがまるで水中をゆく水の馬車のような印象で、男たちはわけもなくいっせいにたたらを踏んだが、たちまち、

「逃げるぞ！」

「人さらいをつかまえろ！」

「やっちまえ！」

と、その馬車を包囲した。人さらい、とは、どこかでまちがったらしい。

馬車の扉がひらいて、一人の軍服の男が、片手に少女を抱いて下りて来た。

「やっ、あいつだ！」

「子供をとり返せ！」

人々は殺到しようとして、立ちすくんだ。

軍服の男は、馬車から下りて、じっと立っている。その右手には血まみれの刀がぶら下げられていた。いや、軍服もあちこち裂けて、血まみれだ。

さっき子供を抱いて逃げた男は、軍帽までつけていなかったが、これはかぶっている。しかも、顔がちがう。――と、そこまで見分けた連中は少なかった。彼らはてっきり同一人だと思った。

が、彼らを釘《くぎ》づけにしたのは、その軍服の男の持つ名状しがたい凄惨《せいさん》の気であった。これは、この世のものではない、という理窟《りくつ》ぬきの怖ろしさであった。

その軍服の男が、みなを見まわして、にやっと笑ったのである。

「わっ」

前面の連中が飛びずさったので、うしろのやつとぶつかり、四、五人が転がった。

馬車は雨煙につつまれながら、粛々と向うへ去ってゆく。軍服の若者は背を見せて、それと並んで歩いていたが、日本橋が見えて来たとき、女の子をさし出して、馭者台に置いた。

またひとしきり、銀のような水しぶきがけぶり、そして薄れた。雨は去った。――そして、あとにその男の姿はなかった。

馬だけが曳《ひ》く馬車を、われに返った千兵衛が追った。

十三

お雛と並んで坐《すわ》り、手綱をとる。車輪と蹄の音が起った。

待てといったお客のことなど完全に忘れて放心状態になり、それどころか一刻も早く魚河岸を離れようと馬を早めたとき、

「しばらく。……しばらく」

と、古風な呼び声を地上からかけて来た者がある。

「お見事であった。いまの入れ替え。……」

と、いった。ビショぬれになったままの松旭斎天一は、眼を感嘆と敬意にかがやかせて見あげていた。

「二人一役は西洋奇術でもよく使うが、同一人と見せかけてその実別人であったことを知らせて、御見物衆に与える驚き……その使い方が実に鮮やかじゃ。ひょっとしたら、あんた、わしの知らぬ奇術をお心得ではないか。――」

と、話しかけたが、馭者は黙っている。ややあって、

「中のお客に、日本橋を渡ったら、下りて下さるように伝えて下され」

と、いった。

――天一は、川上がその馭者の孫娘をさらっていったことを自分が知っていながら、馭者が浅草の小屋に訊《き》きに来たとき、いや、何も知らないねえ、とそらとぼけ、例の舞台での消失の一件については、

――どんな飛び入りでも、たちどころに手品の道具に使うのが、あたしの自慢でね。

と、煙草を輪に吹いたことを思い出し、この馭者が怒るのはもっともだと思った。

考えて見れば、いまこの馬車で行われた「奇術」は、右の自分の自慢をそっくり地でいったようなものだ。

――それにしても、この馭者は、なぜ川上たちを助けたのか？

彼は歩きながら、馬車の扉をあけた。中に川上と、貞ヤッコを抱いた来島が見えた。が、二人とも、天一を見ても、虚脱したような眼をむけているだけであった。

「おや、いまの軍人さんは？」

と、天一は訊き、彼にとって何よりの疑問をまず投げかけた。

「川上。……いまのあの人は、はじめからお前と同じ軍服を着て、この馬車に乗ってたのかい？」

「だれもいなかった。――」

と、音二郎は、しゃっくりみたいな声でいった。

彼は眼を宙にそそぎ、さっき起ったことをもういちど確かめようとする眼つきになっていた。

「この馬車には、だれも乗っていなかったんだ。……」

——先刻彼は、抱いていたお雛がふいに奇妙なさけびをあげ出したのは聞いたが、来島ともども、窓に顔をこすりつけて外に気を奪われていたのだが、ふと異様な気配をおぼえ、顔をもどすと、軍服を着たあの男が前に立って、お雛をよこせ、というように腕をさしのべていたのである。

誘いこまれるように渡すと、お雛は泣きやんだ。

まるでその男は、はじめから馬車のどこかに坐っていて立ちあがって来たもののように思われたが、今いくら考えても、自分たちが逃げ込んだとき、馬車の中にはほかにだれもいなかったと思う。

「師匠、あるものを消す、という師匠の手品は何度か見たが。……」

と、来島恒喜もうすぼんやりとつぶやいた。

「ないものを出すという奇術は、はじめて見た。いや、あれは奇術か。……おれも、わけがわからん。……」

馬車が停った。日本橋を過ぎた往来の端であった。

馭者が、少女を抱いて下りて来た。驟雨は完全にあがっていた。

「まことに相すみませぬ。子供に着換えをさせてやりとうござりますので。……」

千兵衛の顔は、先刻とちがって、別人のように柔和なものに変っていた。ふらふらと馬車から出て来た来島と川上に向って、彼はていねいにお辞儀をした。

「孫めがお世話になり、いろいろとよくして下すったそうで。……」

皮肉ではない。その顔に真率な感謝があふれていた。──いま、孫娘から話を聞いたらしい。小鳥の囀《さえず》りみたいな話にちがいないが、察するところは察したらしい。

「孫は、また遊びにゆきたいなどと申しておりますが、お住まいはどこでございましょうか。──」

と、いいかけて、苦笑して首をふった。

「いやいや、お尋ねいたしますまい。どうかこれからは、自由党とは御無縁で過したいものので。──」

「おいっ、さっきの男は、ありゃだれだ？」

と、川上音二郎が訊いた。

「あれは、私の倅《せがれ》──つまり、この孫めの父親でございます」

「この子の父親？　そ、それで、どこへいったんだ？」

「あの世へ」

馭者《ぎょしゃ》は、お雛を抱いて、馬車の中へはいっていった。松旭斎天一たちは、茫然《ぼうぜん》として顔見合せている。

やがて馭者は、新しい着物に着換えさせた少女を連れて出て来た。そして、二人で、馭者台に乗った。

「では」

と、彼が手綱をとると、

「貞ヤッコちゃん、またね」

と、お雛が手をふった。またすぐ逢《あ》えると思っているらしく、あどけなく、ケロリとしている。

貞ヤッコのほうは大きな瞳《ひとみ》を見ひらいて、黙って見送っている。さっきの騒ぎの驚きからまだ醒《さ》めないらしく、ひとことも口はきかないが、青味をおびた眼に涙がいっぱいに盛りあがっていた。

「やはり、あの子をたねに、見当はずれの脅しなどかけなくてよかった。あの馭者はわれわれの敵じゃない。本阿弥が死んだのは、あのおやじのせいじゃないよ」

遠ざかってゆく馬車を見送って、来島がつぶやいた。

「敵じゃないかも知れないが……さっきの血まみれの男、ありゃ何だ」

と、川上音二郎が首をひねった。

「あの世へ、とかいったが、すると、あれは幽霊だったというのか？　馬鹿な！　オッペケペッポーペッポーポー。……」

だれにもわからないことをいって、音二郎はしかし、ぶるっと身ぶるいした。

「ところで来島さん、さっきあんたはどうしてあんなとんでもない騒ぎを起したんだ」

天一の問いに、来島は苦笑した。

「逃げられると思ったんだ」

「それにしても、さ。伊藤博文卿《きょう》をぶん殴るとは、さりとはむちゃな。……」

「なに、あのときあの秦剛三郎が、何か危険なことをやりそうに見えたからだよ」

「秦剛三郎？」

これは天一にはわからなかったらしい。――来島恒喜は独語した。

「その機先を制するために、こっちで伊藤をぶん殴ったんだが、……ひょっとしたら、秦にやりたいことをやらせたほうがよかったかも知れん。いま、あんな粗暴な男に出たとこ勝負で妙なことをやられると、あとあと自由党にとってかえって面白くないと考えたんだが、ありゃ少しおれの考え過ぎの行為だったかも知れんなあ。……」

「あれが、考え過ぎの行為だったんですか！」

と、川上音二郎は、いよいよ呆《あき》れ返った。


玄洋社の壮士来島恒喜が、条約改正のことに関し、霞ヶ関《かすみがせき》の外務省の門前で、外務卿《きょう》大隈《おおくま》重信に爆弾を投じ、馬車が爆煙につつまれるのを見るや、大地に端坐《たんざ》したまま匕首《あいくち》をもってのどをかき切って死んだのは、明治二十二年十月のことである。大隈《おおくま》は奇蹟《きせき》的に生命を拾ったが、これで隻脚となった。

来島がただちに自刃したこともあって、爆弾をいかにして製造ないし入手したか、ということや、その背後関係も一切不明となり、彼の過去の行状もおぼろめいたものになったが、しかし、沈着冷徹、実に恐るべき刺客と評された。ただし、この物語のころは、むろん別の何かを目的としていたものと思われる。

それさえ、天一はむろん、川上音二郎も知らなかったくらいだから、もとよりそんな未来は想像を超えていた。いわんや、そのとき来島にぶん殴られた伊藤博文が、さらにのちに自分たちの運命にかかわり合おうとは。——

貞ヤッコはのちに芸者となり、さらに壮士芝居の川上音二郎の妻として、いわゆるマダム貞奴となるのだが、彼女が芸者になったとき、その水揚げをやったのは、当時枢密院議長伊藤博文なのである。それが右の大隈外務卿遭難の年で、芸者貞奴は十七歳——川上音二郎は、さきに博文にしてやられたことになる。

そして天一は、かつて川上を、「貞ヤッコとは十くらいもちがうじゃないか」と笑ったけれど、彼自身はのちに三十以上も年のちがう女性——女房にやらせていた神田のてんぷら屋の女中で、この物語のころはまだ生れてもいなかった——お勝《かつ》という娘を情人とし、これを女奇術師として売り出すことになる。すなわち松旭斎天勝《てんかつ》である。

そしてこの天勝が天一とともに、明治三十四年アメリカ巡業中、当時滞米中であった伊藤博文にこれまた一夜の伽《とぎ》を命じられたという話がある。

この元勲が、明治最大の奇術師かも知れない。

花魁《おいらん》自由党

一

そしてまた、世の潮を流れてゆく人々を流れ藻《も》のようにからみ合せる運命の神こそ、この上もない神秘の奇術師に相違ない。――

「熊本新聞の記者、徳富猪一郎《いいちろう》と申すものでござりますが、これからの新聞記者たるものの心得について、是非先生の御高説を拝聴いたしたく参上いたしました」

青山墓地のそばの大きな長屋門のある中江兆民の屋敷の玄関に、こういって大柄の若者が立ったのは、八月末のある日曜日の昼前であった。

取次の書生は、ちょっと眼をまるくした。新聞記者というのは、昔の御家人崩れみたいなのが多いが、これはまたあまりに汚な過ぎる。

髪は蓬々《ほうほう》とのびて眼まで垂れ下がり、背は高いが痩《や》せた身体にまといついた着物と袴《はかま》は、汗と埃《ほこり》のみならず、たしかに垢《あか》の匂いもはなっている。ただ、大きな眼だけは、異様な精気に燦々《さんさん》とかがやいていた。

いちどはいって、すぐに出て来た書生が、「おはいんなさい、こちらへ」というのを聞くと、徳富はちょっと意外そうな表情をした。彼はさきごろ熊本から出て来て、東京の新聞界の諸名士を片っぱしから百家訪問して来たのだが、ほとんど門前払いを食わされた上に、この兆民先生はとくに気難かしい変物と聞いていたからであった。

兆民は、奥座敷に、ゆかた一枚で、あぐらをかいて坐《すわ》っていた。蓬髪垢面《こうめん》の若い来訪者を見て、彼はべつに驚いた気配もない。

中江兆民は、この明治十五年三十六歳である。「東洋自由新聞」主筆、仏学塾校長、いやそれより自由党の思想的軍師たる兆民は——徳富猪一郎は、しゃべっているうち、向い合った兆民先生のあぐらの間から、ごろりと何やら転がっているものがあるのに気がついて、眼をぱちくりさせた。

ふんどしがはずれているのではない。はじめから何もしていないのである。しかも先生は、この暑中にあまり風呂《ふろ》にもはいらないらしく、そのあたりから酸《す》っぱいような異臭がかおって来る。——相手の汚なさに驚かないわけだ。

兆民は、痩せて、小柄で、顔はソバカスとアバタの痕《きず》だらけ、みるからに風采《ふうさい》の上がらない人物であった。

徳富の演説が、ふっととまると、兆民は悠然として、

「のどがかわいたろう、徳富さん、まあこれを飲みなさい」

と、横の座卓の上にあった瓶から、コップに黄色い液体をそそいで、前につき出した。

実際、御高説を拝聴に、といって訪れて来たくせに、しゃべるのは徳富だけであったの

だ。将来の日本のジャーナリズムの指導者たらんという野心に燃えて九州から上京して来たこの二十歳の青年の意気は、強烈な肥後訛《ひごなま》りなど意に介してはいないようであった。

「それは酒ではありませんか」

と、徳富はいった。

「私は同志社で新島襄《じょう》先生のお教えを受けた者で、酒はいただかないことにしております」

「いやなに、これはコレラ除《よ》けのフランスの薬です。こう暑いと、衛生に気をつけないといかぬ。吾輩《わがはい》はいつも夏の持薬として愛用しとる」

と、兆民は笑いながら、自分もコップにそれを注いで飲んだ。

そののどぼとけが、いかにもうまそうにコクコクと動いたのを見ると、徳富はつい釣り込まれて、これもそのコップをぐっとあおった。

すると、たちまち徳富の脳中には――蘇峰《そほう》の後の追想によると――「千軍万馬が駆けまわり」出し、数分のうちに彼は人事不省に陥った。

「おい、俥《くるま》をつかまえてな、帰しておやり」

と、兆民は書生を呼んで命じた。

「どこに住んでおる男でありますか」

「知らん、俥屋に二両もやっておけば、醒《さ》めるまで面倒を見てくれるじゃろ」

とうてい一人ではかつぎ出せない。三、四人朋輩《ほうばい》が集まって来て玄関に運び出す間に、一人が門前に出て、すぐに駈《か》け戻って来た。

「先生、空俥《あき》は見つかりませんが、その代り辻《つじ》馬車が通りかかったので停めましたが」

「円太郎馬車か」

「いえ、ときどき見かける例の親子馬車で――」

「空いているなら、そのほうがよかろ。こう正体がなくなると、俥じゃ乗っけるのに難かしいかも知れん。その馬車に頼むがいい」

書生がまた駈け出すのを、兆民は呼びとめて、卓上にあった数冊の洋書のうちの一冊を、卓の下に積み重ねてあった新聞紙の一枚でクルクルと包んで、

「これをいっしょにつけておやり」

と、いった。が。それはディッケンズの「少年英国史」であった。

――それから三十分ほどたって、書生がまたはいって来て、

「柿ノ木義康君がおいでになりましたが」

と伝えたとき、この人を喰《く》った兆民先生が、

「あれは破門したはずじゃ。……おらんといえ。いや、病気で逢《あ》えんといえ!」

と、恐怖の表情を浮かべてさけんだ。

――それはともかく、こうして干潟干兵衛の馬車は、八月の真昼の東京を、失神した酔漢徳富猪一郎を乗せてさまよい歩くことになったのだ。

二

暑い。

酔漢といっても、あばれるわけではないので、その点は助かるが、千兵衛としては、青山墓地が近いのを知って、その隅のどこか木蔭《こかげ》に馬車を停め、お雛といっしょにしばらく昼寝でもしようかと考えながら流していたところをつかまった。

いくら、七、八人は乗れる箱馬車でも、中に鼾声雷《かんせいらい》のごとき大男がひっくり返っていては、どうしようもない。

千兵衛は、酔漢を乗せたまま、ともかくも下町のほうへ馬車を向けた。——そして、あまりの暑さに、人通りもまばらな真夏の町々を、どこへともなく彷徨《ほうこう》したのである。

「おういっ……水っ」

さけびより、馬車の中の悶《もだ》えの動きを感じとって、千兵衛が馬車を停めたのは、午後三時ごろであったろうか。新橋の近くであった。

千兵衛は、そこからちょっとはいった路地に、共同井戸があるのを知っていた。彼は馭《ぎょ》者《しゃ》台から下りて、馬車にはいっていった。

果せるかな、若者は坐り直していたが、両手を蓬髪《ほうはつ》につっこんで、首を股間《こかん》に埋めていた。

「ど、どうしたんじゃ、おれは？」

と、なお天地晦冥《かいめい》の顔をあげていう。

千兵衛は、青山から、気がつくまで乗せてやってくれと頼まれた馬車だ、と説明した。

青年はなお判断に苦しんでいる気配であったが、

「とにかく、み、水をくれ。……」

と、舌をあえがせた。

千兵衛はうなずいて、座席の下から瓢簞《ひょうたん》を二つ出して、下りていった。

路地の中の井戸端では、子供が一人つるべを握って、困ったような顔をしていた。千兵衛が水を汲《く》みあげてやると、子供は蛸《たこ》みたいに桶《おけ》に吸いついた。

千兵衛は二つの瓢簞に残っていたぬるい水を捨てて、新しい水をいれ、馬車に戻っていった。

一つをお雛に与え、また馬車にはいると、若者は一冊の本を開いていたが、瓢簞を見ると、狂気のようにむしゃぶりついた。いっきに半分ほど飲んでから、

「この本は何じゃ？」

と、やっといった。座席に落ちている半分破れた新聞は、それをつつんであったものらしい。

千兵衛は、お客さまを馬車にかつぎ込んだ書生が、これは先生からの贈り物だ、といって、ぽんと置いていった旨説明した。

青年はまだ狐につままれたような顔をしていたが、ここはどこだと訊《き》き、新橋だという返事に、夢遊病者みたいに、ふらふらと下りていった。

五、六歩いって、ふり返った。

「あ、馬車代は?」

「それは、あちらさまで頂戴いたしました」

遠ざかってゆく青年より、千兵衛は、馭者台のお雛が地上のだれかと話しているのに気をとられた。

「祖父《じじ》、この子、馬車にのせてくれっていうのよ」

と、お雛はいった。

馬の向うへ廻《まわ》ると、そこに立っているのは、二子《ふたこ》縞《じま》の短い着物を着て、前垂《まえだれ》をつけた子供であった。どうやら、先刻井戸で水を飲ませてやった子らしい。さっきは気がつかなかったが、足もとに大きな四角な風呂《ふろ》敷包《しきづつ》みが置いてある。

「おじさん、のせてよ、おねがいだから」

と、彼はいった。大きないがぐり頭に、眼鼻立ちはいかつくて、あまり子供らしくない。どこかの丁稚《でっち》小僧らしい。

「どこへゆくんだね」

「芝の露月町へ」

「え、露月町」

それは、千兵衛の家のあるところだ。そこへは、この四、五日帰っていない。

「お前、小僧さんらしいが、お店の商売は何だね」

「古本屋。南伝馬《てんま》町の有倫堂っていうんだ」

「ああ、そうか」

千兵衛の家はむろん露月町の裏通りの長屋だが、表通りは古本屋の多い町だ。

「そこへ本をとどけて、またもらってかえるんだよ」

「これか」

千兵衛は、足もとの風呂敷包みを持ちあげて見た。なるほど本らしい重量に、こんな子供がこの暑い日盛りの中を、よくこんなものをかついで——おそらく背負って来たのだろうが——ここまでやって来たものだ、と感心した。さっき、夢中で水を飲んでいたのももっともだ。

「馬車にのりたいのはね、本をはこぶのがつらいからじゃないんだよ。親子馬車、知ってるよ。まえから、ずーっと、この馬車にのってみたいと思ってたからさ」

小僧は、モジモジしながらいった。

「その女の子の乗ってるとこにさ」

千兵衛は、芝の露月町の家に帰る気になった。

「いいよ、乗せてやるよ」

「いいのかい？　おじさん」

小僧は、いよいよモジモジした。

「おいら、一銭ももってないよ」

「ああ、かまわない。この馬車はちょうどそちらに帰るんだ」

彼はお雛に、馬車の中へいって寝ていろといいきかせ、いっしょに小僧の風呂敷包みを運んでやって、小僧を馭者台に乗せた。

やがて馬車が動き出したときの子供の顔といったらなかった。小さな団子鼻がうごめくのが、はっきりと見えるほどであった。むしろ醜いだけに、いっそう可愛らしかった。

「おじさん。おいら、もとは侍の子なんだぜ、田山録弥《ろくや》ってんだ」

と、彼は胸をそらし、はあはあと息はずませていった。

「父上の名は、上州館林《たてばやし》藩の田山鍬十郎《しょうじゅうろう》ってんだよ」

「ほう、そうか。で、父上はいま何をしておられる」

「死んじまった」

「いつ？」

「西南戦争に、警視庁の巡査でいって、討死《うちじに》しちまったんだ」

「なに？」

千兵衛は改めて、傍の団子鼻を見下ろした。それなら、この子の父親は、自分の戦友に当るわけだ。——元侍で、人生の再起をあの戦争にかけて参加し、運の目は逆に出て戦死した者は沢山あったが、これもその例か。

千兵衛は、この子を馬車に乗せてやってよかったと考えた。

「お前さん、いくつだね」

「十二」

「いつから小僧さんをやってるんだ」

「おととしの二月から」

するど、十から丁稚奉公に来たことになる。落魄《らくはく》した士族や、戦死した兵隊や巡査の子などにこんな例は珍しくないとはいえ、やはり哀れであった。

訊くと、古本屋同士の取引で、自分の店にある本をやったり、客からの注文の本をよその店からもらって来たりする用事で、ほとんど毎日、重い本を何十冊か背負って、あっちこっちの——時には高輪《たかなわ》や駒場のほうの取引先までやらされるらしかった。むろん俥賃や途中の買い食い代など、一銭も与えられない。

——この小僧が、後年書く。

「私は、あるいは車を曳《ひ》いたり、あるいは本を山のように負ったりして、取引先やお得意の家を廻って歩いた。ある冬の日は、雪に悩まされて、背中に沢山な重い本、下駄《げた》にはごろごろと柔らかい雪がたまって、こけつまろびつして、ようやく番頭に扶《たす》けられて車で帰って来た。私はまだ満九歳十ヶ月になったばかりの幼い子供であった。『無理はないよ、まだ小さいんだから』こう人々の言うのを、私はよく耳にした」

馬車は露月町に近づいた。

小僧はのちに、このころのことを回顧して書く。

「露月町にはいってゆく細い長い通りは、東京でも特色に富んだ面白い人通りの多い通りであった。私はその古本屋の多い露月町の通りを何遍歩いたか知れなかった。金杉の大通りの何も見るものもない殺風景な光景に比べて、其処《そこ》には種々なものが渦を巻いていた。飲食店もあれば、絵草紙店もあった。小さな本屋は軒を並べていた。その混雑《ごたごた》した狭い通りを、本を負った小さな幼い私が通ってゆく。……」

千兵衛は、裏長屋に帰るのは、ただ掃除するためだけにして、またこの小僧を京橋の南伝馬町の店へ送ってやることにした。また重い本を背負って帰るといっていたことを思い出したからだ。

訊《たず》ねると、二時間ばかりで用はすむらしい。

「それじゃ、六時にもういちどおいで。ここで待っていてやるから」

と、露月町の大通りの、ある辻《つじ》で千兵衛はいった。

小僧は狎《な》れて、むしろ図々《ずうずう》しい顔になって、馬車から下りるとき、自分の坐《すわ》っていた馭《ぎょ》者《しゃ》台にくんくんと団子鼻をこすりつけて、

「あ、ここは女の子の匂いがするね」

と、いった。

三

午後六時、約束していた場所へ千兵衛が馬車を近づけてゆくと、辻のそば屋の前で、本屋の小僧がつくねんと待っていた。

何軒かの本屋に古本をとどけ、また別の古本をもらって来たらしく、四角な大きな風呂敷包みを、依然としてその足もとに置いている。夕日の中に、彼はくたびれはてた顔をしていた。

「やあ、ほんとに来てくれたのか」

と、馬車を見て、にっこりした。

「小僧さん、おなかはすいてないか」

と、千兵衛は、小僧の顔にありありと浮かんでいる空腹の色と、そば屋の看板を見くらべて訊いた。

「うん。……」

彼は、モジモジした。

「いいなら、ここでそばを食ってゆこう。待ってろ、そこらに馬車を置いて来る」

千兵衛は、近くの空地に馬車を停めにいって、お雛をつれて、またそこへ戻って来た。

そば屋ののれんをくぐると、外はまだ明るいが、ちょうど時分どきで、中は客で一杯であった。酒を飲んでいる人々もあった。

隅っこのほうに席を見つけて坐ろうとすると、

「おや、親子馬車屋じゃないか」

と、声をかけた者がある。

近くの台で、酒を飲んでいる二人の客のうちの一人で、すぐに千兵衛はそれが三遊亭円朝であることに気がついた。同時に、それと向い合って坐っているのが、やはり顔は知っている赤羽織の谷斎《こくさい》であることも知った。谷斎は、この露月町に近い神明町の象牙《ぞうげ》細工師である。

「やあ、これはこれは」

と、千兵衛は挨拶《あいさつ》した。

すぐに二人は、また何やらヒソヒソ話をはじめた。台の上に徳利はならべてあるが、二人とも――円朝はいうまでもなく噺家《はなしか》だし、谷斎のほうも、象牙細工師というより、副業にしている幇間《ほうかん》商売が好きで、ふんどし一本に真っ赤な羽織を着て踊る踊りが有名で、赤羽織の谷斎という異名までつけられた男だが――双方とも、まともな人間よりも難かしい顔をして話し込んでいた。

「何がいいかね、小僧さん」

と、千兵衛は坐って、訊《き》いた。

「てんぷら、たべていい？」

小僧は、隣りの客の食べている丼《どんぶり》を見て、顔を赤くしていった。

「いいよ」

三人は、てんぷらそばをとった。

小僧はかぶりつくようにして、たちまちたいらげた。まだ舌で口のまわりをなめまわしているのを見て、千兵衛は笑顔で、もう一杯とってやった。このころ、そばは、もりかけが五厘、種ものが二銭五厘であった。

しかし、この小僧は、後に田山花袋《かたい》と名乗る作家となってから、丁稚時代のふだんの食事についてこう想い出している。

「——豆腐の煮やっこか、油揚の焼いたのかがある時は、それでも御馳走《ごちそう》であった。たいていは沢庵《たくあん》の漬物か、赤漬しょうがで、さらさらと飯を食った」

——ついでにいえば、花袋はこの明治十五年ごろの東京について、「その時分は、東京は泥濘《でいねい》の都会、土蔵《くら》造りの家並の都会、参議の箱馬車の都会、橋の袂《たもと》に露店の多く出る都会であった」と書いている。

てんぷらそばを二杯食って、やっと人心地がついたらしく、

「馬車屋のおじさん。……おじさんは、どうしておいらに、こんなに親切にしてくれるのさ？」

と、たずねた。

「あ？　うん。……」

それはお前のおやじが、西南の役《えき》で死んだ巡査だったからさ、と答えるのも忘れて、千兵衛はぼんやり考えている。

彼は、さっき読んだばかりの新聞記事を思い出していたのだ。

その新聞というのは、ひるま乗せた泥酔の書生が馬車に置いていったもので、それまで本を包んであった、数ヵ月前の「東京曙《あけぼの》新聞」であった。それをていねいに持って帰って、先刻長屋の奥の家を久しぶりに掃除したあと、千兵衛は坐って茶を飲みながら読んだのである。それには、円朝の息子の話が出ていた。

「……三遊亭円朝の長子朝太郎（十五）というは、先妻の遺子にて、今の妻は柳橋の芸者上りの気随者にて、いちじは役者田之助の妾《めかけ》をしておりたるほどの女なれば、とかくに朝太郎をむごくあしらい、間がなすきがな責めさいなみ、朝夕ともに箸《はし》の上げ下ろしにも口ぎたなく叱りて長煙管《キセル》にて打ちすえなどし、あるいはあり合う物を投げつけて面部その他に生疵《なまきず》の絶え間もなく、三度の食事はろくろく与えぬにより、朝太郎は何分とも辛抱出来かねてぶらっと家出をしたるが。……」

というような書出しで、その家出をした朝太郎が巾着切《きんちやつきり》の一団に誘い込まれ、亀井戸天神の境内で初仕事をやったところをその筋の者に見つかって拘引され、いま円朝一門が大騒ぎをやっているという記事であった。

「……朝太郎もこの調子でゆけば、親父の落語家の跡はつがずとも、あっぱれ賊徒の親分にはなられるであろう」

というのが、その結びだ。

——こんな報道をされてはかなわない、と思うのは、現代のわれわれの感覚で、余談だが、やはりこの夏の「有喜世《うきよ》新聞」にこんな記事が載っている。

「渋沢栄一氏といえば自称紳士の親玉とは、いわずとだれでも知っている。同人の妻お千代（四一）は、亭主どんの太ッ腹に似合わず至って気の小さい者ゆえ、コレラ病流行すると聞くより安き心もなく、この病気が東京府下になくなる間と、不自由なれども王子西ヶ原の別荘へゆき暮しいたるが、わざわざコレラに見込まれたか、または渋沢の鼻が曲る瑞《ずい》相《そう》だか知らないが、お千代は一昨日の午前五時より吐いたり瀉《くだ》したりするところから、早く何かごまかそうと、そこは渋沢、高名な医師を迎えて治療したれども変症させることは出来ず、とうとう正銘まちがいなしの真症コレラで、その日の午後五時に死んだは、盆中だけ亡者の僥倖《しあわせ》かも知れません」

——こんな凄《すさ》まじい記事も珍しくない時代であったのだ。

「さあ、ゆこう」

千兵衛は立ちあがって、小僧とお雛を連れて、そば屋ののれんをくぐって外へ出た。すると、うしろから、

「おい、馬車屋さん」

と、呼びかけられた。

円朝だ。谷斎といっしょに、彼らもちょうどそこを出るところであった。

「馬車は？」

「すぐそこに待たせてありますが」

「どこへゆく」

「この小僧さんを乗せて京橋へ」

谷斎がいった。

「じゃあ、ついでに乗っけてもらってゆくがいいじゃないか、師匠」

円朝は、ふと何かを思い出したらしく、千兵衛の耳に口を寄せて、

「……その後、何かい、あれは出るかい？」

と、ささやいた。

「いえ」

と、千兵衛はいった。息子の幽霊はこないだまた出たばかりだ。

円朝はしばらく考えていたのち、

「本所までいってもらえるかい？」

と、いった。考えていたのは、もう幽霊のことではないようであった。彼はほかのもの思いにとらわれているように思えた。

「は、あの小僧さんと途中まで御一緒でよろしゅうございますなら」

「それァかまわない。ただらくに乗っけていってもらえたらありがたいんだ」

円朝は、この早春に見たときより、別人のようにやつれていた。やはり、あの息子の件

で苦労しているのだな、と、千兵衛は考えた。

円朝と谷斎は馬車の停めてある空地までついて来た。

歩きながら、円朝が谷斎に話している。

「しかし、お前さんは出来のいい息子をもって倖《しあわ》せだ。……いま、三田《みた》の英学塾へいってるとか聞いたが、いくつだっけ？」

「十六さ。へっ。生意気に、来年は東京大学へゆくなんていってるぜ」

「ほほう。それならうちの倅《せがれ》と同じ年ごろじゃないか。今更のことじゃあねえが、息子にも、ぴんからきりまであるもんだなあ。……」

「その代り、親を馬鹿にしていけねえ」

と、谷斎は鼻を鳴らした。

「赤羽織のふんどし踊りはもうやめてくれ、なんていやがる。このごろは仲間にも、おれの商売を隠したがっているようだ」

谷斎のひょうげた顔には、哀愁が浮かんでいた。

「じゃあ、露八《ろはち》のほうはよろしく頼むぜ」

と、円朝は頭を下げた。谷斎はこっくりした。

「その件は大丈夫だ」

円朝と小僧を乗せると、馬車は動き出した。

四

長い夏の日も暮れかかっている。町には、赤い旭日《きよくじつ》を染めた半纏《はんてん》を着た点燈《てんとう》夫が、片手にキャタツ、片手に長いT字型の点火棒を持って、次から次へと走って、ガス燈に灯をいれていた。

千兵衛は、手綱をあやつりながら考えた。

警察につかまったという円朝の子は、それからどうなったのか。——さっき、露八のほうは頼む、とかいう言葉を耳にさしはさんだが、露八とは幇間の松のや露八のことじゃないか知らん？

京橋のある大きな古本屋の前で、小僧は下りた。千兵衛はついでに、馭車台のうしろにとりつけた洋燈《ランプ》をともした。

「おじさん、ありがとう。——また、乗せてねっ」

手をふる小僧をあとに、千兵衛はまた馬車を出した。

思いがけない人々が自分の馬車に乗ってはまた去ってゆくことに、これまでも彼は眼を見張ることがあったが、まさかその小僧が後年田山花袋という作者になろうとは夢にも知らない。そしてまた、いま話に出た、神明町の有名な象牙《ぞうげ》細工師兼幇間の赤羽織の谷斎の子が、これまた後に尾崎紅葉になろうとは、想像を絶している。

やがて馬車は、大川を渡り、本所へはいっていった。

ゆくさきが南二葉町だとは、この春、円朝を送りとどけたから知っている。

南二葉町は、いまの墨田区石原あたりだが、そのころはいわゆる本所割下水に囲まれた、軒の低い平家建てばかりが立ち並んだ寂しい町であった。ひるまなら、よどんだ水に蓮《はす》さえ浮かんでいるのが見えるはずである。

千兵衛は馬車を停めた。小さいが、元は旗本の別宅ででもあったらしい構えの家の前であった。

「師匠、ここでございましたね？」

「や、着いたか、ありがとうよ」

円朝は、あわてて下りて来た。いままで、また考えごとでもしていたらしい気配であった。

駄賃を払って、二、三歩いってから、ふとひき返して来て、

「馬車屋さん。……そこの娘さんのおふくろ、まだ見つからないかね？」

と、訊《き》いた。いつかの牛鍋《ぎゅうなべ》屋での話を思い出したらしい。千兵衛はかぶりをふった。

「いえ、まだ。……」

「あの話、いちど女房にも聞いて見たが、知らないという。なに、女房も昔は柳橋にいたのさ、もっとも、昔も昔、それァ瓦解《がかい》前後のことだから、知らないのも当り前だが」

円朝は弱々しく笑って、また迷うような口調でいい出した。

「実は、こっちにも探し人が出来たのさ。こっちは倅だがね」

干兵衛はつつしみ深く黙っている。

「不出来な息子で、面目ねえが警察沙汰《ざた》をひき起して、そいつァ何とかかんべんしてもらったんだが、そのあとまた家出をしちまったんだ。背丈だきゃ一人前だが、何しろまだ十五で、何をやるかわからねえ。――」

円朝の顔は、溺《おぼ》れかかって、藁《わら》でもつかみたいと苦しんでいる人間の顔であった。

「もし、何かのはずみで息子がその馬車に乗って――いや、お前さんはおれの倅なんぞは知るまいが、ほかの客の話で、円朝の倅とか何とか聞くことがあったら、どこかの寄席の木戸番にでも、おれに連絡するように伝えてくれ。――ま、毎日東京を走りまわっている馬車だから頼むんだが」

「かしこまってござる」

と、干兵衛は答えた。

「倅の名は、出淵《いずぶち》朝太郎ってんだ」

すると、そのときピシャピシャと跫音《あしおと》が近づいて来て、

「あら、やっぱりお前さん？」

と、女の声が呼びかけた。

「どうしたのさ？」

「いや、芝神明町の谷斎のところへ、露八の件で頼みにいってよ。ちょうど知り合いのこ

の馬車を見たものだから、乗っけて来てもらったのさ」

と、円朝は答えた。

馬車の洋燈《ランプ》に浮かんだのは、昔柳橋の芸者をしていたという匂いをどこかに残した、うばざくらの女の顔であった。円朝の女房と見える。

――あれが、脱疽《だっそ》で両足を切ってなお舞台を勤め、満場の女客を悩殺したとかいう、役者の沢村田之助の妾《めかけ》をしていた女か。

馬車を返しながら、千兵衛は考えた。

――見ようによっては、けんのある美人といえないこともないが、べつにあの新聞に出ていたような悪い女とも見えんが。

それにしても、三遊亭円朝といえば、噺家《はなしか》の中では珍しくまじめで、学者めいたところさえある人物なのに、妙な後妻をもらったものだ、と、千兵衛は首をひねらないわけにはゆかなかった。

「しかし、それでも円朝はまだ倖せじゃ」

と、両国橋《りょうごく》を渡りながら、彼はつぶやいた。大川は満天の星をうつして、涼風を吹きあげている。

息子のことであった。不肖《ふしょう》な倅といったが、しかし、とにかくその子はどこかに生きている。おれの倅は、もうこの世にいない。

とはいえ、母のない子ともいえる円朝の息子には、常人にまして千兵衛は、特別の同情を感じた。

五

根津遊廓《ゆうかく》は、維新後三十軒を限って営業を許されたのだが、たちまち繁殖して、そのうち八重垣町には吉原同様大門を建て、道の両側に桜並木を植え、このころは見世の数、百軒、娼妓《しょうぎ》数、千人にちかい大遊廓に発展していた。

吉原の仲の町にあたる八重垣町の大通りにはガス燈もつらなり、場所も吉原にくらべれば都心に近いので、夜にはいっても、遊客の数はへるどころか、ますます雑踏する。

この根津遊廓に、時ならぬ騒動が起ったのは、九月十日の夜のことであった。

その一本のガス燈の下に、塵桶《ごみおけ》をひきずり出して、その上に立ちはだかった一人の若い壮士が突然演説をはじめたのだ。

「諸君、諸君はこの根津遊廓が滅亡に瀕《ひん》しておることを知っておるか。……」

いったいに、吉原などにくらべて、書生、壮士の客の多い花街であったが、ここの大道で演説をやり出したのは、はじめてだ。しかも、冒頭がこうだから、みな聴耳をそばだて、たちまち、十人、二十人と集まって来た。

「本遊廓は、ここ数年中に立退きを命じられて、深川洲崎《すざき》へ追いやられることになっとるんじゃ。深川洲崎とはどこにあるか、知っとる者は一人もあるまい。そこはまだ半分海じや。いま埋立て中の土地の名である。……」

一般の客は、はじめて聞く話だから、眼をまるくする者が多かった。

「なぜこの根津遊廓がそんな目にあうか。それはほかでもない、ただこの隣りに東京大学があるからである。国家の須要《しゅよう》の人物たるべき東京大学生の勉学の府のそばに、かかる売色の巣窟《そうくつ》の存在することを、政府がけしからんことと考え出したからである。……」

演説をしているのは、つんつるてんの袴《はかま》に足駄、という例のごとき壮士風で、関羽ひげの中から、牡丹《ぼたん》のように口をひらいてさけぶ。

群衆は知らなかったが、これは自由党の中ではちょっと聞えた風間安太郎という男であった。

「諸君、しかしながら、東京大学が本郷に出来たのは明治十年、この遊廓は明治三年から厳存しておる。あとから来た者が、さきにおる者を追い出すということがあるか！」

ノーノー、ノーノー、という声がかかった。あっという間だが、群衆は、四、五十人になっていた。それが、いっせいに激昂《げきこう》し出した。演説の内容もさることながら、演説者そのものに、ただならぬ急迫した、激越な感じがあったのにひき込まれたのだ。

「一握りの官員の卵を生むために、三千の遊女、百万の遊客を海の中へ追いやる法があるか！これは人の上に人なく、人の下に人なきことを知らぬ官僚の特権意識以外の何物でもない！」

聴衆の中で、喧嘩《けんか》をはじめた者がある。――書生と壮士だ。

いまいったように、この根津遊廓の客は、ほかの色里とちがって、目立って学生と壮士が多いのが特徴であった。学生のほうは、むろん大学がすぐそばにあるからだろうが、自由民権を呼号する壮士たちの出入りがふえたのは、自然にそういう雰囲気につられたのがはじまりだったに相違ない。

しかし、そんな因縁を意識しない壮士が、熱狂して、腹立ちまぎれにすぐ前の大学生を「こら、頭《ず》が高いぞ！」と、いきなりたたいたから、この喧嘩がはじまったものらしい。

「待てっ、待て待て」

と、演説していた男は、それを見てわめいた。

「大学生に罪はない！　せっかく手近なところにあるこの遊廓を、そんな遠方にやられて不便をかこつのは、東京大学生も同じである！　仲間割れはよせ、仲間喧嘩はよせ、敵はかような得手勝手な方針を決めた政府の大官じゃ。見よ、きゃつらはかかるもったいぶった君子面をしながら、その大半が新橋柳橋などの美妓《びぎ》を手活《てい》けの花としておるではないか！」

ガス燈《とう》に、聴衆の顔がみんな赤くなったようであった。

「そもそも色を好むは、上は天皇陛下より下は乞食《こじき》に至るまで――」

「黙れっ」

群衆のうしろから、三人の巡査が出て来た。

彼らは、そこの往来を通りかかって、演説の声を聞き、何やらヒソヒソと会話したり、また聴衆の顔を見わたしたりしていたが、このときたまりかねたように声をかけたのだ。

人々をつき飛ばして近づいた巡査は、

「おいこら、やめろ！」

と、怒号した。

「なぜ、演説をやめねばならんか。言論は自由じゃぞ！」

塵桶の上で、壮士はそっくり返った。

「下りろ、不敬罪で拘引する」

「何が不敬罪」

「いま、上は天皇陛下より下は乞食に至るまで、といったな。天皇陛下と乞食をいっしょくたにするやつがあるか。ちょっと来い！」

「それは言葉のあやじゃ。言葉のあやと演説の本旨をいっしょくたにする馬鹿があるか」

「その本旨がいかん。かような遊里で政談演説などふとどき千万じゃ」

「かような遊里に、きさまらのような不粋な官権の走狗《そうく》がウロチョロしとるのが、よっぽどふとどき千万ではないか。……おや、あそこにも、あそこにもポリスがおるぞ」

壮士は、大通りのあちこちを指さした。

「きさまら、目ざわりじゃ。これといっしょに掃《は》き出してもらえ」

と、いうなり、塵桶から飛び下り、持ちあげたと見るまに、いきなりそれを巡査たちの頭にぶちまけた。

「こらっ、何するか！」

狂乱したように飛びかかる一人の向うずねを、足駄で蹴飛《けと》ばすなり、壮士はそのまま群衆の中へ逃げ込んだ。

追いかける三人の巡査を、周囲から無数の手が出て、こづきまわした。まわりはもう何百人とも知れぬ群衆であった。

「暴徒じゃ！」

「おういっ、騒乱が発生したぞ！」

この悲鳴に、遠く近くから、おっとり刀で巡査たちが駈《か》けつけた。実に、巡査の佩剣《はいけん》が許されたのはこの年の五月からのことである。それにしても、その夜は、どうしたことか、この遊廓の中に巡査がおびただしくはいり込んでいた。いま、駈け集まって来ただけでも、十数人はあった。

ふだんなら胆《きも》をつぶしたろうが、たまたまそのときは雲霞《うんか》のような群衆であった。しかも彼らは、いまの煽動《せんどう》演説で官権に対してみな殺気立っていた。

「やれやれ、かまわないから殴ってしまえ」

「ポリスをたたきのめせ！」

凶暴な渦に巻き込まれて、巡査たちは恐怖して抜剣した。

さすがに弥次馬《やじうま》たちは驚いて、わっと逃げ散る。が、そのまま逃げ去らず、まわりをとりかこんで、いっせいに石や下駄《げた》を投げはじめた。

巡査は呼笛《よびこ》を吹き出した。――根津遊廓は、時ならぬ大騒動になった。

この夜、根津遊廓におびただしい巡査がはいりこんでいたのには、わけがあったのである。

六

それより二時間ほど前、神田に強盗事件が発生した。

ちょうどその晩は、五十稲荷《いなり》の縁日で、道の両側には露店のカンテラがつらなり、大通りは波のように雑踏していた。

警戒に出ていた巡査が、そのうち、ふと妙な人間を発見した。

ある路地からの出口に立っているのだが、それは書生というより壮士風に見えたのだが、それがまだ、十四、五歳の少年なのである。しかも、そこに立って、どういうわけか、往来の人混みよりも、路地の奥のほうを眺めている。――

それで、巡査は、何となく注意して、ときどきこのミニ壮士を見やっていた。

すると、その路地の奥から、三人の男が出て来た。いずれも遊び人風であったが、中の一人が風呂《ふろ》敷包《しきづつ》みをその少年に手渡し、そそくさと雑踏にまぎれ込んだ。それから、その少年も、風呂敷包みをかかえて、人混みの中へ消えていった。

「強盗っ」

路地の奥から、たまぎるようなさけびをあげて、一人の男がまろび出して来たのは、それから数分後であった。

「強盗でござりますっ、だれか、来て下され！」

巡査は駈け寄った。

その男は、路地の奥にある山岸という質屋の番頭であった。それが恐怖にひきつった顔で訴えるには、たったいま、頰かぶりに半纏《はんてん》、尻《しり》っからげの男が三人押し入り、匕首《あいくち》で脅して主人はじめ自分たち奉公人を麻縄で縛りあげ、二十七円ほどの金と質草数点奪って逃走した。その直後、自分の縄が何とか解けて駈け出して来た、というのであった。

すわ、とばかり巡査は近くの同僚に連絡した。

急報によって十数人の巡査が集まり、右の強盗事件がほんとうであることを確認するとともに、先刻の三人——いや、四人の男の捜索にかかった。

が、縁日の雑踏に消えた三人の壮漢はとっさには見つからない。質屋に押し込んだときは頰かぶりしていたというし、路地から出て来たときはそれをとっていたが、巡査の立っていた場所からちょっと距離があって、その人相までよく憶《おぼ》えていなかったのだ。

いや、それよりも。——

と、最初の目撃者たる巡査が気がついたのである。四人目の犯人——あの壮士風の身なりをしていた少年を追え！

あいつが見張りをしていたのだ。そして、手渡された風呂敷包みには、盗品や半纏その他、犯行時の三人の衣服などがはいっていたものと思われる。——

小型壮士、という妙な特徴がつけ目となって、その姿を見つけ出したのは十数分後である。が、向うで気がついたと見えて、たちまちまた雑踏へ沈み込んでしまった。何しろ、背が小さいので、大人の中へはいるとまったく視界から消えてしまう。

さらに十分ばかりのち、その変な少年が俥《くるま》に乗って、お茶の水から本郷方面へ駈け去ったということをつきとめ、巡査たちは数十人、これを必死に追跡した。そして、それらしい俥が根津のほうから帰って来るのをつかまえて、まさしくめざすホシが、ほんのいま遊《ゆう》廓《かく》の大門前で俥から下りたということをつかんだのである。

即刻、遊廓の周囲には網が張られた。——そして、廓内《くるわ》にはいりこんだ巡査たちが、虱《しらみ》つぶしに捜索をつづけていたところであったのだ。

そこへ、この椿事《ちんじ》である。

あの壮士の演説による騒ぎは、故意か、偶然か。

神田の質屋から出て来た三人は、少なくともあんな髯《ひげ》は生やしていなかったというから、それは別人にちがいなかろうが、何か連絡があって、それではと急ぎあんな演説をやって、巡査たちをひきつけ、ひっかきまわし、そのすきに同志の少年を逃がそうとした一味の男であったか。

それとも、まったくの偶然であんな騒動になったのか。もともと壮士の出入りが多く、女郎の中にも自由の民権のと紅い気焔《きえん》をあげる女が少なくないことで有名な場所なのであちょっとしたきっかけであんなことになったということも、全然あり得ない話ではない。

とにかく、こういうわけで、その夜、根津遊廓は、結果的には警官対弥次馬の大合戦の場とはなった。——

夜空にあがるそのどよめきをよそに、かえって無人となった八重垣町の横町を、小さな影が塀を撫《な》でるように歩いていた。

さすがにここにガス燈はないが、不夜城といわれる廓の中だけあって、どこかに薄明のような光がある。影は小脇に風呂敷包みをかかえていた。

ふいに影はピタリと片側の塀に貼りついた。

向うから、二人の人間がやって来たのだ。男と女だ。

「おい、よしなよ、そんなに酔っぱらってて、騒ぎを見物にいってどうするんだ」

「見たいんだよ、ポリスがやっつけられてるっていうじゃないか」

「あの騒ぎを聞くがいい。女なんか、踏み殺されるぜ」

「おまえさんがついてってくれるんだから、大丈夫だよ」

女の足はもつれていた。男は持て余しながら、それをかばって歩いている。

ばねにはじかれたように、黒い影は塀から飛び出していた。

「おっ母《かあ》！」

と、さけんだ。

二人は立ちどまった。数秒後、女は吐息のようにつぶやいた。

「朝太郎じゃないか」

蔭《かげ》から出て来たのは、ザンギリ頭に裾短《すそみじ》かの袴《はかま》をはいた十四、五の少年であったが、女の顔を見て、ただ唇をわななかせた。

「お前、どうしたのさ？」

と、女がいった。さすがに酔いもさめた声だ。

「お前のことが新聞に出てたって、だれかに読んでもらったけどさ。……いまのおふくろ、そんなにひどいのかい？」

「いや、おいらが家出をしたのは、いまのおふくろのせいじゃない。……おっ母がここにいると知ったからさ」

女はワナワナとふるえ出していた。

「おっ母はわけあって上方《かみがた》にいったと父《ちゃん》から聞いた。ところが、この根津でお女郎をやってると知ったもんだから、おいらは……」

女は思わず顔を覆ったが、三十半ばだろう、美しいのに、毒々しいほどの化粧をして、あきらかにしどけない女郎の——しかも、あまり上等ではない遊女の姿であった。

そばに立っていた男が声をかけた。

「それで、お前さん、おふくろに逢《あ》いに来たってわけかね？」

まるでお相撲さんみたいな大男で、入道頭にたたんだ手拭《てぬぐ》いをのせ、左手に三味線をぶら下げている。

「ちがう」

と、朝太郎は首をふった。

「あの騒動のもとはおれさ」

と、大通りの喚声をふり返って、

「今夜、ここに巡査がたくさんはいりこんだのは、おれを追っかけて来たんだ」

と、歯をカチカチ鳴らしながらいった。

「神田で強盗をやって来たんだ。自由党の軍資金を作るために、だよ。おいら、前の家出とちがって、こんどは自由党にはいったんだぜ！」

「あっ」

と、女がさけんだ。

「それじゃ、お前……とにかく早く、逃げなくっちゃ」

「それが、もうどの出口にもポリスが見張ってるんだよ」

そのとき、路地の奥のほうから、数人の靴音が走って来た。

「ポリスだ」

と、大入道がいった。

「お里、円朝顔まけの、久しぶりの母子《おやこ》のめぐり合いの場をこれ以上つづけさせるわけにはゆかねえ」

その背後の板塀が音もなくひらいた。入道がうしろ手にあけたのである。

「朝坊、はいんな……。そして、松のや露八に頼まれたといって、花紫《はなむらさき》という花魁《おいらん》にかくまってもらえ」

七

急に大入道は、三味線をひき出した。
「いやだ、いやだよ
巡査はいやだ
巡査コレラの先走り
チョイト、チョイト」
このころ、巷《ちまた》で流行《はや》っている唄《うた》だ。そばでなければ聞えないほどひくい声だが、絶妙の節廻《ふしまわ》しであった。
そして、女郎の袖《そで》をひき、何くわぬ顔で歩き出した。しかし、遅かった。
駈《か》けて来たのは、五人の巡査で、おそらくその間も大門の内で鳴りつづけている呼笛《よびこ》に呼ばれて、そこへ急行する途中だったと思われるが、薄明りの中で、いまここで起った出来事をちらっと見たらしい。

「こら、いまここからだれか塀の中へ逃げ込んだが、あれは何じゃ」

と、駈けて来るなり、かみつくようにさけんだ。やはり、見ていたのだ。

「へ、へ、ありゃ娼婢《こども》で」

「こども？」

「御一新前は禿《かむろ》といったやつ、女郎衆の卵でゲス。勤めがつらいって、その娼婢の一人が逃げ出しましてねえ、それをあたしたちがつかまえて、その不心得をさとして、いま帰してやったところでさあ」

「うぬらは何だ」

「あたしは露八ってえ幇間《たいこもち》で、こいつあ愛里《あいさと》ってえここの安女郎でございます。どうぞ、どっちもこれからごひいきに。――」

巡査が相手の素性について訊《き》いたのは、その男が、ゾロリとした着流しに絽《ろ》の羽織、それに三味線を抱えているという、いかにも幇間らしい姿ではありながら、六尺豊か、二十六、七貫はあろうかと思われる肥大漢で、しかもまるでひきがえるみたいな容貌《ようぼう》をしていたのと、そのいかにも落着き払った応対にかえって不審をおぼえたからで、決していまの疑惑を捨てたわけではなかった。

しかも、一人がそう訊問《じんもん》している間に、別の巡査が黒塀のところに寄り、そこにある一見見えない潜《くぐ》り戸の取手を見つけ出してつかんだとき、不安そうにじっと立っていた女郎が、いきなりそのうしろからしがみついた。

「早く逃げな、ポリスがゆくよ！　朝。――」

「こやつ、やっぱり怪しいやつじゃ。逮捕しろ！」

と、巡査が向き直って女をとらえたとき、

「馬鹿っ」

と、頭にのせていた手拭いをふり落し、一帯の黒塀がひっくり返るような声とともに、大入道がそばに寄ると、女郎と巡査がズルズルとくずおれた。

「何をする？」

ほかの巡査は眼をむいた。

「いえ、この女のことで。――ほい、これはしまった。こんなはずじゃあなかった」

入道は頭をかいた。

「ええ、旦那《だんな》方、こいつァね、いったん逃げようとした女郎や娼婢《こども》がつかまると、あとでえらい折檻《せっかん》を食うことを知ってるんで――申しわけねえが、そんなときお巡りさんも女の味方じゃございませんのでね――それで思わず知らず今の声が出ちまったらしいんで――朝ってえのァ、娼婢の名なんです。朝弥ってんですがね」

ゆったりと、しゃがみ込んだ。

「ほれ、ひでえ酒の匂いでがしょう。こいつ、ベロベロに酔っぱらってたんでさあ。ここじゃ名高《なだけ》え飲み助女郎でねえ。何するかわからねえから、ちょっととり鎮めようとしたらこの始末でゲス。相すみません、あわてたはずみに、手がどこかこのお巡りさんにも触ったらしいんで」

彼は、まず女郎、次に巡査を抱き起し、背にひざをあてて、ぐいと両肩をうしろにひきつけた。二人は息を吹き返したようだが、なおべたりと坐《すわ》ったまま、うすぼんやりとしている。

この間、ほかの巡査たちも、うすぼんやりとしていた。実際、このお相撲みたいな幇間《ほうかん》には、触られただけでもどうにかなりそうだが、しかしこいつはいま、当身《あてみ》を使ったのじゃあなかったか？　にもかかわらず、その身の動きとものいいかたには、いまやったことが嘘みたいな、粋でのどやかな感じがある。

「とにかく、逃げたやつを追え」

と、数瞬ののち、一人がわれに返った。

「いまのやつは、やはり、くさい！」

「幇間、事と次第ではあとでとり調べるぞ！」

巡査はまた塀に飛びついて、戸をあけた。彼らは、さっきこの塀に消えた影が、少年壮士、という捜索目標に似ている——ということは遠目ながら認めていたのだ。

中は、庭になっているようだ。いちど気を失った巡査を引き立て、小さな潜り戸からはいってゆこうとしたので、足がもつれ合ってまた二人ほど転がるという騒ぎであった。

幇間と女郎はあとに残った。

「ああ、朝太郎……朝太郎！」

女郎は、心臓がしぼられるような声を出した。

「しっ」

大入道は、あわてて塀のほうをふり返った。

「危ねえ。また当身を食わせるぜ。さあ、ゆこう、ここでウロウロしてりゃ、ほんとにふん縛られらあ。……ま、これだけ時間を稼ぎゃ、朝坊も何とか隠れるひまはあるだろう」

幇間松のや露八は、女郎愛里をひったてるようにして歩き出した。

「実は朝坊のこたァ、赤羽織の谷斎《こくさい》から頼まれてたんだ。円朝師匠からのまた頼みだがってえことで、朝坊が、おめえがここで女郎をやってることを知った。そこで根津に逢いにゆくかも知れねえが、どうぞ心を鬼にして追い返してくれ、そうしてくれなきゃ、いまのおふくろとの仲がいよいよ難かしくなるからってえ話だった。さすがの円朝師匠も、いまおめえの亭主になってるこの露八にゃ、じかに言いにくかったんだなあ」

大きな手で、愛里を抱えるようにしていう。

「そのことをおめえに、言おう言おうと思いながら、気持の上でいりくんだ話だから、つい言いそびれていたんだが、朝坊とこんな逢いかたをするたァ夢にも思わなかったよ。何だって？　自由党の強盗だって？……おい、何なら、おれが大八幡《おおやわた》楼をもういちどのぞいて見よう。心配《しんぺえ》しねえで、おめえは帰んな」

女郎は、泣いていた。

八

そのときは知らず、あとでわかったのだが、巡査たちが捜索にはいりこんだのは、根津の大まがき大八幡楼であった。

ここもまた大門内《うち》の騒動に胆をつぶして、客はもとより、牛太郎《ぎゆうたろう》その他の若い衆も、見物に駈け出す者、報告に駈け戻る者、見世じゅう騒然としていたが、そこへ裏庭のほうから突如闖入《ちんにゆう》して来た数人の巡査が、

「こら、詮議《せんぎ》の筋がある。一同、動かずに控えちょれ！」

と、わめいたから、大八幡楼はいよいよ仰天した。

「なんだなんだ、詮議の筋たァ何だ。調べ事がありゃ、表口からはいって来い。ここは密淫売《いんばい》の家じゃねえぞ」

殺気立って出て来た牛太郎連も、

「目下捜索中の神田の強盗がここに潜入した証跡があるんじゃ。神妙に臨検を受けぬとそのままには捨ておかんぞ！」

と、大喝されて、これにはめんくらって、みんな、しゅんとなった。

その間にも、巡査は表に走って、たったいましがた、壮士風だが十四、五歳の少年は出てゆかなかったか、と問いただしている。そんなへんな餓鬼は見たことはない、という返

事に偽りがないことを確かめる一方で、巡査たちは往来を走っていた同僚をも呼びいれ、大八幡楼の出入口をすべてふさいでしまった。

表の騒ぎは、どうやら下火になったようだ。その代り、こっちに飛火して来たような案配である。

連絡を受けて駈《か》けつけて来た巡査たちが十数人、大八幡楼の各部屋部屋を、虱《しらみ》つぶしに捜索して廻《まわ》り出した。

もし例の壮士の煽動《せんどう》演説が、廓《くるわ》の中の巡査をみんなひきつける目的であったとするなら、それは結局失敗したというしかない。

むろん、この椿事《ちんじ》をよそに、遊女と酒を飲んだり、中には蒲団《ふとん》から出ようともしない図々《ずうずう》しい連中も少なくない。そういう部屋にも、巡査たちは遠慮なく踏み込んで客の顔をにらみつけ、ときには蒲団をひっぺがす。

悲鳴と怒号が波打っていったことはいうまでもない。

——と、突然、どこかで唄声《うたごえ》が起った。

「あれ見やしゃんせ
アメリカの
七年血潮を流せしも
これもだれゆえ自由ゆえ」

複数の女の声だが、三味線に混って、茶碗《ちゃわん》をたたく音もする。

そこはお職やそれに準ずる遊女たちの部屋のならぶ一棟であった。

根津遊廓には自由党かぶれした女郎が少なくない、ということを承知している巡査もあったが、それにしてもこの臨検最中に、人を食った女どもだ。

巡査たちは一団となって、廊下を駈けていった。

「花紫」という札をかかげた部屋がある。その前に、厚い上草履《うわぞうり》がいっぱいならんでいる。唄声は、その中からはねかえるように溢《あふ》れて来る。

巡査は猛然と戸をあけた。

中では、七、八人の女郎たちが、車座になって歌っていた。まんなかの膳《ぜん》の前にあぐらをかいて、いささか鼠色になった白シャツに、いかもの薩摩の単衣《ひとえ》を着て、小倉《こくら》の袴《はかま》をはいた二十半ばの男が、皿を箸《はし》でたたきながら、眼をつむって音頭をとっている。

「あいつは何者か」

と、巡査の一人が、案内にたてた楼主に訊《き》いた。

「ありゃお馴染《なじみ》の東京大学の学生さんで」

「それにまちがいないか」

「まちがいございません。あれでなかなかの粋人でございます」

「粋人——大学生の身分でか」

と、舌打ちしたが、女の数はともかく、べつに大尽遊びというほどのものでないことは、膳のようすからもわかる。

酒盛りをやるなら引手茶屋でやって、あとこの貸座敷に来るのがふつうだが、時にはここで二次会を、あるいはよほど馴染になると、はじめから、この箪笥《たんす》や長火鉢などを置いた花魁《おいらん》の下《しも》の間《ま》でひと騒ぎやる客も少なくない。

女たちは巡査を見たが、知らん顔をして合唱している。三味線を合わせている女郎もある。大学生は眼をつむったまま、夢中の態《てい》で首をふっている。いかにも才気走った色白の細面だが、一面にやけて、軽薄らしい容貌《ようぼう》でもある。少なくとも、壮士特有の野性はない。

「あれ見やしゃんせ
ルーソーの
牢屋《ろうや》の中の憂き艱苦《かんく》
これもだれゆえ自由ゆえ」

巡査たちをからかっていることは明らかであった。

「坪内さん、坪内さん」

楼主が呼んだ。

「臨検でゲスよ」

「うぬら、何をしておるか」

巡査がたまりかねて怒鳴りつけた。大学生は眼をあけた。

「自由《フリードム》の歌《ソング》を教授《ティーチ》しておるんじゃ」

と、いった。

巡査たちには意味不明であったが、そのままドカドカ踏み込んだ。女郎たちを蹴飛《けと》ばさんばかりにして上《かみ》の間に近づく。この棟に住むクラスの遊女は、上の間と下の間と続きの二間を与えられていて、屏風《びょうぶ》にへだてられた上の間から、夜具の端がちらっとのぞき、それがかすかに動くのが見えたのだ。

すると、隣室の騒ぎをよそに、その上の間に寝ている人間の顔が見えた。こちらの灯が屏風にさえぎられて暗い中に、ぼうと白い顔が浮かんで見える。女だ。

顔は一つだが、その夜具のふくらみかげんから、もう一人寝ている者があるらしい。よく見ると、女の顔のそばに出ているのは、どうやら一つの足首ではないか。……

「こいつはだれじゃ」

「花紫花魁《おいらん》とわが輩のフレンドじゃ」

と、うしろから大学生がいった。少し声がふるえている。

「なんじゃと?」

「友人だ。実は今夜はそいつのヴァジニティ——童貞を破る聖夜なのじゃ」

「何でもいい、二人とも出んか!」

と、警官は吼《ほ》えた。

「出来んせん」

と、女の声がした。思いがけず落着いた声だ。

「この姿で、出ることは出来んせん」

「この姿？　どんな姿をしとるか知らんが、強盗犯人がこの見世に逃げ込んだちゅうんで、目下捜索中なのじゃ。女も客も、みなとり調べんけりゃならん。出ぬと、蒲団をはぎとるぞ！」

「……それでは……そちらで待っていておくんなんし」

巡査たちは下の部屋に退《さ》がった。

やがて屏風の蔭《かげ》から現われた女を見て、警官たちは息をのんだ。

髷《まげ》のかたち、化粧のようす――いかにも花魁にちがいないが、裲襠《うちかけ》だけを羽織っているものの、彼女はまさに全裸であったからだ。それが、こちらの洋燈《ランプ》を真正面にして、すっくと立った。

「男は？」

巡査たちは眼をそらしながら、うめくように訊いた。

「女郎はともかく、末は参議か大臣の書生さんに、同じ恥をかかせることはありんせん」

と、花魁はにっと笑った。

それが、どう見てもあばずれの女郎の顔ではなかった。化粧はそれらしく濃艶《のうえん》だが、顔だちはむしろ気品があった。しかも、雪白の乳房から腰、足まで灯にさらして、妖《あや》しくけぶるはひとところばかり。――

「イー、ブロックス、イー、ストンス」

と、大学生がいった。

「おい、小町田、このシェイクスピアの台詞《せりふ》を、お前、何と訳す？……吾輩《わがはい》なら、なんじ木石にひとしき輩《やから》よ、と訳す」

眼は巡査たちを見つめていた。

「む。……ここはいい」

「ほかを探せ！」

巡査たちはヘドモドして、どやどやとその座敷を出ていった。

生意気な書生と花魁だ、という舌打ちはもとより心中にあったが、しかしここにいるのが大学生にまちがいないことも認めないわけにはゆかなかった。何かというと法律を持ち出す大学生は、巡査にとってむろん手強《てごわ》い敵だ。しかし、この時代は過激派即大学生の後年とはちがう。大学生は一種の特権階級で、いま女郎が喝破《かっぱ》したように、末は参議か大臣かという地位を確約されたかに見える存在で、地底から湧《わ》き出したような陰惨な壮士とは別世界の人種だと思われていたのだ。

それに、いま捜索しているのは、十四、五の少年だ、という先入観もあったろう。しかし、何より巡査たちは、その嬌艶無比《きょうえんむひ》の花魁の裸体に胆をおしひしがれたのであった。

出ていって、別の部屋部屋を探すのにかかった巡査たちを追って、その花魁はそれを確認するように、怖れ気もなく廊下に出ている。

反対側から、ノソノソと大入道が歩いて来た。

「花魁、どういう具合で？」

「だいじょうぶ」

「やっぱり頼った甲斐《かい》があった。ありがとうござんす」

「露八さん。……お礼はあのひとにいって」

　と、花紫はふり返った。

そばに、ぼんやりと大学生は立っている。さっきはばかに勇ましく見えたが、いまは別人みたいにブルブルとふるえていた。

「驚いたな、花魁。……おまえにあんな芝居ッ気があったとは」

　と、いった。

「みんな坪内さんから伝授《ティーチ》されたことでござんすよ」

と、裸の花魁はにいっとした。

九

「自由党の花魁」という名が、ぱっとひろまった。――その夜以来だ。

自由党の強盗が大八幡楼に逃げ込んだ疑いで捜索にはいった巡査を、花魁花紫が、みごとな啖呵《たんか》を切って追い返したというのだ。

　はじめはただそれだけの話であったのに、そのうちに、花紫はその自由党員をかくまったのだ、という噂がつけ加えられた。

もともと自由党かぶれの遊女が多いことで知られた根津遊廓《ゆうかく》だ。花紫は英雄になった。

大八幡楼の亭主は、弱った。——右の噂に、さては？ と平手で頬をたたかれたような気がした警察が、改めてまた何度か取調べにやって来だしたからである。

「とんでもございません。あれァ東京大学の学生さん、坪内雄蔵さんのお弟子で、川上幾太郎ってえ書生さんで。——」

あの夜、花紫と同衾《どうきん》していた男はだれか、という訊問《じんもん》に対しての返答である。

「大学生が弟子を持っておるのか」

「へえ、英語を習っていらっしゃるそうで」

実際警察は、その川上幾太郎を取調べにいって、それが書生どころか、まだ十四歳の中学生であることを知った。

そこで大眼玉をくわせたことはいうまでもないが、ともかくも話は合う。家はお茶の水で学生下宿屋をやっているが、当人は府立第一中学の優等生ということで、あの夜大八幡楼に童貞を破りにいったという所業は別として、べつに危険思想の持主という線は出て来ない。

再調査しても、警察からすればあとの祭りという結果にはなったが、大八幡楼が迷惑したことはいうまでもない。それでも、なんとかつじつまを合わせたのは、つじつまを合わせなければ大変なことになるという恐怖と、花紫が見世でも、二、三枚目を張る美貌《びぼう》の遊女だからであった。

それより困ったのは、自由党の壮士が、とりかえひきかえ押しかけて来ることだ。

「えらい花魁じゃな。是非礼をいわせてくれ」

「自由の女神とはこのことじゃ。花紫が松明《たいまつ》をかかげた銅像を大門の外にたてろ」

「どうか、一目拝ませてくれ」

と、いう騒ぎである。

「これじゃ商売にならない。花紫に逢《あ》いたかったら、どうか茶屋へ呼んで下さい」

と、亭主は苦り切って、この連中を追い払うのに汗をかいた。

大学生のよく来る廓《くるわ》、という評判が自由党をひきつけ、自由党が多い、という噂が大学生を呼ぶ。そんな根津遊廓の吉原とは一味ちがう特色は、実は楼主たちにとっては痛し痒《かゆ》しであったのだ。学生も壮士も、どっちもあんまり豊かではない客だ。とくに壮士たちには金がない。

引手茶屋も通さずじかに見世に来て、安女郎を買う手合が多いので、そういったのだが、いちどこれで困った事態が起きたことがある。

事件後十日ほどのちのことであった。やはり花紫を見に来た壮士が、これはまだそれほどの年ではないのに真っ白な蓬髪《ほうはつ》をして、うす汚れた風態の男であったが、同様に追い返されてからまた数日後、引手茶屋から花紫を呼んだ。

しかも五人ほどの仲間をつれて、どこから手にいれたか、ちゃんとぜんぶ金も前払いしてあるという。——

そして、恒例の通り、花紫をはじめ、女郎、禿《かむろ》、芸者、幇間《たいこもち》を呼んで一大遊興をはじめたのはよかったが——これがむちゃくちゃだ。

一同、野獣のように自由の歌を唄《うた》い、詩吟を吼え、あげくのはてにその白髪の男は、よれよれの袴《はかま》の紐《ひも》を解いて自分のふぐりをつかみ出して、これに酒をつげ、と、いい出した。

「中江兆民先生御発明の金盃《きんぱい》じゃ」

「金盃？」

「自由の味のしみ出たきんたま酒じゃ。おれたちゃ、兆民先生から何度もこれを頂戴《ちょうだい》して、血肉《ちにく》とした。お前らも、自由党をひいきにしてくれる以上、自由党でも壮烈無比の評判高いこの秦剛三郎のきんたま酒を飲んで同志になれ」

うす汚ない皺《しわ》をのばして、盃《さかずき》型にした。——その同志でさえ、呆《あき》れ返った顔をしていたくらいだから、いかに遊女たちでも顔をそむけたことはいうまでもない。

「つげ、やい、女郎、つげ！」

白髪の壮士は、八の字にひらいた膝《ひざ》のままいざり出して、花紫のほうへ近づこうとした。

すると、そこへ、大入道の幇間が、ヒョコヒョコと出て来た。びっくりするほどの大男のくせに、さっきその身体に空気でもはいっているような軽妙な踊りを見せて、それ以来ふしぎに目立たない存在に変っていたのだが、またヒョコヒョコといった感じで出て来たのである。手に徳利をふっている。

「旦那《だんな》、御免なすって。——あたしがお酌《しゃく》して、まず頂戴いたします」

「幇間《たいこ》はだめだ。花魁《おいらん》に飲ませる」

「いえ、その前にあたしが毒味をして——こりゃ、相当に毒もありそうで、いえなに、自由の味ってえやつを一つ、へ、へ、へ」

と、笑いながら、その怪盃に酒をついで、大きな入道頭を、秦の股間《こかん》に近づけた。

どういうわけか、海坊主に魅入られたように、秦は身動き出来なくなった。

幇間は分厚い唇をそのまま吸いつけて、秦のいわゆる金盃をペチャペチャと飲み干《ほ》した。

——

「ああ、甘露、甘露。自由の味ってえやつは、まことにコクがございますな」

と、ほんとうにうれしそうな顔をあげて、一方の手でその金盃をもみひろげて、トクトクとまたついだ。

「御返盃」

「え？」

「旦那方からお盃を頂戴いたしましたら、必ず御返盃をさしあげるのが、ここのしきたりでございまして——どうぞ、旦那、おひとつ。——」

と、いいながら、秦のうなじに手をあてて、その首を本人の股《また》ぐらのほうへ抑えようとした。

「ば、馬鹿っ」

と、秦剛三郎はその手をもぎ離そうとしてもがいた。大男だけあって、容易ならぬ力であった。

「自分のきんたまをなめるなんて、そんなことが人間に出来るかっ」

「人間には、出来ることと出来ないことがあるのを、やっとおわかりでございますかな」

「こいつ、幇間《たいこ》の分際で――」

と、両側から二人の同志が殴りかかった。幇間は、両手でその腕をつかんだ。

べつに烈しい動作ではなく、踊りの手みたいに柔らかな防禦《ぼうぎょ》であったのに、二本の腕は宙に動かなくなった。大男の力だけではない。

「おや、御金盃がちぢんでしまったようでゲスな。こりゃ妙だ」

ひきがえるみたいな顔が哄笑《こうしょう》した。

「これじゃ見世に花魁を連れて帰ってもどうしようもねえ。旦那、恐れいりますが、今夜はこのままおひきとりなすって。――せっかくごひいきにして下すってありがとうございますが、廓にゃ廓の作法ってえものがございます。そいつをもう少し御勉強になってから、改めてもういちどおいでをお願いしたいもので。――」

十

楼主にもまして、花紫の顔は憂わしげになった。

こんな客があるからばかりではない。見世に迷惑をかけることになったからばかりでもない。情人の大学生坪内雄蔵を困った立場に追い込んでしまったからだ。

あの晩、花紫があんなことをしたのは、ただ、ふだんから好意を持っている幇間の露八から頼まれたので、よく事情は知らぬままに、逃げて来た少年をとっさにかくまっただけの話だ。そして、たまたま客になっていた坪内に協力を頼んだのである。実は双方、それほど自由党に関心があるわけではなかった。

強盗をかくまったということを、あの夜仲間になった女郎たちがしゃべるわけはないから、世間がつけた面白半分の尾鰭《おひれ》にちがいないが、それがほんとうに当っていたから困る。

「お前にあんな芝居ッ気があるとは驚いた」

と、坪内はいったが、芝居ッ気はもともと坪内のほうにたっぷりあって、彼が一肌ぬいだのは、その特質のためだけだったかも知れない。

「あれァとんだ揚巻《あげまき》と助六《すけろく》だったなあ」

と、本人もあとになって感心していたようであったが、それも急場だからかえって怖さ知らずでやったことで、元来それほど度胸のあるほうではない。

大学生のくせに、ばかに江戸の通人趣味に凝っている。英語とゲス調をあやつり、一見したところではキザな才子だ。

それが、あの夜、花紫と同衾していたのはだれか、という再調査を受ける怖れが出て来て、恐慌を来たして、弟子の川上幾太郎という少年に頼んで、あわててつじつまを合わせてもらった。

あのとき友人とか小町田とか口走ったが、巡査がよく記憶していなかったらしいことは、僥倖《ぎょうこう》であった。ともあれ、弟子でさえそんな調べを受けたくらいだから、彼自身が相当絞めあげられたことはいうまでもない。——ちなみにいえば、この川上幾太郎は、後年眉山《びざん》と名乗る作家となる。

しかし、閉口しながらも、一面楽天的で親切な気性を失わない坪内ではあった。花紫は、彼をほんとうに愛するようになっていたから、外見軽薄な放蕩《ほうとう》学生のようでありながら、思いのほかに誠実な男であることも見ぬいていた。

彼は、助けてやった少年壮士が、高名な落語家円朝の息子であることを知っていよいようれしがり、あれ以来、小石川の自分の下宿先でやっている、名だけはばかに立派な「鴻《こう》臚《ろ》学舎」という塾にひきとったくらいである。大学生で弟子を持っているというのを警察で不審がったが、これはいまでいう学生アルバイトであった。

花紫が憂わしげになったのは、ただ情人の坪内にそんな迷惑をかけたというばかりでなく、このごろ楼主が浮かぬ顔で、

「おい、いっそ坪内さんは、お前を身請けしてくれないかねえ?」

など、いい出したからであった。

ゆきがかり上、いちどはかばってくれたものの、楼主もだんだん持て余して来たらしい。

それはともかく。——

遊女が東京大学の学生の妻となる!

それは二重に夢のような話であった。花紫は、坪内が熱心に自分のところへ通って来、茶屋でも恥をかかないほどの遊びをしながら、昔美濃《みの》の代官の手代をやっていたという父親もことし一月に亡くなって、もう送金もなく、ただ塾だけで稼いだ金をいれあげてくれていることを知っていた。

自分の借金だって六百円からあるし、とても坪内さんに身請けなど出来るわけがない。ところが楼主は、その話を坪内にも持ちかけたらしいのだ。

秋も深まってから、坪内がいい出した。

「いうべきか、いわざるべきか」

と、しばらく考えたのち、ささやいた。

「花魁、僕の女房にならんかね」

花紫は眼をまるくして、ただ黙って相手の顔を見つめた。

「身請けの金を作る自信がついた。もっとも少々時間はかかるがね」

「えっ、何をして？」

「小説を書くんだ。それを本にして、金をもらう。当らなきゃだめだが、当る自信はある。いままで日本になかった小説だから」

「小説――どんな小説」

「いまの僕たちの生活を戯作風に書くのさ。いつか円朝の息子を助けてやったとき、僕は小町田と呼んでやったが、あれはその小説の主人公の名なんだ。あのころから考えていたのさ。題も、もう決っている。〝一読三歎《さんたん》・当世書生気質《かたぎ》〟というんだ」

そういわれても見当がつきかねたものの、気丈な女ではあったが、花紫の眼には涙が浮かんでいた。

「花魁、僕はお前を救ってやりたい」

坪内は、そこで何か不安そうな顔をした。

「ただ、少し、その仕事をするのにじゃまになることがある」

「何でござんす」

「まだ僕に、警察の犬がくっついているようだ。どうも、しつこいやつらだ」

そのころ、ある夜、また花紫を引手茶屋に呼んだ客があった。

どうやら田舎のお大尽らしい、と聞いて、彼女は眉をひそめたが、商売として——とくにあれ以来、気持の上でも見世に借りが出来たような感じで、ことわることなど出来なかった。

例のごとく、禿《かむろ》、芸者、幇間などの眷属《けんぞく》をひきつれ、いって見ると、いかにもごつい顔をした田舎の金持風の男であった。

「おう、これが有名な自由党の花魁か」

と、彼は金壺眼《かなつぼまなこ》でジロジロ花紫を見あげ、見下ろした。もうだいぶきこしめしたと見えて、真っ赤な顔色をしていた。

やがてはじまったどんちゃん騒ぎの間、金歯をむき出してゲラゲラ笑い、金を払った以上はといわぬばかりに、膳《ぜん》の酒をガブ飲みし、料理をぱくつくのを見て、今夜この男に抱かれるのか、と考えると、常にもまして花紫は憂鬱《ゆううつ》になった。

それどころか、そのうち男は、花紫を身請けして、田舎に連れて帰りたい、と、いい出したのだ。

「気にいった。おら、その花魁が気にいったぞ。いや、まえまえからわしゃ、こういう自由党が好きな女を妾《めかけ》にしてみたいと思うておったんじゃ」

「あら、旦那《だんな》も自由党？」

と、芸者の一人がいった。

「なに自由党は大きらいじゃがな。ありゃ貧乏ったれの餓鬼どもの悪あがきに過ぎん」

「なら、どうして自由党の好きな女がお好きなんでござんすえ」

「だから、いよいよそんな女を心ゆくまでおもちゃにしてやりたいんじゃよ。それにな、そんな女は、さぞ理窟《りくつ》好きじゃろ。それをヒイヒイいわせてやりたいのが、おらみたいな百姓の夢で。――」

これは面がまえ以上の、相当悪趣味の持主らしい。

花紫は、思わず知らずそっぽをむいて、つぶやいた。

「わたしは、自由党好きでも、理窟好きでもござんせん」

「じゃが、大学生の間夫《まぶ》があるっちゅうではねえか」

花紫は眼をもとにもどして、その男の顔を見つめた。

「実物を見て気にいったら身請けしたいと考えて、おら、おめえのこともちょっくら聞いて来た。その大学生は自由党でねえか？」

金歯の薄笑いが、ただものでない、と気づいたとき、田舎大尽はまたいった。

「おらの身請け話がいやならいやでええ。とにかくそのへんのことを、今夜とっくり聞かせてもらうことにしようかい」

「いいかげんにしねえかね、武藤兵十郎」

と、ふいに隅のほうから声がかかった。

田舎大尽は、ぎょっとしたようにそちらを眺めた。そこに大入道の幇間が坐《すわ》っていた。松のや露八であった。

十一

「うぬは何じゃ」

と、田舎大尽はいった。

「廓《くるわ》に来て、幇間《たいこ》の松のや露八を知らねえたァ、とんだ野暮な客だ。いや、風態《ふうてい》は野暮な田舎大尽だから、身のほどを知って化けて来たのだろうが、それにしても、廓に探索に来るなら、もう少し勉強してから化けて来い」

露八は笑った。

相手は、激怒のためにあごをふるわせた。

「幇間《たいこもち》はわかっとる。しかし、ただの鼠ではないな。もとの素性は何じゃと訊《き》いておるんじゃ」

「もとは一橋《ひとつばし》家近習番《きんじゅばん》の土肥《どひ》庄次郎《しょうじろう》ってんだがね」

「なに？」

「徳川《とくせん》本家の直参たァゆかねえが、これでも慶喜さんの家来だったという義理で——うんにゃ、慶喜さんは投げてるのに、こっちは京へいって見廻組で汗を流し、御丁寧にも彰義隊でも血を流した馬鹿な男さ」

女郎たちは驚かなかった。この魁偉《かいい》な幇間の素性はみんな知っていたからだ。

しかし、何となく知っているというだけで、彼自身の口からこんなせりふを聞いたのははじめてであった。また、いつもニコニコ笑っているこの男が、こんなに立腹しているのを見たのもはじめてであった。

「そういう馬鹿だけに、いま明治屋に鞍替《くらが》えしてお職を張ってる旦那方が気にくわなくってね。元の旗本や御家人で、新政府の垣根の穴からもぐりこんで、尾を振って御馳走《ごちそう》を食ってる犬はたいてい知ってる。勝さんとか榎本《えのもと》さんとか大鳥さんなんておえら方ばかりじゃねえ、警視庁の犬になってる野郎どもまで」

顔を赤くしたり青くしたりしていた大尽は、金歯をむき出してわめいた。

「き、きさま、本職を愚弄《ぐろう》するか！」

「本職と来たね、てめえで自白しやがった。——あはは」

相手は、絶句した。

「元旗本で、いまは警視庁訊問《じんもん》掛次席、武藤警部さん」

露八は呼びかけた。

女郎たちは、このほうに驚いた。さっきから、この田舎大尽がただものではないと気づいてきたが、まさか警部とは思い及ばなかったのである。

「花紫花魁《おいらん》をいたぶって、どうにかして何か吐かせようとする苦心のあまりの芸当だろうが、こう正体をあばかれちゃあ、何も出て来るわけはねえよ。ま、塩をまかれねえうちに田舎芝居の幕を下ろして、退散なすったほうがお利口でげしょう」

「うぬを検挙する!」

武藤警部は立ちあがった。

露八は、じろっと見あげた。前半生に屍山《しざん》血河を越えて来た男のぶきみな眼であった。

「やりますかい?」

さっきから、声こそ荒立てていなかったが、この大入道が腹の底から怒っていることは、警部の眼にも明らかであった。そして、警視庁を相手にこうまでいってのけた以上、この男が破れかぶれの度胸をきめていることも明らかであった。

職業柄、きわめて剛腹な武藤警部が恐怖をおぼえた。

「よし! きさまら、ここを動くなよ、全員拘引する。こうなれば、花紫をはじめ関係者、警視庁にしょっぴいて徹底的に調べぬいてくれる。待っておれ！」

席を蹴立《けた》てて出ようとする背を、松のや露八は追いかけた。

警部はふりむこうとしたが、遅かった。左肩をやんわりとつかまれて反転が出来ず、そのまま頸《くび》にふとい右腕がまわされた。

一座の者には、たたみの上に金箔《きんぱく》のようなものが落ちるのが見えた。そのときは何かわからなかったが、あとでそれが、彼が変装用の金歯に使っていた道具であったと知れた。

それから、血潮が落ちて、飛び散った。

武藤警部は、露八の腕の中からズルズルとくずおれた。

横たわった肉塊の、血を流し出した鼻孔に手をあてて、

「ホイ。……おれは少し腹を立て過ぎたようだ」

われに返って、さすがに露八は水を浴びたような顔色になった。

「くたばりやがった」

みんな、声もなかった。女郎や娼婢《こども》の中には、つっ伏してしまった者もあった。

「みんなに迷惑はかけねえつもりだが……さて、これをどうしたものかね」

屍体を前に、松のや露八は腕組みをしている。

そのとき、何を聞きつけたか、風鳥《ふうちょう》みたいに花紫が立って、裲襠《うちかけ》をぬぎ、歩いて来て、屍体の上にそれをかけた。しかし、このとき座敷の入口から、二人の人間がのぞいていた。

「あっ。……」

二人は眼をまるくした。

「なんだ？」

いま覆われたものに眼をやって訊いたのは、坪内雄蔵と、大八幡楼の楼主の女房で、同時にこの引手茶屋をやっているおかみであった。

「警視庁の警部さんでござんす」

と、花紫がいった。

「坪内さん、そこに立っていて、あとだれも来ないようにして」

「わ、わかった。しかし、どうしたってんだ。酔いつぶれたのかね？」

「いえ、死んでるんです」

と、露八がいった。

「あたしが、ついかっとして絞めちまったんで。……軍鶏屋《しやも》に持ってくなァ、ちっと目方がかかり過ぎるようだ」

「あれが、警視庁の警部！　それを、殺した！」

坪内は仰天した。

花紫が、先刻からのいきさつを説明した。つい露八の力がはいり過ぎてこうなったとはいえ、どう考えても、あのまま帰しては大変なことになる男にちがいなかった。が、そう認めたところで、それを殺してしまったとあっては、いよいよとり返しのつかない事態になったというしかない。

「あたしの思案しているのはねえ、あたしが自首したところで、あたしだけで事がすみそうにないことなんで。……」

　と、露八がいった。

「ほんとうだ。みんな同罪になります」

　と、花紫がうなずいた。

「それに、露八さんだけ罪に落すわけにはゆきません！」

　恐怖しながらも、女郎たちはいっせいにうなずいた。

　同罪とはゆかないまでも、露八一人をつかまえさせて、あとここにいる者すべてが無事にすまないことは明白であった。が、女郎たちがうなずいたのは、ただそれだけではない。彼女たちは、みんなこの露八が好きだったのだ。むしろ尊敬していたのだ。

　昔、京都見廻組や彰義隊でたたかい、いまは廓の幇間となっている男。――その履歴のためばかりではなく、この男はふだんから、遊女たちにとって大船に乗っているような頼り甲斐《がい》のある相談相手であった。せんだって、「露八からの頼みだ」という一言で、花紫が少年壮士を助けたのも、その敬愛の念から以外の何物でもない。

　政治講談の伊藤痴遊が書いている。

「露八は、幇間《たいこもち》として、最も上乗《じょうじょう》であった。もとは柔術、槍術《そうじゅつ》の達人で、ただ見れば生真面目な大入道で、座敷に出ても、余り騒がしくせず、面白い洒落《しゃれ》をいって取持ちをして、祝儀をもらえば、頭を下げるが、自分から物を欲しがるような、卑しいところは少しもなく、場合によっては、流連荒亡の客には意見して、追返すことさえあった」

これは講談ではなく、やはり自由党の壮士であった痴遊が、この物語より後に、自由党のシンパとなった露八と知り合っての実見談である。松のや露八は、そういう男であったのだ。

露八はいった。

「この屍骸《しがい》を何とかしなきゃならねえが……ほかの人間に見られちゃ、噂がひろがる。もうちょっと考えさせておくんなさい」

それから、ふっと坪内の顔を見て、いま気づいたように、

「それはそうと、坪内さん、どうしてここへ来なすった？」

と、妙な顔をした。

いくら花紫の情人とはいえ、花魁がほかの客に呼ばれて茶屋に来ているのに押しかけて来るような坪内ではないから、はじめて疑問に思ったらしい。

「いや、呼びに来たのは花魁じゃない。急ぎの用で、お前に逢《あ》いに来たんだ」

「へえ、あたしに、あなたが？　何の用で？」

坪内は、露八の耳に口をあてててささやいた。

「僕というより、出淵朝太郎君だが――もういちど、是非おふくろに逢いたいというんだ。そのためには、まずお前の許可を得んけりゃならんと考えて、無理におかみに頼んで通してもらったのさ」

「ああ、あの子を、お里に逢わせねえでくれと円朝師匠から頼まれてるんだが……朝坊が？　どこにいるんです？」

「大門から少し離れたところに、馬車を停めて、その中で待ってる。大門にポリスが十人くらい立っててね、どうも険呑《けんのん》なもんだから」

十二

大学生坪内雄蔵は、恋する花魁花紫に頼まれて少年壮士を助けるのに手をかしたのみならず、あと自分の塾にひきとるという義侠心《ぎきょうしん》を発揮したが、それはむしろ自由党とは別の世界にいる人間の怖さ知らずからの所業で、あと警察の執拗《しつよう》な追及に往生した。いっとき、ほかの弟子を案山子《かかし》武者に仕立てて警察に空弾《からだま》を射たせたものの、それ以後も、なおしつこく周囲を嗅《か》ぎまわっている黒い影をしばしば感じた。

とうてい出淵朝太郎を、いつまでもそばに置いておくわけにはゆかない、ついに彼はこう判断した。朝太郎そのものが危険であるのみならず、彼がつかまれば自分も花紫も、のっぴきならぬ羽目におちいることになる。

洒落《しゃれ》ッ気と芝居ッ気の横溢《おういつ》した放蕩《ほうとう》学生坪内雄蔵は、このとし二十四歳、やがて慎重で重厚な坪内逍遥《しょうよう》に変身する生涯の移行期にあったのである。

思案の末、彼は朝太郎を、故郷美濃加茂《みのかも》の某民権家に託することを思いついた。朝太郎がどうしても父円朝のもとへ帰らないといい張って聞かなかったからである。朝太郎は、東京にもいたくない、といったが、ただ根津で女郎をしている母のお里だけには、もういちど逢ってゆきたい、といって泣いた。坪内は、少年のその心情を諒《りょう》とした。で、先刻、小石川の「鴻臚学舎」を立ち出《い》でて、ふと馬車とゆきちがい、

「おい、出淵君、あれで根津にゆこう」

と、いったのは、朝太郎を連れて町を歩くのもすでに何やらあぶないような気がしていたからであった。

だから、根津遊廓《ゆうかく》の大門に近づいて、ガス燈《とう》の下に黒々と十人余りの巡査がかたまっているのを遠望したとき、ぎょっとしたことはいうまでもない。——あとで考えると、それは遊客としてはいった武藤警部から何らかの連絡のあるのを待っていた一群ではなかったかと思われる。

坪内だけが下りた。そして、扉のそばに立っている馭者《ぎょしゃ》に、

「おい、しばらくここで待っていてくれんかね」

と、いった。彼は、何とかして朝太郎の母親をそこまで呼び出して逢わせてやろう、と思いついたのだ。

「かしこまりました」

と、馭者はお辞儀してから、

「つかぬことをおうかがいいたしますが……さっき、出淵とかおっしゃったようでござり

ますが、もしやしたら、御一緒の方は、円朝師匠の息子さんではありませぬか？」

と、いい出した。

坪内雄蔵はと胸をつかれて、馭者を見守った。

「出淵という名は珍しい上に、年ばえからして、ひょっとすると……と、思いまして」

「お前、なんだ」

「いえ、ただの馬車屋でございますが、円朝師匠にごひいきになっております。……先日、師匠から、息子が馬車に乗ったら、すぐに知らせてくれ、と頼まれたことがございまして」

「おやじにゃ逢いたくないそうだ」

と、坪内はうっかりいって、はっとしてまた相手を見つめた。

「左様でございますか」

と、馭者はうなずいた。それっきり、押してなお訊《き》こうとはしない。

妙な馭者だ。そういえば、そばに小さな女の子を同乗させているが、こやつ何者だろう？と、坪内は首をひねったが、しかし、どこか信頼感を持たせる中年男の顔ではあった。

が、この場合、それ以上問答を交わす余裕はなく、

「とにかく、ここで待っていてくれ」

と、念を押して、坪内は大門のほうへ歩いていった。おっかなびっくりであったが、巡

査は彼に特別の注意を払ったとも見えなかった。

坪内は朝太郎から、その母親がこの廓《くるわ》で女郎をしていることを聞いた。三遊亭円朝の前妻が、ここで女郎をしていたとは驚いた話だ。子供の朝太郎自身が最近になってそのことを知って、ショックのあまり家出をしたという。いったい、どういういわく因縁があって、そんなことになったのか。――

そのわけを、まだ坪内はじかにお里――源氏名愛里に逢って訊いたことがない。噂に聞くと、いつもべろべろに酔っぱらっている女郎だそうで、そのことにも何か深い仔細《しさい》がありそうで、めんと向って訊くに耐えなかったし、またあれ以来、そんなことをする余裕もなかった。

その酔いどれ女郎を、彰義隊崩れの幇間松のや露八がいま女房にしているという。これも、考えていた以上に、変てこな男だ。

――と、首をひねったくせに、坪内は、東京大学生の自分が花魁花紫を将来の妻にしようと考えている自分の奇怪さを、まったく奇怪とは考えていなかったのだから、つくづく人間とは奇怪なものだ。

とにかく愛里を呼び出すには、露八に頼んだほうがいいだろう、と彼は考えた。――

こういうわけで、坪内は露八のゆくえを探して、この茶屋へやって来たのである。

「へえ、馬車で待ってるって？」

と、この場合に、露八は妙な顔をした。

「うん、女の子を乗せた珍しい馬車だが」

「やあ、親子馬車でゲスか」

と、露八はさけんだ。

「あの馬車の馭者なら、あたしも知っています。いや、まだ乗ったこたァねえが、昔、知ってるんです」

「昔、というと、お前が侍だったころかね」

「へえ、いや、そのころの知り合いにゃ、面と向うのがどうしても小ッ恥ずかしくってねえ。昔のことは一切忘れたことにしているんですが、あの男ならいい。あれは頼り甲斐のある男でさあ」

彼は、もういちど裲襠《うちかけ》に覆われた物体に眼をやった。

「お里の件は引受けましたが、それにつけても、さてこれをどうするか。——」

十三

ほんの数分であったろうが、露八が腕こまぬいて考え込んでいる間が、十数分もたったような気がした。

まったく、大変なことになった。ただの人殺しではない。警視庁の警部を絞め殺してしまったのだ。はやくこの屍骸《しがい》を何とかしなければならないが、どう始末したらいいだろう？　いくら廓《くるわ》の中でも、屍骸を運んでいるところなど、めったに余人には見せられない。

おまけに、坪内が、ぎょっとしたようにいい出した。

「そういえば……さっき見た大門のポリスは、これと何か関係があるんじゃないかね？　こっちのようすを見てるんじゃないかね？」

露八はうなずいた。

「ちょっと待っておくんなさい」

彼は立ちあがった。

「この屍骸《ほとけ》はこのままにして、坪内さん、あんた知らない顔で、このまま騒いでいておくんなさい」

「ば、馬鹿な。……」

「いえ、ほんの五分か、十分です。すぐ帰って参りますから」

露八は、座敷を出ていった。ふだん通りのゆったりとした動作であった。

……しばらくののち、遊廓の大門を、一台の馬車がはいってゆくのを、巡査たちが見とがめた。べつに乗打《のりうち》禁止の門ではない。げんに俥《くるま》で駈《か》け込んでゆく連中はワンサといる。が、二頭立ての馬車がしずしずと通ってゆくのには、彼らも、今夜の下命事項とはべつに、一応停めずにはいられなかった。

「恐れいります。実はこれから、廓で大事な人が商売じまいして田舎に帰るってんでね。花魁《おいらん》や女郎衆が何人か、新橋ステーションまで見送りたいっていうもんですから」

と、馬車の中から顔を出した幇間風の大男がいった。そういえば、さっきその大入道が門から外へ出ていったのを見た巡査もあった。

「女郎が？　馬車でか？」

「へえ、酔っぱらいもおりますんで……なに、ほんの新橋まででござんすよ」

廓のぬしともいえる幇間にそういわれれば、いかな巡査もとめる権限はない。――巡査の中で、しかめっ面をした者があったのは、むしろ廓へはいってゆくその馬車の馭者台に、五つ六つの少女がチョコナンと乗っていることに対してであった。

……またしばらくののち、この馬車が大門を出て来た。

「こら、待て」

巡査たちが呼びとめたのは、あっけにとられて何秒か見送ったあとで、それは馬車にべつに犯罪の匂いを嗅《か》いだわけではなく、それがあんまり騒々しかったからだ。

その馬車からは、三味線の音、歌声、手拍子が溢《あふ》れて、馬も車輪も踊り出さんばかりであった。

「へ、へ、さっきはどうも」

扉があいて、笑顔の入道頭が出た。

「これが見送りの、なんで」

「それにしても、やかましいぞ」

「馬車でドンチャン騒ぎをするやつがあるか」

二、三人の巡査が、扉からのぞいて、眼をまんまるくした。

中は、よくいって百花撩乱《りょうらん》、悪くいえばきちがい女の集団の檻《おり》だ。酒と脂粉の香が渦巻く中で、みんな声はりあげて歌い、泣き、笑い、踊り——裲襠や羽織や、何だか腰巻みたいなものさえヒラヒラ舞っているようで、いったい何人の女が乗っているのか、眼もクラクラして不明であったが、

「や、男がおるぞ」

と、巡査の一人がさけんだ。

「さっき、廓の大事な人間が商売じまいして田舎に帰るといってたが、あれがそれか。何だか書生のようではないか」

大学生坪内雄蔵だと知っている巡査がいなかったのは、まあ倖《しあわ》せであった。

「いえ、あれも見送りのかたで」

と、露八は答えた。

「なに？　それじゃ、見送られるというやつはどやつじゃ」

「あたしでございます」

入道頭をつるりとなでて、馬車から下りて来た。巡査たちは思わずあとずさる。

「根津で鳴らした幇《たい》間《こ》の松のや露八が、露の浮世をはかなんで、昔仕えた将軍さまの、まだいらっしゃる駿《すん》府《ぷ》へ帰りますんで、それを悲しんでごひいき衆のお見送り……おいっ、愛里っ」

と、呼んだ。

「廓へのお別れに、大門前でひと踊りしよう。三味線を頼む」

馬車の入口へ、しどけない姿の女郎が、三味線をかかえて、もつれた足で泳ぎ出て来た。

松のや露八は、くるっと裾《すそ》をまくりあげ、白い股引《ももひき》の膝《ひざ》をぱんとたたいて、ステテコ踊りを踊り出した。ひきがえるみたいな顔に似合わぬいい声で歌う。——

「さても酒席の大一座《おおいちざ》

甚句《じんく》にかっぽれ、にぎやかで

芸者に浮かれてみなさん御愉快

お酌のステテコ太鼓たたいて

三味線枕でゴロニャン、ゴロニャン」

そして、最後に、ステテコ踊りのきまりで、鼻をつまんで捨てるしぐさを巡査に向ってして、

「さらば廓よ、また来るまでは……へい、おやかましゅう。おいっ、馬車屋さん、やってくれっ」

と、手を振って、馬車へ乗り込んだ。

この浮かれ馬車が、もう夜にはいった町へ、尻《しり》をふりふり消えてゆくのを、巡査たちは口アングリと見送っていた。——

だから、むろん馬車が、角をまわってから、少年を一人すくいあげていったのを目撃し

た者はない。

彼らは、狐に化かされていたのが醒《さ》めたような顔で大門の中をふりかえり、一人がつぶやいた。

「その後、武藤警部どのから御連絡がないな。花魁が自白したら、すぐに呼ぶっちゅう話じゃったが。……」

十四

——その馬車は、ほんとうに新橋ステーションにいったのである。中に、一人だけ残して、あとはみんなゾロゾロと下りた。

「干潟さん、ありがとうよ」

露八は頭を下げた。

「お前さんなら、助けてくれるだろうとは思ったが……昔の縁だけで、とんでもねえことをお頼みして、申しわけがねえ。土肥庄次郎、生々世々《しょうじょうせぜ》まで御恩は忘れねえ」

干潟干兵衛は、しぶい笑いを浮かべて、うなずいただけであった。干兵衛と露八は、昔、京都見廻組で親しくつき合ったことのある仲であったのだ。

ただ彼は、妙な表情で、少し離れて悪酔いしたような蒼《あお》い顔で立っている書生をふりかえった。

「土肥さん、ありゃだれだ」

彼がさっき根津遊廓《ゆうかく》へ、円朝の息子の朝太郎といっしょに乗せて来た書生だ。その朝太郎が自由党にはいって、強盗の手伝いまでやったことは、手短かながらさっき露八から聞いたが。——

「東京大学の学生さんで、あそこにいる花紫花魁の情人《いろ》さ」

「へえ？」

「あれが、いつか朝太郎が追われているとき助けて下すったんで……それにこれ以上迷惑をかけちゃいけねえと、おれは朝太郎を連れて逃げ出すんだよ」

露八は、朝太郎とその母のお里といっしょに岡蒸気《おかじょうき》で川崎までゆき、それから歩いて静岡へゆくことにしていた。

「じゃあ、あと、もひとつ御苦労を頼むぜ」

「それは心得た。……ところで土肥さん、あんた静岡へいって、また幇間をやる気かね？」

「口があればね、あはは。しかし、どうもおれは、新政府に刃向う連中を見ると血が騒いでいけねえよ」

千兵衛は、先刻途方もないことを頼まれたときよりむずかしい顔をして、

「われわれはもう終った人間じゃ。おたがい、若い人を、あんまりおだてないほうがよくはないか？」

と、いった。

露八はもういちど笑って、入道頭を下げて、愛里と朝太郎を連れて改札口へゆきかけたが、ふとまた立ち戻って、

「干潟さん、さっきちらっと聞いた、あのお孫さんのおふくろ……明治十年ごろ、柳橋にいたお鳥《とり》ってえひとだったね。こういうわけでおれは東京をおさらばすることにはなったが、つてはあるからおれが調べて、わかったことがあったら知らせてあげよう」

といって、大きな背を見せた。

汽車が出ていっても、干兵衛にはまだすることがあった。松のや露八に依頼された用件は終っていなかったのである。

「ほんの半時間ほどじゃ。しばらくここで待っていなさい」

女たちにいい残し、干兵衛は馬車を出した。

「よう死びとを乗せる馬車じゃな。……」

つぶやいて、気がついてそばのお雛《ひな》を見る。お雛は黙って、流れる町のガス燈《とう》を眺めている。

この子が、こんなときいつも神秘的なほど落着いているのでありがたかった。またそれだけに、自分が普通でない生活をしていることを思い知らされて、いじらしくもあった。いま、松のや露八に、若い者をおだてるな、と忠告したが、むろん自分はおだてるどころか、そんな殺伐な行為から出来るだけ逃げ出そうとしているのに、ともすれば自由党騒

ぎに巻き込まれかかる皮肉さに、彼は妙な気持にならずにはいられなかった。

いまも、馬車に残っているただ一人の人間――裲襠《うちかけ》をかけられて床に横たわっている警視庁の警部の屍骸《しがい》を始末しなければならない羽目になったのだ。

このことがばれないという保証はない。女郎たちの一人がしゃべれば、自分も無事にはすまないのである。

この前は妙なひっかかりから自由党の壮士たちに狙われて、お雛をさらわれるという災難を受けたが、こんどは警察のほうから追っかけられるということになりかねない。

そうと知りつつ――千兵衛は、波音の聞える夜の築地の埋立地へいって、屍骸を埋めるのにかかった。

「おれは何だか墓掘りになったような気がするわい」

いつかここに自由党員に化けた警視庁の密偵を埋めたことを思い出したのだ。彼はまたつぶやいた。

「それにしても、これが警部だったとは……警視庁の密偵も、千変万化を極めておるな」

やがて、千兵衛は馬車を返した。

新橋ステーションで、例の書生と女たちを乗せて、根津へ戻ってゆく。

女たちは、さっき来るときの狂躁《きょうそう》ぶりの憑《つ》きものが落ちたようにみなグッタリとして、こんどはまるで重病人の馬車のようであった。それが大門前で下りたあと、書生に至っては、座席で頭をかかえ込んだまま、馬車の停ったのも気づかないほどであった。

「書生さん」

千兵衛は、そっと呼んだ。

坪内雄蔵は眼をあげて、恐怖の表情をした。彼はもののはずみで自由党の少年を救う手伝いをしたものの、だんだん深みにはまり込んでゆく自分に気づいて、これまた懊悩《おうのう》ひとしきりであったのだ。

この馭者《ぎょしゃ》は、どうやら松のや露八と旧知の男らしいが、巡査の殺害、屍骸隠匿という大それた犯罪の共犯者でもある。自分と同様に。——

しかし、馭者はまったくほかのことをいった。

「あなたは……ここの花魁《おいらん》のいい人でありなさるらしいが。……」

坪内は、ほら穴みたいに口をあけて、馭者のしぶい顔を見あげているばかりであった。はじらいを抑えて、しかし千兵衛はいわずにはいられなかった。

「前途ある御身分です。これを機会に、廓《くるわ》から縁を切られたら、いかがでござろう?」

坪内雄蔵はこの変な馭者の忠告に立腹もしないで、フラフラと馬車から下りた。

そして、また夜の巷《ちまた》へ消えてゆく馬車にうつろな眼をむけて、しばらくそこに茫然《ぼうぜん》と佇《たたず》んでいたが、やがてまた夢遊病者みたいに大門をくぐって、遊廓の中へはいっていった。

彼はこのあとの首尾を見とどけなければ、どうしてもこの夜眠れなかったのである。

——こうして警視庁訊問《じんもん》掛次席、武藤警部は、根津遊廓の中で消失してしまった。

彼はわざといやみこの上なしの客になり、花魁花紫を身請けするといって困らせて、それから彼女に何か吐かせようという逆手を使うために、田舎大尽として乗り込んだものであった。

あとで警察が調べたところによると。——

武藤警部は、たしかに花紫を引手茶屋に呼んで豪勢に騒いだ。ところがその席で、幇間松のや露八が、突然、思うところあって今夜を最後に廃業して静岡にゆくといい出し、とにかく根津遊廓では名物男の幇間なので、花紫はじめ遊女たち一同、そろって新橋ステーションまで送ってゆくことになった。

それでお客の御大尽には、大変申しわけないけれど、このまましばらく茶屋で飲んでいてもらうか、またはさきに大八幡楼へいって待っていてもらうか、ということになり、さて一同にぎやかに茶屋を立ちいでたのだが、そのとき彼がどうしたか、みんな酔っぱらっていて、だれも覚えがない、というのであった。

なにしろ、露八も、たまたまそこへ顔を出した馴染《なじみ》客の書生もグデングデンになっていて、だれかを肩にかついでいたようでもあるが、それを女郎たちがとりまいていたから、馬車にだれがどんな風に乗ったのか、はたで目撃していた人間も、何が何だかわからない始末であったという。——

坪内雄蔵は、かかり合いになることを、やっとまぬがれた。

しかし、そのために彼は、その夜の馬車屋の妙な忠告は、頭から飛び去らせてしまった。もっとも、はじめからうわの空に聞いていたのかも知れないが。——

坪内雄蔵の「当世書生気質《かたぎ》」が大当りしたのが三年後のことで、その翌年、六百円の身請代を払って、彼はほんとうに花魁花紫を正式の自分の妻とした。

それは彼の青春のロマンチシズムの極まりつくした行為であった。しかし、その人生はそれ以後もつづく。彼は重厚なる坪内逍遥に変身する。いや、変身させたのは、その異常といっていい火花のゆえであったかも知れない。

一代の賢夫人といわれたその妻を、逍遥は一切公式の席に出していない。

たとえ逍遥の胸に、この若き日の花火の灰が残ったとしても、彼は社会的な栄光でつつんで、一生、その心の灰を人には見せなかった。

それに比して、惨澹の感を禁じ得ないのは円朝の生涯である。

落語家というより、偉大なる芸人として、晩年これまた明治の名士扱いにされたほどの円朝であったが、最初の妻はアル中で女郎に身を堕《おと》して幇間松のや露八の女房となり、代りにいれた二度目の妻は、脱疽《だつそ》の役者田之助の妾《めかけ》であった女である。このあたり相当に妖《よう》気《き》をおびた家庭だといわなければならない。そして彼自身、明治三十三年、梅毒による進行性麻痺《まひ》で死ぬのだから、いよいよ怪談的になるが、あるいはこれまた芸人としての栄光的な死といえるかも知れない。

ただ、人の世の哀しさに打たれないわけにはゆかないのは、一子朝太郎のその後である。

少年にして家を出た朝太郎は、どうしたか。松のや露八とともに静岡にいった彼は、その後どうなったか。

露八は、静岡にも生れた自由党——いわゆる岳南自由党の隠れたるシンパとなったが、出淵朝太郎の名は、その岳南自由党の中にない。

円朝死後三回忌のとき、その谷中《やなか》の墓所に詣《もう》でた人が、そこに「円朝倅《せがれ》」と鉛筆で書いた紙片をつけた花が供えてあったのを見たという。

それからまた、大正年間、チンドン屋の旗持をして歩いている老いたる朝太郎を見た者があるが、最後は立ちん坊になったとも、墓掘り人夫になったともいわれるが、その末路はさだかでない。

人の世に情けはあるが、運命に容赦はない。

鹿鳴館前夜

一

「馬車屋さん」

　お茶の水橋の上で、干潟干兵衛は呼びかけられた。

「あなたは会津のひとだってね」

　馬車の上から見下ろすと、十四、五歳の少年であった。さっきから初冬の雨が霧のようにふりはじめているのに、その少年は傘もささず、裾短《すそみじ》かの袴《はかま》に朴歯《ほおば》下駄《げた》という書生姿で、カラコロと歩いている。

「どうして知っていなさる」

　と、馬車をゆるめながら、干兵衛は訊《き》いた。彼は饅頭笠《まんじゆうがさ》に合羽《かっぱ》という姿であった。お雛も同様だ。

「こないだ、下谷《したや》で、女の子の乗っているこの馬車を見て、道場で先生に話したら、あの馭者《ぎょしゃ》はお前と同じ会津人じゃとおっしゃった」

「道場の先生？」

「うん、柔道の先生だ」

「柔道？……柔術とはちがうのか」

「ちがう」

少年は、昂然《こうぜん》と頭をあげていった。そういえば、少年ながら仔豹《こひょう》のように精悍《せいかん》なからだつきをしている。——

何にしても、柔道の先生なんかに心当りはないが、別に秘密にしていることでもないから、自分の素性を知っている人は、町にあるだろう。それより千兵衛は、いまの会津人云々《うんぬん》という言葉にひっかかった。

「お前さん、会津生れか」

「そう、名は西郷っていうんだが」

「おう、西郷。——」

東京で西郷と聞けば、だれだって鹿児島の西郷を思うが、会津にも西郷という家はある。家はある、どころか、会津藩の家老の一人は、西郷頼母《たのも》という名であった。

「すると、あんたは、御家老の——？」

「いや、ちがう、親戚《しんせき》には当るそうだが。……」

と、答えたのは、相手もその名を頭に浮かべたからだろう。

千兵衛は、この少年に見おぼえはない。ないのも当然だ。この少年は、どうやらあの会津戦争の前後に生れた年案配だし、自分はもう十年も前に上京して来たからだ。

「それで、いつ東京に出て来たのかな」

「この五月から」

そういえば、まだ会津訛《なま》りが濃い。

雨の筋が、ふとくなって来た。手綱をとる手にも、氷雨《ひさめ》といっていい冷たさであった。

「書生さん、どこへゆくんだね」

「上野の博物館へ」

「博物館？」

聞き返したのは、それがあまり耳にしない言葉であったからだ。少年はいった。

「先生がそこにいっていらっしゃるから、急用でゆくんだ」

「それじゃ、この馬車に乗りなさい。……いや、銭はいらない」

と、いったのは、むろんこの少年が同郷だと知ったからだが、もっとこの少年と話をしたい気持からでもあった。久しぶりに、会津の話を聞きたい。

「二頭立ての馬車なんかでいったら、先生に叱られる」

「同じ会津人の縁で乗せてもらったといえばよかろう。それに、いま急用だとか何とかいったじゃないか」

「あ、そうか！　それじゃあ。……」

西郷少年は、馬車に乗り込んだ。

乗り込まれると、話が出来なくなる、ということに気がついて、干兵衛は苦笑した。…

…なに、あとでまたその機会はあるだろう。

馬を早めながら、彼の頭に、落城のときの会津藩家老西郷頼母一家の悲劇が浮かんだ。その家の人々は、母、妻、妹、娘ら九人、その他一族十二人、幼童をもふくめてことごとく殉節したのである。……実にそれは、自分の妻お宵《よい》が自害したのと同じ日のことであった。

おだやかな千兵衛の眼が、その日のことを思い出すとともに濁って来るのが常で、いまも薄墨色にけぶる雨の風景に血がにじんで来た。……

「公園じゃないか」

扉をひらいて、少年がさけんでいた。

広い坂が、紅葉というよりもう黒ずんだ森の中へ這《は》い上っている。なるほど、黒門口だ。

「あっ……先生！」

少年は、つづいて口走った。

千兵衛は、その坂を下りて来る幾つかの人影を見た。ふだんならもっと人通りの多い坂だろうが、雨のせいか、広い坂に人影はまばらな、六、七人であった。

千兵衛の眼を吸いつけたのは、いちばん手前の二人だ。一人はただの番傘をさした黒紋付の若者であったが、もう一人は、蝙蝠傘《こうもりがさ》をさしている。……その傘も、このごろではそれほど珍しいものではなくなったが、それをさしているのが、異人の女であった。

ボンネットとかいう鍔広《つばびろ》の帽子、襟飾《えりかざ》りのついた洋服、長いスカート、それに靴。

——と、いまの少年の声を聞いて、その二人が、小走りにこちらに駈《か》けて来た。同時に、そのうしろを歩いていた五人ばかりの壮士たちが、これを追って走り出した。これは傘もさしていない。

「おう、四郎！」

と、番傘の書生がいった。

「いいところへ来た。お嬢さんを頼む。……早くその馬車で逃げてくれ！」

「先生は？」

先生と呼ばれた若者は、口髭《くちひげ》ははやしていたが、まだ廿歳《はたち》を越えたばかりとしか見えない、しかもふつうより小柄な青年であった。

これが、少年には答えず、馬車からまだ二、三間《げん》のところで、異人の女をこちらに押しやり、向うにくるっと向きなおった。

「貴公ら、何のために追って来た」

と、傘をたたみながらいった。

その前に半円を描いた五人の壮士が、あごをしゃくった。

「その女に訊《き》きたいことがある」

「その姿はなんじゃ。それでも皇国の女か」

「女とはいえ、会津の血を忘れたか！」

「お前に、用はない。痛い目を見たくなかったら、そこをどけっ」

青年は下駄をぬいだ。声は静かであった。

「講道館の嘉納治五郎《かのうじごろう》である。それを承知か」

壮士たちは、歯をむき出した。

「若僧の分際で、御大層な口をききおる」

「しゃらくさいっ」

二人ばかり、これも下駄をぬぎ、それを手にして躍りかかった。獣のように迅速な動作で、両方から青年はたたき伏せられたように見えた。

事実、彼の身体は低く沈んだのである。が、同時に壮士の一人は、足で足を払われてその前に横倒しになり、もう一人は、青年の肩を越えてうしろへ放り投げられていた。双方とも、立ち上ろうとして、両手を泥についた。

「この野郎！」

残った三人は、満面を朱に染め、二人は、どこからか匕首《あいくち》を抜き出した。手ぶらの嘉納治五郎は、ジリジリと退《さ》がった。

そのとき。——

「先生、御助勢！」

鉄砲玉みたいに駈け寄って来たのは、西郷少年であった。彼は、女を馬車に押しあげ、下駄をぬぎ、何のためらいもなく、真一文字に突入して来たのだ。

「小僧」

向きなおって、これをむずと捕えたのは、短刀を持たぬ壮士であった。その代り、六尺を越える大男で、無造作に少年の胸もとをひっつかみ、宙に吊《つる》しあげた。

「こら待て馬車、逃げると小僧の命はないぞ！」

動きかけた馬車を呼んだのは、それだけ余裕があったのだろう。――が、その髯《ひげ》だらけの頭が、ふいに大きくのけぞった。

吊しあげられたはずの少年の足が、その顔面を蹴《け》っていたのである。血しぶきを散らして、あおむけにひっくり返る巨漢とは逆に、少年は腹を雨空にむけて宙を飛び、猫のように身をひねると、遠い地面にとんと両足で立っていた。

あと残った二人は、狂気のように短刀をふるって、治五郎に突きかかろうとした。その頭と肩に異様な音が鳴って、二人は棒のように転がった。その手から、匕首が飛んだ。二人を打ちすえたのが、空をうねって来た長い蛇のようなものであることを、治五郎は見た。

彼はふり返った。

馬車の馭者《ぎよしや》台で、馭者は鞭《むち》をもとに戻していた。――と、見るや、それがまた宙にうなって、よろめきながら立った別の二人の壮士をたたきつけた。

「お乗りなさい」

と、饅頭笠《まんじゆうがさ》の下で、馭者はいった。

干兵衛は、二本の鞭を持っていた。一本は、侍時代からの寒竹の日本風の鞭であったが、一本は馬車を操るときの、二メートル以上はあろうという、さらにその先に革のついた西洋流の鞭であった。いま使ったのは、後者だ。馬車を動かしたのは、逃げるためではなく、それがとどく距離まで、逆に近づいて来たものであった。

嘉納治五郎は、下駄《げた》をはき、その傍へ寄った。

「ありがとう」

「どこへゆきますか」

「左様。お嬢さんをおとどけせんけりゃならん。神田猿楽町の山川健次郎という先生のお邸《やしき》へ」

「えっ？」

いままで平静であった干潟干兵衛の眼がまるくなった。

「お嬢さん？　山川さま？　あの大学の先生の――」

「ああ、お前は山川先生を知っているはずじゃったな。あれは山川先生の妹さんの捨松さんだ」

西郷少年が、また起きあがりかけた壮士の頭を、転がっていた下駄で二つ三つぶん殴って、泥をかませて、ニヤニヤ笑いながらこちらへ戻って来た。

干兵衛は、吐息をついた。

「いまの御婦人は……ありゃ、異人の女ではなかったのでござるか？」

そういえば、さっき壮士たちが、それでも皇国の女か、とか何とかいったが。――

「この秋、アメリカからお帰りになったばかりじゃ」

「ああ。……そういえば。――」

二

べつにこれといった用事がなかったせいもあるが、ここ一年以上も山川邸を訪れなかったことを千兵衛は恥じた。

山川健次郎といえば、かつての自分の上司の子息であるのみならず、赤ん坊であったころのお雛を養ってくれ、げんにいま商売に使っている馬車までくれた人である。

そういえば、と千兵衛が膝《ひざ》をたたいたのは、山川先生に捨松という妹さんがあって、これが自分がまだ上京しない前――明治四年に、わずか十二歳でアメリカへ留学した、という話を聞いていたからである。

それが、この秋、帰国したという。――

やがて、神田猿楽町の山川邸へ馬車をいれ、ちょうど在宅していた山川健次郎の前へ出たとき、千兵衛はむしろ恐縮して、からだを小さくしていた。

上野での雨中の争闘の話を聞いて、

「それはよかった。千兵衛がそこにいってくれたとは、天の助け。――それにしても、会津町奉行同心干潟千兵衛、腕に衰えはないと見える。――」

と、山川健次郎は、安堵《あんど》と感嘆の眼で千兵衛を見やった。

「いえ、驚きましたのは、私のほうで――そこの柔術、いや、柔道の先生とそのお弟子さんで。――」

「うん、そうだ、この西郷四郎君は会津生れじゃ。柔術指南番の西郷弥左衛門という人があったのをおぼえておるかな？」

「弥左衛門どのは存じておりますが、はて、それにこんなお子がありましたかな？」

「その弟の弥五郎。……その倅《せがれ》だよ」

遠くで、きゃっきゃっと笑う声が聞える。久しぶりにお雛がやって来たというので、山川邸の家人たちが――捨松をもふくめて――あちらで歓迎しているらしかった。

白菊のかおる応接間での話である。

西郷弥五郎は、去年亡くなった。そして、同じ会津出身のよしみで、この五月、四郎は山川健次郎を頼って上京して来た。

それが、学問もさることながら、武芸を修行したいという。いろいろ観察した結果、やはりこの少年にはそのほうがむいていると知って、健次郎が思い出したのが、去年東京大学を卒業した嘉納治五郎という青年であった。

山川健次郎は理学部助教授、嘉納は文学部だから、教室では直接知らなかったが、この嘉納が実に風変りな志望の持主で、在学中から、日本古来の、天神真楊流《てんじんしんよう》とか起倒流《きとう》とかいう柔術の大家のもとへ通い、去年卒業すると、みずから柔道と称する新武術の道場を、下谷北稲荷町の永昌寺という寺でひらき、日本伝講道館という看板をかかげ、もう弟子を十人前後もとっているという話を思い出し、それで西郷四郎をそこへ託することにしたのだという。

そこへ、妹捨松が帰朝した。——

彼女が東京見物に出歩くにつれて、思いがけぬ不安が生じた。その異国ぶりが眼をひいて、見当ちがいの反感をもよおす向きがあるらしく、出先で二、三度、無礼を働きかけた男が出て来たのである。

そこで健次郎は、心配して、捨松のガードマンとして、また嘉納治五郎を頼むことにしたのである。

で、きょうも捨松が、上野の博物館を一見したいというので、嘉納をつけてやったのだが、下谷の道場のほうで急に連絡することが生じて、弟子の四郎が呼びに来、嘉納は上野へいったというので、またそちらに廻《まわ》る途中、ふと干兵衛の親子馬車を見かけて呼んだというわけであった。

それで、少年が、干兵衛を知っていたいきさつがわかった。何かのはずみで、嘉納は山川健次郎から、干兵衛の馬車のことを聞いていたのである。

「で、用件はすんだのか」

と、健次郎が顔をめぐらした。

「すみました」

と、嘉納は答えた。

「先生。……あの女の子のところへいってよろしゅうございますか」

モジモジして、西郷少年が訊《き》く。その許しを受けると、彼は応接間を駈《か》け出していった。

あとを見送って、健次郎が尋ねた。

「どうじゃね、あの子の筋は」

「天才です」

と、嘉納治五郎は答えた。千兵衛も、さっきの雨空を飛ぶ燕《つばめ》のような少年の妙技を思い出して、舌をまいていた。

この西郷四郎が、のちに作家富田常雄によって描かれる姿三四郎となる。

三

代って、捨松が応接室にはいって来た。顔に笑いが残っている。

「あの子、ほんとうに面白くあります」

と、いった。お雛のことだ。

「むかしの会津の唄《うた》、教えてくれました。思い出しました」

そして、彼女は窓外の秋雨を眺めながら、小声で歌った。

「雨こんこん

雪こんこん
おらの家《え》の前さ
たんとふれ
お寺の前さ
ちっとふれ。……」

その眼から、涙がしずかに頬につたわった。

千兵衛は、まじまじとこのアメリカ帰りの貴女の顔を見つめている。

最初、上野で見たときは、てっきり異人の女だと思った。その後、それが日本の女性だとわかり、それどころか、いまつくづく眺めていると、会津にいたころ、まだ赤ん坊だったこの御家老のお嬢さまを、たしか何度か抱いてあやしたこともあったと思い出し、そのときの面影さえいまの顔に呼び起すことが出来たが——やはり、どうしても違和感はとれなかった。それは、そのピッタリ身についた洋装のみならず、十年以上もアメリカにいたという事実そのものから来たものであったろう。言葉の調子からして、まだ日本人離れがしている。

顔までが異人めいて白く、冴《さ》えてひきしまった美貌《びぼう》で、何だか瞳《ひとみ》も碧《あお》いような気がした。

しかしいま、涙を流しながら会津のわらべ唄を歌っている顔に、やはりこれは山川捨松さまだ、と、千兵衛は改めて再確認した。

「おヒナ、ベイビイのころ、この家にいたそう、ありますね。また、しばらく、おいたら、どうありますか？」

歌い終ると、捨松が笑顔でいいかけた。

「そうだ」

と、兄の山川健次郎がひざをたたいた。

「干潟。――当分、お前、捨松用の馭者《ぎょしゃ》になってくれんかね？」

「えっ、私が、お嬢さまの――」

「うん、いままでその護衛のために嘉納君に頼んでおったのだが、学士の嘉納君に女の用心棒をやってもらうのは相すまんと、実は気にかけておったのじゃ」

「いえ、私はかまいませんが。――」

と、嘉納治五郎はあわてていった。

「それどころか、英語の発音など教授していただいて、もっけの倖《さいわ》いとありがたく存じておったくらいです」

治五郎は、捨松を見た。その眼には、純粋な敬意がかがやいていた。

「しかし、君も道場がある。大学を出て、柔道の道場をひらくとは、君もよほど考えるところがあってやり出したことだろう。それをひらいて早々に、こんな用で縛りつけておくのは申しわけない。げんにさっきも、西郷が君を探して駈けまわったくらいじゃないか」

「ですが、私が柔道をやっているからこそ、お嬢さまの護衛を申しつけられたのでしょう。私以外にこの御用が勤まるとは思えませんが」

と、嘉納治五郎は昂然《こうぜん》といった。

「まったくだ、きょうの災難だって、君でなければ逃れられなかったろう。むろん、この男を見なけりゃ、このまま君に頼むよりほかはなかったと思う」

健次郎は、眼で千兵衛をさした。

「この男を見て――失礼だが、ああ、恰好《かっこう》の護衛役がここにおる、と思いついたのじゃ。この干潟千兵衛は、かつて会津町奉行所の名同心として、剣術、馬術で悪党どもをふるえ上らせた男であった。とくに会津者には効目があると思う」

赤面する千兵衛を、治五郎はちらっと見た。治五郎は、さっき自分があぶなかったとき、数間離れたところから鞭《むち》で襲撃者を打ちすえたこの男の妙技を、改めて思い出していたのである。

「それに、ある程度、年もとっていて、捨松の護衛役にはかえっていい」

と、健次郎はいった。

「人力俥《しゃ》を使うにしても、俥《くるま》は別々だから、あぶないときはあぶない。といって、まさか若い君と捨松を相乗俥に乗せるわけにもゆかんしな」

こんどは、治五郎の顔が、ちょっと赤らんだ。

このとし、山川捨松は二十三歳、嘉納治五郎は二十二歳であった。治五郎は、捨松のための騎士をやっていて、いつしか彼女に憧憬《どうけい》にちかい感情をいだくようになっていた。彼はその心を見ぬかれたように思って赤面したのである。

「そうだ、何なら西郷少年に来てもらおう。そして、外出のとき、干潟の馬車に乗せてもらえばそれでいい。嘉納君には、ときどき、講道館の手があいたとき頼むことにしよう。どうだね、捨松？」

「わたし、ボディ・ガードなど、要らないのです」

と、捨松はいった。

「悪漢、来たら、よくいいきかせてやります」

「干潟、やってくれるね？」

と、それにとり合わず、健次郎はいった。もうひとりで、そう決めているようだ。こういうところは、やはり元御家老の家柄である。――干兵衛に、むろん断わる理由はなかった。

健次郎は自分でうなずいて、ひとりごとのようにいった。

「会津の馬鹿者どもには、会津人で対したほうがよかろう」

干兵衛は、上野のときから気にかかっていたことを、口にする気になった。それはあのとき、襲撃者の中に、「会津の血を忘れたか」と口走った声があったことだ。

「お嬢さまに乱暴しようとする連中が……会津者なのでござりまするか」

と、干兵衛は訊いた。

「会津には頑固者が多いからの。……」

と、健次郎は憮然《ぶぜん》として答えた。

「それに、このごろ捨松が延遼館《えんりょう》にダンスを教えにゆくものだから、それを見ていよいよのぼせあがるやつがあるらしい」

「ダンス？」

「異人の舞踏だ」

捨松がいった。

「わたしも、馬鹿らしくあります。乱暴者、なくても、やめたくあります」

「そういうわけにはいかん、お上《かみ》からの、たっての依頼だから」

「ダンスしても、アメリカ人、イギリス人、尊敬しないでしょう」

「吾輩《わがはい》もそう思わんでもないが、条約改正という目的の前には背に腹はかえられん、と、当路者は思っておられるのじゃろ。日本の大官も、お前が思っているほど馬鹿ではない。その目的のためにほんの少しでも役に立つなら、と願ってのことじゃろ。それくらいのお手伝いは、山川家の人間としてせんけりゃなるまいな」

健次郎は、粛然としていった。

「いまの政府のお歴々については、いろいろ批判もあろうが、とにかく吾輩が何より感服せざるを得んのは、明治四年、岩倉卿《きょう》をはじめ、大久保、木戸、伊藤らの最高首脳が、ごっそり欧米旅行の途に上ったことじゃ。ま、条約改正という目的があり、その話し合いはうまくゆかなんだとはいえ、とにかくまだ海のものとも山のものとも知れぬ維新後の日本を留守にして、二年ちかくドラドラと欧米を見学して回っていた、あの思い切ったクソ度胸は大したものだ」

治五郎の顔を見つめて話していたところを見ると、この青年にいいきかせるつもりであったかも知れない。

「そして、それ以上に感服するのは、そのとき五人の少女を同行して、アメリカに留学させたことじゃ。あの際、よくもそこまで頭を回す余裕があったもの。――」

彼は、妹の顔を見た。

「その中に、十二歳のお前もおった。――」

「イエス」

と、捨松はうなずいた。

「そのお国の御恩にはやはり応《こた》えなくてはならん」

「イエス」

彼女はにっこりし、健次郎も破顔した。

この問答は、干兵衛にはよくわからない点もあったが、しかし大体のところは了解出来た。

「それにしても、山川さまといえば御家老さま、その上、御一新後も会津の者でお助けを願った人間はおびただしゅうござろうに」

と、干兵衛はいった。彼もまたその一人だ。

「そのお嬢さまに無礼を働くやつがあろうとは。――」

「会津人ことごとくを救う力はない。それに会津人にもいろいろある。——玄関払いを食わせたやつもある」

健次郎は苦笑して、

「会津も、変ったぞ。……千兵衛、その後の——いまの会津はどうなっておるか、知っておるか？」

と、逆に訊《き》いた。

「いえ、とりたてて」

「この春から、三島通庸《みちつね》という人が福島県令になった」

「それは、存じております」

「これが、やりてでの。むしろ、鉄血の人といっていい人物らしい。いろいろと新しい施策を試みておられる中に、会津から、新潟、米沢、栃木へ三大道路を開くという大事業を始めて、これが人民の苦役となるというので、いま自由党などが騒いでおるらしい」

「ほう、会津にも自由党が発生いたしましたか」

千兵衛は、ふと健次郎を見やった。

「ひょっとすると、お嬢さまをおどすのは、その一派ではありませぬか」

「うむ、福島自由党の人間で、東京の本部と連絡するために上京しておる者も少なくないようだからね、そうかも知れん。……が、吾輩の感じでは、若松帝政党の一派ではなかろうか？」

「若松帝政党？」

「三島県令が、自由党に対抗して作り出した御用党だ」

山川健次郎は苦々《にがにが》しげにいった。

「どっちも吾輩から見るとキチガイの集まりのようだが、どういうわけか吾輩は、この帝政党のほうが気にくわん。それが、元会津藩士で、下級の者が自由党に多く、帝政党はまず上級藩士から出来ておるというのだが。——」

どうして会津の侍が、そう分れてしまったのか。——それを問うより千兵衛は、ふとこの早春、巣鴨まで送っていった赤井景韶という若い壮士が、雪の馬車の中で、

「福島県が悪県令三島の暴政にさらされる兆しがあるが、おぬし帰る気はないか」

といったことを思い出していた。

あのとき自分は、「孫以外のことに気を使うのはいやだ」と断わったけれど——どうやら、会津のほうがこっちにやって来て、自分にまつわりつきそうな雲ゆきだ。

卓の向うでは、ならんで坐《すわ》った嘉納治五郎と捨松が——捨松が、卓上の異国文字の本をひらいて何か訊き、あわてて治五郎が答えるのに、捨松がさらに教えていた。

紅もつけていないのに鮮麗な捨松の唇からもれる言葉は、日本語ではなく、千兵衛には美しい鳥のさえずりのように聞えた。さっき上野で、「講道館の嘉納治五郎と承知か」と叱咤《しった》したときの武者ぶりはどこへやら、治五郎はヘドモドしているようだ。

ガラスが明るくなり、窓外の氷雨《ひさめ》はあがりつつあった。お雛をめぐる山川家の人々の遠

い笑い声はまだつづいている。

四

こういうわけで干潟干兵衛は、当分の間、捨松お嬢さま用の馬車の馭者《ぎょしゃ》を勤めることになった。――

捨松さまは、少なくとも週に三度は、元御浜御殿の延遼館へゆく。お供は西郷四郎少年だが、治五郎も、健次郎にあいわれても、そのたびに顔を出した。

捨松という女には珍しい名は、父君の先代山川大蔵《おおくら》が、そのころときどきあったように、男の子には女の名前、女の子には男の名前をつけるとすこやかに育つという言いつたえにならったものだろう。――捨松は、その期待を裏切らなかった。

数え年十二歳で、アメリカに留学する。――ほかにも八つの少女もあったというから、とにかく山川健次郎も舌をまいたように、自分たちの国家的な欧米巡遊に彼女たちを同行させた指導者たちの着想と、この点についてもそのクソ度胸には恐れいるが、それにしても会津出身者の子女でありながら、よくその選抜に叶《かな》った捨松もまた大した優秀児だといわなければならない。

……捨松御用の馬車を承るようになってから、干兵衛は、彼女が渡米前に政府から渡されて、その後ずっと懐中にしていたという「洋行心得」なるものを見せられたことがある

が、その中に、

「銘々父母の国をはなれ外国へ罷《まか》り越し候《そうろう》につき、おのおの覚悟これあるべきの儀に候《そうら》えども、一身の慎み方は申すに及ばず、いささかのことなりとも、お国の御外聞に相成らざるよう心がけ申すべし」

などという文言があった。――これが明治であった。

岩倉らは、少女たちをアメリカにおいて、ヨーロッパにいってしまった。留学とはいうものの、この時代のことゝて、一種の遺棄にひとしい。

……それから、十一年。

アメリカの女性の最高学府たるヴァッサー・カレッジを卒業して、捨松は帰って来た。

言葉があやしくなっていたのは、いたしかたがない。それでもとにかく日本語を忘れなかったのは、ほかに仲間がいたからであろう。

言葉が可笑《おか》しいにもかかわらず、すぐに干兵衛は、このアメリカ帰りのお嬢さまが、日本で育った女以上に日本の女であることを認めた。いつぞや上野で暴漢が、「それでも皇国の女か、会津の血を忘れたか！」と怒号したが、まさしく捨松は、会津のサムライの娘であることをたしかめた。

とはいえ、十一年ぶりにアメリカ留学から帰った山川捨松にまず下った命令は、延遼館におけるダンスの教授であった。

延遼館はいまいったように元の御浜御殿だが、明治初年以来、外国から来朝した貴顕の饗応《きょうおう》、宿泊にあてられていた。すでにロシア皇太子やアメリカのグラント将軍やハワイ皇帝なども滞在したことがある。

また天長節の大夜会などもここでひらかれたのだが、この宴《うたげ》には紅毛の外交官なども多くやって来る。しかるに――例えば、明治十三年十一月五日の「東京日日新聞」には、こんな報道がある。

「……さればこの夜招待に応じて参集せる内外の来賓は五百人以上なるべし。亭主方はみな大礼服を着せられ、客方はいずれも小礼服を用いたり。

……さるほどに九時過ぎより、客方の面々は令閨《れいけい》を伴いて来館あり、各々休息の後、立食を始めらる。このとき外客の男女は舞踏場に入り、陸海軍の奏楽につれて舞踏せられしが、わずかに見えし内国の婦人方はもとよりさる技もせられず、またかかる晴れの席になど、われから恥じて参られぬ方々の多かりしは、わが国の風習とはいえ口惜しき心地せられたり」

日比谷《ひびや》の鹿鳴館《ろくめいかん》は鋭意建築中であった。来年にはいよいよ開館されるだろう。

そこで――右の事態に、これではいかん、と政府のほうで気をもんで、かくてアメリカ帰りの山川捨松に、朝野の大官富豪の男女子弟のダンスの稽古《けいこ》を依頼することになったのだ。

五

「やあ、あれは何だ。蜜蜂のお化けか？」

樹の上で、少年は思わず高い声をあげた。

「あはは、こりゃ面白い、蜜蜂女が、燕男《つばめおとこ》と抱き合っておどってら！」

「あげてよ、祖父《じじ》、お雛もみたい」

肩ぐるまの上で、お雛は干兵衛のチョン髷《まげ》をたたいた。

「あたいも、あそこにあげて！」

「いかん、お前はあぶないわい」

と、干兵衛はその頭をあげて、

「西郷君、あんまり大きな声を出してくれるな、頼む」

と、気をもんで、哀願した。

場所は、浜離宮の延遼館を見る林の中であった。——十一月末のある晴れた午後だ。

その日、干潟干兵衛は、山川捨松を馬車に乗せてやって来た。干兵衛としては、それが三回目であった。用心棒の嘉納治五郎の弟子の西郷四郎も同行していた。

浜離宮は、さきに述べたように元の御浜御殿だが、明治初年来、外国貴賓の接待所となり、そのために洋館風の建物も増築され、また馬車の待つ広場なども設けられていた。

そこで、ほかのおびただしい自家用馬車を待っているうちに、洋館のほうから、異様な音楽の音《ね》が流れはじめた。

「あれ見たい」

と、お雛がいい出した。実は、一度目、二度目のときもお雛はそうせがみ、むろん干兵衛は叱りつけたのである。

すると、西郷四郎も同様のことをいい出した。彼と治五郎は、これまで何度かここへ来たはずだが、やっぱり治五郎にとめられて、その望みは叶えられなかったらしいのだ。

ところが、その日、治五郎は叱りかけて、ふと洋館のほうに眼をやって、

「では、お嬢さんがだれと踊っていなさるか、見てくれ。……むろん、こっちが見つけられちゃいかんぞ」

と、いったのだ。――そして彼は、馬車の中に坐ったまま、腕組みをして眼をふさいでしまった。

お許しを得た西郷四郎は小躍《こおど》りせんばかりで、干兵衛とお雛を、洋館に近い林の中へ連れていった。

もう葉を落した樹々の多い晩秋の林であったが、それでもまだ赤い葉を残した一本の樹に、彼は猿みたいにスルスルと上った。前に灌木《かんぼく》があるので、干兵衛はお雛を肩ぐるまにして、首だけのぞかせた。

干兵衛は、さっき嘉納治五郎が四郎にいった言葉を思い出している。

治五郎は、山川健次郎から用心棒を一度解かれたにもかかわらず、捨松嬢の延遼館ゆきに、やはりいつもつきそいに、下谷からやって来る。ただ責任感や不安からばかりでなく――武骨な干兵衛から見ても、彼が捨松嬢を恋していることはいまやあきらかであった。

これに対して、捨松のほうは、どう見てもそれに相応した反応を見せているとはいえない。一つ年上にちがいないが、姉が弟に対するようなあしらいをしている。それどころか、英語と変な日本語のせいかも知れないが、彼をからかってさえいるようだ。しかも、この東京大学卒業の、しかも柔道の開祖たる青年は、彼女の一挙一動に赤くなったり、ヘドモドしたり、あるいはうなされたような顔になったりするのであった。

しかも、きょうは――馭者台にいる干兵衛にはわからなかったが、馬車の中で治五郎は捨松に何かやっつけられたと見えて、延遼館に着いたとき、目立ってしょげていた。

「おい、西郷君、お嬢さんは見えないか？」

干兵衛は頭上をふり仰いで、声をかけた。

「え？　ううん。……見えない、だれが、だれだか、ゴチャゴチャして――どれが男で、どれが女かもわからない」

西郷四郎は、首をふった。

洋館のガラス窓の数から見ても、中は相当な大広間になっているらしい。そこから、陸軍か海軍か、軍楽隊の鳴らす奇怪な音楽は、同じ節をくり返しながら溢《あふ》れてくる。――

「さっき、先生が、お嬢さんはだれと踊っているか見てくれ、といわれたが。――」

と、千兵衛がいったとき、

「やあ、見える、見える！」

と、四郎は、千兵衛がぎょっとするほど大声を張りあげた。

この少年は、もともと会津の侍の子である上に、若いながらきびしい師の躾《しつけ》に鍛えられて、十五歳とは思われないほど礼儀と克己心に富んでいたが、はじめて見る異国風の大舞踏会に——それは練習であったにしろ——昂奮《こうふん》して、とうとう十五歳相応の少年らしさに逆戻りしていた。

「しかし、だれとも踊っていらっしゃらないよ。鞭《むち》を持って、何かしかっていなさる」

「へへえ！」

「あ……前にいるのは、大人じゃない。女の子だ。洋服を着た女の子だ。お雛ちゃんと同じくらいかな？」

「見せて！　祖父《じじ》！　あそこへ上らせてよ！」

お雛が、肩の上で足をバタバタさせた。

「いかん、いかん、こんなところで騒ぎたてて、見つかっては一大事じゃ。西郷君、君ももう下りて来なさい」

千兵衛は、とうとうそう命令しないわけにはゆかなかった。

「見物はまたこの次。きょうはこれで帰るとしよう」

帰るとは、馬車のところへ、という意味だ。

干兵衛が早々に引揚げることにしたのは、いいかげんにしないと見つかる、という心配もあったが、もう一つ、ちょっと気にかかることがほかにあったからだ。

馬車に帰ると、嘉納治五郎は、依然として腕を組んで、眼をつむっていた。それに向って四郎は、

「先生！　捨松お嬢さまは、女の子を相手に教授していらっしゃいましたよ！」

と、息をはずませて報告した。

「女の子？」

「お客の連れて来た子供でしょう」

それは、馬車で来たときにも見た。おそらくダンスを習う気持があるなら、家族の子弟のだれでもいいから同伴して来てよろしい、という通知でもあったのだろう。子供とまではゆかないにしろ、延遼館に到着する客の中には、まだ少女といっていい令嬢の姿もチラホラ見られた。

一生懸命しゃべっている西郷四郎と、それを聞いている治五郎に、

「ちょっと、これをお願いします。なに、すぐに帰って参ります」

と、干兵衛はお雛を託して、ぶらぶら門のほうへ歩き出した。

内部の一劃《いっかく》に過ぎない延遼館にも門がある。が、干兵衛が歩いていったのは、そこを過ぎて、浜離宮そのものの表門であった。

これは昔の御浜御殿のままの門だが、きょうはその扉は大きくあけはなたれて、馬車の

往来を許している。まだこの時刻にも遅れてやって来る馬車がある。二人の門番は、その馭者《ぎよしや》から通行証を見せられると、敬礼して道をひらくのであった。

千兵衛も、先刻、そうして通って来たのである。

彼はさっき通って、しばらくしてから、「はてな?」と首をひねった。気にかかることがあった、というのはそのことだ。千兵衛はその門番の一人に記憶があるような気がしたのだ。

いま、その門に近づくと——二人の門番のうち、やって来る馬車をいま改めているのは、これは見知らぬほうだ。もう一人は、門の内側にじっと佇《たたず》んでいたが、これが千兵衛の記憶にひっかかった男であった。

紺色の帽子に紺色の制服、一見巡査に似た服装をさせられているその門番は、年のころはいくつだろうか、帽子からのぞいた髪は真っ白だ。自分と相前後する年のはずだが——背は高いが、ヒョロリと痩《や》せて、おちくぼんだ眼は、義眼みたいに動かない。

それから、どうも動作がおかしい。さっき見たときも、左足をひきずるようにしていたが、いま見ていると——彼が動かないにもかかわらず——千兵衛は、右手にこそ棒をついているが、その左腕はダラリと垂れて動かないことを知った。

千兵衛は近づいて、

「もし。……」

と、呼びかけた。

「お人ちがいであったら、お許し下され。あなたは、もしやすると……斎藤先生ではござりませぬか？」

門番はふりむいた。無表情と見えたその渋紙色の顔に、かすかに恥じらいの血が動いたようであった。

「どなたじゃな？」

「昔、京都見廻組におった者でござるが。……」

と、干兵衛もちょっと顔があからむのを感じながら、

「その節、いちどお見かけしたことがありますので」

「御存知でござるか」

と、門番はいった。

「隠すことはない。拙者、斎藤歓之助です」

六

自分のほうで思い出して呼びかけたくせに、干潟干兵衛は相手を茫然《ぼうぜん》と眺めていた。——これが、音に聞えた斎藤弥九郎《やくろう》先生の御子息、あの斎藤歓之助どのか？

幕末の剣聖といわれた斎藤弥九郎の名はだれでも知っている。それは彼が神道無念流再興の剣客であったからばかりではなく、江川太郎左衛門、藤田東湖、高島秋帆《しゅうはん》などと親交

があって、幕府の武備の近代化に奔走するという一種の政治運動に携わったためであり、かつその道場「練兵館」に桂小五郎など維新の志士が多く学んだからであった。

しかし、そのため晩年篤信斎と号し名士化してしまった弥九郎に対して、ほんとうの剣士としてはむしろ長男の新太郎と三男の歓之助のほうが、その道の人間には高く買われていた。

こんな話が伝えられている。

嘉永《かえい》元年、斎藤新太郎はまだ二十一であったが、諸国遊歴の旅に出、その途中、萩《はぎ》の明倫館で長藩の剣士十数名をたたき破り、

「道場だけは立派だが。……」

と、苦笑した。

長州侍たちはしばし虚脱状態におちいって、やがてわれに返り、新太郎を生かして萩から出さぬといきまいたが、その不穏の形勢を察した新太郎は、その前に萩を出て、九州へ旅立っていた。

長州の壮士たちは余憤おさまらず、しばらくして大挙して江戸の練兵館のほうにおしかけた。そのとき道場の留守を守っていたのは、わずか十七歳の三男歓之助であったが、これが相手になり、片っぱしから撃破した。得意は「突き」で、この防ぎもかわしもならぬ妙技の犠牲者となった長州侍たちは、面頬《めん》をかぶって試合したにもかかわらず、三日、水も食事ものどを通らなかったという。歓之助はすでにそのころから「鬼歓」と呼ばれる少

年であることを彼らは知らなかったのだ。

千兵衛が、この鬼歓を見たのは、ずっとあとの文久年間、つまり彼が京都見廻組にいたころである。

そのころ、斎藤歓之助が飄然《ひょうぜん》と京都へやって来た。

「実戦の御勉強ですか」

と、訊《き》いた者があった。そのころ京都は、暗殺や検挙の血の嵐が吹き荒れている最中《さなか》であったからだ。これに対して歓之助は、

「うん、おれの弟子どもがどれくらいやっておるか、視察のためだよ」

と、うそぶいたという。

そんな話を聞いたが、さてそれを歓之助に訊《たず》ねた者が、勤皇方か佐幕方か不明である。つまり、斎藤歓之助自身は、べつに勤皇でも佐幕でもない、純粋の剣術の専門家として、敵にも味方にも知られていたのである。

練兵館には、たしかに勤皇派も学んだが、とにかく弥九郎先生は幕府の捨扶持《すてぶち》ももらっていたくらいだから、旗本の弟子も多い。長州侍だってやっつけられたことは、右の新太郎の明倫館での挿話を見ても明らかだ。

だから、鬼歓も、どっちの陣営に顔を出しても先生扱いにされる別格的存在であったが。

――

千兵衛が彼を見たのは、ちょうど用件があって半月ほど大坂へ出張して帰ってからであ

った。そして、その留守中に起った驚くべき情報を聞いた。

土佐の岡田以蔵を、斎藤歓之助のおかげで逮捕したというのである。

その男は、もう何人殺したかわからない人斬り以蔵という異名さえある険呑《けんのん》な人物で、そのころ京で相ついだ有名な暗殺事件の張本人だと目されながら、はっきりとした証拠がなく、かつともかくも土佐藩の籍はあるので、京都見廻組も手を出しかねていた。闇の中で処理しようにも、あぶなくって、手が出せないのだ。

千兵衛も、その男を、一、二度目撃したことがある。

信じられないような話だが、その岡田以蔵は土佐の元足軽で、正規に剣術を修行したこともない人間だという。が、千兵衛が見た以蔵は、さすが腕におぼえのある千兵衛が心中にうなり声をあげて見送ったくらい、名状しがたい剣気を発散している男であった。それは、斬るか、斬られるか、どっちかである以外にはなく、とうてい逮捕することなど思いも及ばない男に見えた。

しかし、どうあってもその男を始末しなければならぬ。——そういう事態が、千兵衛の留守中に生じた。

そのとき、偶然会津屋敷に来ていた斎藤歓之助が、その話を聞いて、甚だ興味をおぼえたらしく、

「それじゃあ、おれがつかまえてやろう」

と、無造作にいった。

あまり苦もなげな顔をしていったので、見廻組の連中も、半分面にくさ、半分好奇心で、以蔵を張り込んだ網の中へ歓之助を伴った。

ちょうど猿ヶ辻《つじ》で——築地塀《ついじべい》のかげに見廻組をかくし、やって来る岡田以蔵の前に、歓之助は悠然とひとりで現われて、道をふさいだ。

素性は知らず、むろん敵意ある者と見て、たちまち以蔵は抜刀した。歓之助も刀身を抜きはらった。

鬼歓の剣尖《けんさき》は、人斬り以蔵ののどに向けられていた。それっきり、以蔵は動けなくなった。

「もうよかろう」

歓之助の声に、見廻組が出ていったとき、一度も剣をふるうことのなかった人斬り以蔵は、ひとりでどうとくずおれ、気を失った。

こうして、嘘みたいに岡田以蔵は逮捕されたのである。会津藩では、彼の罪状の嫌疑を書きつらねた書面をつけて、その身柄を土佐屋敷に送りつけた。

そのあとに、千兵衛は京都に帰って来て、その話を耳にし、歓之助をはじめて見たのである。

歓之助は、別にどうということはない、といった顔で、また瓢然《ひょうぜん》と会津屋敷を去っていった。

以蔵を送りつけられた土佐屋敷のほうでは、胸におぼえがあったのか、それともそちらでも以蔵を持て余していたのか、べつに抗議もいって来ず、それどころか、その後以蔵を国元へ送還して、噂《うわさ》によると、そちらで処刑してしまったらしい。

千潟千兵衛が斎藤歓之助を見たのは、そのときだけだ。

それに記憶があったのは、この剣の魔術師に対する千兵衛ならではの畏敬《いけい》の念から以外の何物でもなかった。

——あのときは、鬼歓は、まだ三十になったかならないかの年であった。よく職人の名人などにあるように、ある仕事以外はまるで万事に無関心な、とぼけた顔をしているが、しかし身体は鋼みたいな動き方をする人物であった。

それが、いま。——

七

千兵衛は改めて、相手の姿を見まもった。

制帽の下からのぞいた白髪と、ダラリと垂れた左腕と——どこか、病んでいるとしか思えないものうげな動作を見ると、どうしてさっきそれが斎藤歓之助だとわかったのか、千兵衛自身にもふしぎなくらいだ。

千兵衛の心情は、甚だ突飛なたとえだが、現代のわれわれが、三、四十年ほど前の「鞍《くら》馬天狗《まてんぐ》」の映画を思い出しながら、いまのアラカン氏を見るようなもの、といっていい。

「それで……貴公は、いま？」

と、向うから聞いて来た。さっき自分が通した馬車などいう記憶はないらしい。

「馬車の馭者《ぎょしゃ》をしております」

「ああ、あれか。なるほど――あ、は、は、は」

老「鬼歓」は笑った。やっと思い出したと見える。まばらな歯の間から、こがらしが吹き出して来る感じであった。

「おたがいにな」

そのとき、もう一人の門番から通過を許された馬車がうしろから近づいて来たのに、干兵衛は気がついた。

「あぶない」

老門番はふりかえり、よけようとして、大きくヒョロついた。その動作も、ふつうではなかった。が、ゆき過ぎる馬車に向って、彼は右手の棒を身体にたてかけ、その手を帽子のところまで挙げて敬礼した。

それがいってしまってから、干兵衛はオズオズと訊いた。

「お身体を、どうかなされたか」

「実は数年前、中風をやりましてな」

と、鬼歓は答えた。

「え、中風？」

さすがに、これは意外事であった。記憶では、この人は自分より四つか五つ年上のはずで、中風にかかるのはまだ早いようだが——しかし、世には三十代、四十代で中風になる人間もないではないし、それに見たところ、六十くらいにも見える風貌《ふうぼう》だ。

「兄の世話で、やっとこの職にありつきました。……ここはひまだから、ということだったが、このごろはなかなかひまどころではない」

「兄上とは……あの、新太郎どののことでござるか」

「左様。よく御存知じゃな」

「新太郎どのは、いま何をしておられるので？」

「宮内省の門番をやっております」

千兵衛は黙っていた。返事のしようがなかったのだ。御一新前、剣の名家の二天才といわれた兄弟が、いまそういう境涯にあろうとは。——

宮内省や延遼館というのがまだしもだが、門番は門番である。いつだれから聞いたのか忘れたが、父の弥九郎は、維新後、七十を越えてから、それでも大阪の会計官という変な役を与えられ、造幣寮が火事になったとき大火傷《おおやけど》を負って、それがもとで亡くなったとかいう話だが、その子の新太郎、歓之助のほうは、これは純粋に剣一筋の人間だっただけに、ほかに使い道もなく、また然《しか》るべき役職を周旋する者もなかったと見える。——

さっきから気にかかって、ひき返して改めて確かめに来たほどだが、さて、以上のことを知っても、千兵衛にはどうしようもない。これと大同小異の例は無数にあり、そもそも千兵衛自身が、いま相手から「おたがいにな」と笑われたくらいだ。

「お大事に、お勤めなされ」

と、彼は頭を下げて、もと来た道へ背を見せた。

「あ……ちょっと待たれえ」

斎藤歓之助は呼びかけた。そして、歩いて来た。チンバをひいている。左半身が不自由らしい。

「貴公、昔、京都見廻組におられたそうだが……人を斬られたことはおありかな？」

「いえ。……」

千兵衛は首をふった。――会津戦争、西南の役《えき》では敵を斬ったが、京都見廻組当時にはない。

「貴公も、そうか。……」

歓之助は悲しそうにいった。

「どうなされたのですか」

「いや、わしはね、剣が無益の修行であったとは思わん。こういう身分になったことも歎《なげ》いてはおらん。ただ、いまにして心残りなのは、いちども人を斬らなかったことでね」

口からまたこがらしの笑いが吹いた。

「どうにかして、生きておるうち、人を一人斬って見たいと念願しておるものじゃから」

「険呑《けんのん》なことをおっしゃる」

そのとき、また馬車がやって来た。こんどは内からで――もう帰る客もあるらしい。窓から見えたのは、髯《ひげ》をはねあげた燕尾《えんび》服《ふく》の大官と、丸髷《まるまげ》に白襟紋服の貴婦人であった。

歓之助は、また棒を身体にたてかけて、妙な姿勢で敬礼をした。

「いまのはたしか長州の男でな。練兵館では、剣術のほうはからっきしだめなやつじゃったが」

見送って、老門番は苦笑した。つまり、二十年くらい前には弟子だった男ということになる。

「わしのやって見たいのは、相当の名人じゃで」

「斎藤先生」

千兵衛は異様な鬼気に吹かれながら、相手の左半身に眼をそそいだ。

「その御不自由なお身体で？」

鬼歓の右手の棒がゆらめきながら水平に上って、まっすぐに千兵衛の顔を指した。……反射的にある構えをとろうとして、千兵衛は金縛りになった。その棒の尖端《せんたん》が、そのまま離れて眼の中へ飛び込んで来るような恐怖に襲われたのである。

「だれか、知らぬかな、見廻組どの。いちどだけ、いのちをかけた勝負をしたいというわしの望み、その望みをとげずには、わしは何のためにこの世に生を享《う》けたかわからぬことになる。そんな望みと、同じ望みを持っておる名人が、どこかにおらぬか、見廻組の生き残りの中にでも。貴公は知らぬかな？」

千兵衛は、やっといった。

「斎藤先生。……いまは明治十五年です」

八

二台、三台、延遼館のほうから出て来る馬車があるのに、千兵衛はあわててもとの駐車場へひき返していった。

捨松が来て、まだそれほど時間はたっていないが、ダンスはもう一人、ヤンソンというドイツ商人の夫人が教えているので、そのほうの練習が終った組かも知れない。

もとの馬車のところへ戻ると、嘉納治五郎と西郷四郎とお雛《ひな》は外に出て、じっと遠い延遼館の玄関のほうを眺めていた。

千兵衛が近づいても、どうしたことか、お雛までふり返りもしない。……彼も、そのほうを見た。

玄関には、いま一台の黒塗りの箱馬車が寄っている。その向うに捨松が、軍人と少女に挨拶《あいさつ》していた。どうやらその二人が帰るのを、捨松が送って出たらしい。

少女は、背たけから見てお雛と同じ年ごろに見えたが、これが完全な洋装であった。鍔《つば》の広い帽子をかぶり、その紐《ひも》をあごでリボンみたいに結び、大きくふくらんだ紅いスカートをはいていた。

それに向って、捨松は半身をおりまげて、笑いながら何か話しかけている。そばに向うむきに立っている肋骨《ろっこつ》のついた軍服を着た男は、四十年輩だろうか、おそろしく肥《ふと》った巨漢であった。彼はハンケチをとり出して、しきりにふとい頸《くび》のあたりをぬぐっていた。

「あれは、お嬢さまに教えてもらってた女の子だ」

と、西郷四郎がつぶやいた。

すると——お雛も、ぽつんといった。

「あたい、あの子、見たことある」

千兵衛は、妙な顔をした。西郷少年はさっき樹上から窓越しに舞踏場をのぞいていたから、そういったのも理解出来たが、はて、お雛は？　あんな妖精《ようせい》のような少女など、千兵衛はいままで見たおぼえがない。

「いつ？」

と、彼は聞いた。

千兵衛を見あげもせず、お雛はいった。

「父《とと》が来た雪のふる日」

「……？」

治五郎がいった。

「あれは大山中将です」

卒然として、千兵衛は思い出した。

この早春、小石川の三島県令の屋敷に三遊亭円朝を運んでいった日、待っている馬車のかげでお雛と話していた女の子を。——あのときはたしか、稚児髷《おちご》に被布を着て、ぽっくりをはいていたっけが。……

少女の服装が日本人離れしているのと、当人がいま向うむきに立っているので顔はわからず、かつまた陸軍卿《きよう》兼参謀本部長閣下がこんな催しに出現しようとは思いもかけなかったので、それがだれか気がつかなかったが、あれはたしかに、大山中将父娘《おやこ》にちがいない。そういえばあの父娘は、捨松さまが御帰国になる前から、何の用件でか、山川邸を訪れたのを、千兵衛もかいま見たことがある。——

ダンスの練習に、なるべく沢山の人を狩り出す目的で、かつまた先々のことを考えて、大人ばかりでなく、貴顕の子弟をも歓迎していることは、千兵衛もその眼で見て知っている。それにしても、あれは少し小さ過ぎるようだが。——

しかし、あの三島県令の転任祝いに、たとえ同郷とはいえ、やっぱりあの娘を同伴していったくらいの大山中将だから、このダンスの稽古《けいこ》に連れて来たのも不自然ではないかも知れない。

——実は、幼い娘のみならず、大山自身、ダンスの練習に懸命だったのである。

三、四年後の華やかな鹿鳴館時代の話になるが、当時すでに富豪であった貿易商大倉喜八郎が書いている。

「……ある夜、私が例の如く見物していると、下のダンス場にひときわ目立つ一組があるのです。二人とも男だが、その一人は力士のような大男、一方は人一倍痩せ細ったヒョロ男、御本人たちは手をとりあって一生懸命に稽古していたが、よくよく見るとこれはまた、件《くだん》の大男は陸軍大臣の大山巌さん、片方のヒョロ男は東京府知事の松田道之氏であった……」

見ていると、やがて捨松は身を起した。少女はひざを折って、西洋式にお辞儀をした。

すると、大山は——このころ陸軍卿大山巌は、捨松の長い手袋をはめた片手をとって、うやうやしく頭を下げて接吻《せっぷん》した。

「何だ、あの真似は」

と、西郷四郎が舌を出して、ふりむいた。

「けど、さっきのお嬢さまの話は、ほんとですね、先生。あの大山中将が山川家にお嬢さまをお嫁にもらいたいと申し込んで来たというのは」

嘉納治五郎は、返事もせずにそれを眺めていた。

やがて大山父娘は馬車に乗り込んだ。その馬車はこちらの前方を通り過ぎ、門のほうへ去っていった。

遠目ながら、大山中将の顔は、馬車の窓いっぱいにひろがるほど、大きい、というより、際限なく膨張しているといった感じで、しかもその顔はアバタだらけであった。

見送って捨松は、また延遼館の中へ姿を消した。駐車場に馬車はギッシリ詰っていたから、こちらには気がつかなかったようだ。

「嘉納さま」

と、干兵衛は話しかけた。

「ほんとうでござりますか。大山中将がお嬢さまにそんな話を持って来たというのは」

「ほんとうだ。さっき、ここへ来る馬車の中で、捨松さんがそんなことをいわれた」

と、治五郎はうなずいた。

干兵衛は、ここへ着いたとき、治五郎がひどく悄然《しょうぜん》としていて、舞踏場ののぞき見をせがむ弟子の四郎に、「お嬢さんがだれと踊っているか見てくれ」と、彼らしくもない用件を命じたことを思い出した。

「どうだろう、この縁談は」

「大山閣下に、いま奥さまがないのでござりまするか」

「この夏、亡くなられたそうだ。まだ赤ん坊までもふくめて、お嬢さんばかり三人あるそうだが――いまの娘さんは、あれでもいちばん上らしい」

してみると、この春、大山中将が三島邸を訪れたときはまだ夫人がいたということになるが、それでも娘を連れて歩いていたところを見ると、いかに中将があの娘を寵愛《ちょうあい》しているかがわかるというものだ。

「この夏に奥さまが亡くなられて、もう後添いを求められるとは、馬鹿に気の早いおかたでござりますな。そんなにせっかちなかたとは見えませんが」

「その三人の娘の世話を見てもらう必要もあるのだろう。しかし、お嬢さんのほうから見れば、そこが問題じゃ。年は……十八もちがう。アメリカの大学を出て帰って来たひとが、娘が三人もある家へ、わざわざ後妻にゆくことがあるだろうか」

「お嬢さまは、どうおっしゃっていなさるので？」

「むろん、そんな話がある、といわれただけで、本気に考えておられるとは思わんが……しかし、いま見た通りのありさまだしな。あのアメリカ帰りのレディの気持は、正直なところ、おれには雲をつかむようなのだ」

彼は頭をかきむしらんばかりであった。この武術を愛する学士が、こんなに煩悶《はんもん》する表情を見せたのははじめてだ。

「それで、おれも思い当ることがある。大山閣下は、そんな子供の世話のためばかりじゃない。そんな用なら、ほかに適当な女がいるだろう。どうやら、本気で捨松さんに惚《ほ》れているようだ。早く申し込まないと、よそからとられると考えたのかも知れん」

「あのアバタが！」

と、西郷少年が憤慨にたえない口吻《くちぶり》でいった。

「ダンスに娘を連れて来るのも、きっとお嬢さまに逢《あ》いたいからですよ。先生、お嬢さまを、あのアバタから護《まも》りましょう。……もともと僕たちは、捨松さまの護衛兵だったじゃありませんか」

「うるさい、子供がこんなことに口を出すな」

治五郎は一喝した。こういうイライラした表情も、この若いが落着きはらった先生には珍しいことだ。

この奇怪としかいいようのない縁談について判断をめぐらす前に、千兵衛は、それまで気にもとめなかったあることを、いまふしぎなものに思い起した。

「大山閣下といえば、ずっと以前から山川さまとおつき合いがあったようでございますが。……」

「大山中将は、ああ見えて、なかなかハイカラ好きのかたなんだ。ヨーロッパの兵制視察にもう二度も洋行しておられるし、一方山川先生も、長い間、欧米に留学していられたかただからな。そこで話が合うらしい」

嘉納治五郎は、自分でいって、いよいよ不安な表情をした。

「そこへ、捨松さんがアメリカから帰って来た。――大山中将が捨松さんに惚れたのは、そのハイカラ好みのせいもあると思う」

千兵衛は考え込んでいた。

いうまでもなく大山は、かつては会津の怨敵《おんてき》であった薩摩の男だ。げんに、薩摩への復讐《ふくしゅう》のために、千兵衛自身西南の役に参加したくらいである。

とはいえ、いつまでもそのことにかかわってはいられない。そもそもその大山自身が西南の役には官軍の将帥として出動したのを見てもわかるように、あとになって考えれば、ばかばかしいような敵味方の混乱ぶりで、いま見わたせば依然として薩長が天下をとっているのだから、これにいちいち敵意を向けていては身が持たない。山川先生だって、だから恩讐を捨てて大山中将とつき合っていられたのだろう。

が――妹の捨松さまを、大山の花嫁にするとは？

大山巖、当時の大山弥助《やすけ》は会津攻撃の一将でもあった！　彼が薩軍砲兵隊の隊長として、いわゆる弥助砲をもって会津兵を砲撃したことを、干兵衛は忘れてはいない。いくら恩讐を捨てたとはいえ、山川先生もやわかそれは忘れてはいられまい。

「その御縁談は成り立ちますまい」

干兵衛は、粛然といった。

九

夕暮とともに、ダンスの練習に召集された人々は、波のように去ってゆく。車置場の馬車も、徐々に姿を消してゆく。

その終りごろ、干兵衛たちは、延遼館から出て来る客たちの中に、変な異人のお面や黒い眼かくしをしている者が、チラホラ見えるのに、首をひねった。

――あとで知ったところによると、捨松とともにダンスを指導していたヤンソン夫人が、日本人のひっこみ思案を解消するため、来る《きた》十二月二十四日、耶蘇《やそ》降誕前夜祭に、仮装舞踏会なるものを開こうという計画を持ち出していて、その日、その仮装用の西洋の仮面やマスクの見本を持参したらしい。で、練習の終りごろ、それをならべて見せたのを、何人かの客がもらって、面白がってそれをつけて、馬車に乗り込む者があったのである。

「わあ、ありゃ何だ？」

西郷少年はまた奇声を発した。お雛も眼をまるくしている。

さっき蜜蜂女や燕男《つばめおとこ》といったのは、客の中の、卵形のタガ骨で支えられたスカートをはいた女性や、燕尾服《えんびふく》を着た紳士を見てさけんだのだが、こんどはそんな連中が、異人のお面や黒いマスクをつけて出て来たのだから、おったまげたのは当然だ。

これも驚いて見ていた嘉納治五郎も、やがて、

「あれは西洋舞踏の余興用だろう」

と、さすがに学士だけあって、推察した。

やがて、ほかの馬車はほとんど帰ってしまい、軍楽隊も引揚げてしまったが、捨松嬢はまだ出て来ない。

――はてな？

と、首をかしげ出したところへ、やっと彼女は玄関に現われた。中年の外国女性といっしょであった。そして捨松は手をあげて、さしまねいた。

嘉納治五郎が駈《か》けていって、何か話をしていたが、やがてひき返して来て、千兵衛にいった。

「おい、捨松さんは、今夜横浜へゆかれるそうだ」

「えっ？」

「あの異人の女な、あれはドイツ人の貿易商の奥さんで、やはりダンスを教えている人だが、ちょっと相談事があって、捨松さんは、横浜にあるヤンソン屋敷へゆかれるという。あした帰るから、心配しないように山川先生に伝えておいてくれとのことだ」

――これもあとになってわかったことだが、ダンスのレッスンが進んで来たとき、ヤンソン夫人のヨーロッパ式と捨松のアメリカ式と微妙なくいちがいのあることがわかって来て、その調整のための話し合いに捨松は招かれたのであった。

ヤンソン夫人の馬車は、捨松を乗せて出てゆく。

それを見送って、干兵衛たちがそこを離れたのは数分後だ。最後の馬車であった。表門を通過しようとすると、門番が一人寄って来た。

「おう、さっきの見廻組か」

と、呼びかけた。斎藤歓之助であった。

そのまま彼は、右手を耳のうしろにあてて、じっと前方を眺めている。

前方には、運河にかかる橋がある。御浜御殿は、東南、西南の二面は東京湾に面し、あとの二面は運河に囲まれた一劃《いっかく》で、門は東北に向いているが、橋やその向うには何の影もない。海から吹く夕風に、晩秋の林がゆれているばかりだ。

「どうかなされたか」

「いま通っていった異人の馬車な。……殺気の雲に囲まれておるぞ」

「な、なに？」

声を発したのは、窓から首をつき出した嘉納治五郎だ。

先に出ていったはずの馬車は、林を廻《まわ》ったと見えて、その影は見えない。彼らの耳には何も聞えない。

「殺気とは何じゃ」

「殺気とは殺気」

「何か聞えたのか」

「耳は遠い。……ただ、それだけはわかる。いって見なされ、わしもゆこう」

と、いいながら、その老門番は扉をあけて、ヨタヨタと馬車に乗り込んで来た。——治五郎は、先刻の干兵衛とこの門番との会話を知らない。

「おいっ……干潟さん、この爺《じい》さんは何だ」

答えず、待ちかねたように、干兵衛は二頭の馬に鞭《むち》をあてた。

馬車は、昔からのまま大手橋と呼ばれる橋を渡り、砂塵《さじん》をあげて走った。

橋を渡ったあたりは、旧幕時代、奥平大膳太夫の屋敷だった場所で、このころは空地となり、さらに林となっていた。道の左側は運河となっている寂しい場所だ。

いかにも、ヤンソン夫人の馬車は、十人余りの黒紋付の男たちにとり巻かれていた。

いや——すでに捨松は、幌《ほろ》をかけたべつの相乗り俥に乗り移ることを命じられて、その蹴込《けこ》みに足をかけたところであった。相乗り俥とは、二人ならんで乗れる人力俥《しゃ》だ。

ヤンソン夫人の馬車はそこで停められ、二、三人の壮漢が乗り込んでこれを強制したのだが、捨松はむろん、ヤンソン夫人も怖れ気もなく彼らをなじり、襲撃者としては思いのほかに手間暇がかかったのである。が、それでも何とかして命令に従わせたのは、彼らのうちの二人が持っているピストルであった。

「こらっ、それ以上、近づくなっ」

追って来た馬車を見て、そのピストルを持った一人が駈け寄って来てわめいた。

「それを撃てば、延遼館まで聞えるぞ。この騒ぎの物音さえ聞えた」

と、扉をあけて、いい返したのは老門番であった。

襲撃者たちは、ちょっとひるんだ。距離からして、これまでの物音が聞えたはずはないが、げんにその延遼館の制服を着た門番が来ているのだから、ぎょっとせざるを得なかったのだ。

千兵衛は、委細かまわず、馬車をすすめた。自分にむけられたピストルを無視したわけではないが、あきらかに捨松さまを誘拐しようとしているとしか思えない前方の光景に、われを忘れたのだ。

「来ると、ほんとうに撃つぞっ」

捨松にピストルをつきつけた、べつの一人がさけんだ。

さすがに千兵衛は、手綱をひいた。老門番をおしのけて、嘉納治五郎が飛び出した。

「あいつだ！」

「上野で邪魔をしやがったあいつだ！」

絶叫が聞えた。……人数はふえているが、あの日の連中の一味であることが、それでわかった。

治五郎は駈けた。壮漢たちは飛びかかった。二人、三人、相ついで宙を飛び、左側の運河に水けぶりをあげた。治五郎はまるで阿修羅《あしゅら》のようであった。

「斬れ！　斬れ！」

発狂したような声とともに、数本の白刃がひらめいた。ステッキの仕込杖《しこみづえ》を抜いたやつがあったのだ。

その刀の下をくぐりぬけ、さすがの治五郎も河沿いふちに立ち、ついにこれまた懐《ふところ》ろから短刀を抜いた。いかに柔道の開祖たらんとしていたとはいえ、いつかのことがあって以来、万一に備えてそんなものを用意していたのである。

それを半円形に、三本の白刃がとり巻いた。

この混乱のために、ほかをかえりみるいとまもなかったが――この寸前、馬車から少し離れたところで、蟇《がま》を踏みつぶしたような声が聞えた。

そこにピストルをかまえて、この争闘に向けていた壮漢の背後から――いや、天から飛び下りて来た者があったのだ。それは馬車から、一間半ちかい距離を飛んで来た西郷少年であった。

彼はその壮士の首ったまに、肩ぐるまになって飛び乗った。怪声を発して、蟇みたいにへたばった男から、西郷四郎はまた跳躍して、先生を追いつめていた男たちの背後に立った。

「こっちを向けっ」

声とともに、轟然《ごうぜん》たる音が、壮士たちの頭上をうなり過ぎた。その手に、ピストルが握られていた。――いまの奇襲の刹那《せつな》に、彼はそれを壮漢の手から奪いとっていたのである。

相ついで、二発目の銃声が鳴った。これは別の場所で、地上からであった。

捨松にピストルをつきつけていた男は、突撃して来る治五郎に狼狽《ろうばい》し、相乗り俥の俥夫たちに、

「その女を乗せろ、早く俥を出せ！」

と、地団駄を踏みながら、そのピストルをふりかざした。

その腕を、ぴしいっと何かが打った。ピストルは宙を飛んで地に落ち、そこで自然に発射した。仰天しつつふり返った男の面上を、第二撃がたたいた。男は倒れた。

そこからまだ二間もあるところからの干兵衛の例の長い鞭であった。彼もまた馬車から飛び下りて、そこまで来ていたのである。

「……いかん！　ひきあげろ！」

向うで鋭い声がした。

干兵衛は眼をあげて、落葉した樹の下に立っている一人の男の姿を見とめた。やはり黒紋付の壮士風であったが、ヒョロリと高い姿に、これまたステッキをついている。が、それ以上に干兵衛に「おや」と思わせたのは、その男が、眼に黒いマスクを――さっき、延

遼館から出て来た客がつけていたのと同様の——眼かくしをつけていたことであった。

「やめろ、退却じゃ！」

男の叱咤《しった》に、壮士たちは逃げ出した。転がっていたやつも起き上って、つんのめるようにあとを追う。

「おい、河の中にもおるぞ」

治五郎が声をかけた。

「帯でも垂らして、救いあげてやらんか」

そして彼は、捨松のほうへ駈《か》け出した。

十

男たちは狼狽しながら逃走した。

あとに残された——捨松を乗せようとした相乗り俥の俥夫たちに聞くと、これはすぐそこの三十間堀を流していたところを、壮士たちにつかまって連れて来られたと、ふるえながらいうだけであった。

相乗り俥を選んだのは、捨松といっしょに乗って、悲鳴もあげさせないようにピストルでおどしながら走るつもりであったろうか。

「干潟さん、いまの男、マスク——眼かくしをしておったな」

と、治五郎が、捨松の手をひいて戻って来ていった。

「あれは、まさか、きょう延遼館にいってた連中じゃあるまい？」

自分の馬車のところに佇んでいた千兵衛は、しばらく考えて、

「ちがいましょう。あれは、さきほどの客のだれかが馬車から捨てたか、落していったものを拾ったのではありませぬか」

と、答えた。

改めて相乗り俥の俥夫に訊《き》くと、はじめ自分たちを連れて来た連中の中には、マスクはおろか、あの男自身いなかったようだ。……いつあそこに現われたのか、それさえ気づかなかったという。

それからまた俥夫たちは、男たちはここで延遼館から出て来る馬車を見張ってはいたが、いまの馬車にめざす人間が乗っていたとは意外であったらしく、いったんゆき過ぎてから、

「あれだ、あれに乗っておるぞ！」と気がついて、追いかけた事実も述べた。

干兵衛は、眼を宙にあげて考えていた。いまのマスクをかけた男を、どこかで見たような感じがしていたのだ。たしか、いままで自分とかかわり合ったさまざまの壮士たちの中に。――だが、さて、それがどうしても思い出せない。それとも、会津で知った人間であったろうか？

治五郎は、捨松に話しかけていた。

「どうやら、あなたを誘拐しようとしたらしいが、これはいよいよもって危険な連中です

な」

「それで、気がついたこと、あります」

と、捨松がいった。

「あの男たち、わたし誘拐して、身代金、とろうとしたのでは、ありませんか」

「えっ、身代金？」

「そのほか、考えられません」

捨松は、こんどは西郷少年に呼びかけた。

「四郎さん、そのピストル、貸して下さい」

西郷四郎は、さっき奪いとったまま、まだ片手にぶら下げているピストルに眼をやって、

「何になさります」

と、けげんな顔をした。

「それ持って、横浜、ゆきます」

「何ですと？」

嘉納治五郎は、眼をむいた。

「いま、こんな目にあって、まだ横浜へおゆきになるおつもりですか！」

「こんなことで約束破っては、日本人の恥、ありますから」

捨松は微笑んだ。

「かえって、もう大丈夫、ありますでしょう。それに、そのピストル持ってれば。……あ

なたたち、帰って下さい」

彼女は、めんくらっている四郎から、ピストルをとりあげた。

そして、どうすればいいのか、判断に苦しんでいる千兵衛たちの前から、捨松を乗せたヤンソン夫人の馬車は動き出し、薄暮の中を駈け去った。

「いや、これは面白いものを見た」

ふいに、しゃがれ声が聞えた。

「近来、珍しい手並じゃな」

彼らはふり返った。いつのまにか、老門番が馬車から下りて、棒をかかえて背後に立っていた。

「そこで、相談がある。……その若い衆、わしとひとつここで立ち合って下さらぬか？」

「立ち合う？」

門番は、夕闇を迎えた梟《ふくろう》みたいにうれしげな——が、くぐもった笑いをもらした。

「いのちをかけて、勝負するのじゃ」

嘉納治五郎は、不審な表情を千兵衛にむけた。

そもそも彼は、さっきその門番が殺気云々《うんぬん》といったときから、変な爺《じじ》いだな、と、首をかしげていたのである。彼は改めて、もういちど訊いた。

「千潟さん、あれは何者ですか」

「……斎藤弥九郎先生、というお名前を御存知でござりますか」

と、一息ついたのち、干兵衛はいった。

「おう、知っておる。たしか旧幕のころの剣術の達人。――」

「あれはその御子息で、かつて練兵館の鬼――鬼歓――斎藤歓之助とおっしゃる御仁です」

治五郎は、眼を見張って、背は高いが痩《や》せこけた、落魄《らくはく》の翳《かげ》の濃いその老人を見つめた。

「それが、いま、延遼館の――？」

干兵衛は、あわてていった。

「いいえ、この斎藤先生は、残る一生ただいちど、これはと思う相手といのちがけの勝負をして見たいと、それをいまも念願して生きておられるそうで」

さらにあわてて、つけ加えた。

「しかし、いまの世に、左様なお望み、いかがなものでしょうかなあ？」

「何にしても、せっかくの御所望だが、私の柔道は、敵と決闘するためのものじゃない。……人間としての修行の一法として私は始めたつもりだ」

「しかし、いまのような場合もあるではないかの？」

老鬼歓は、義眼のような眼で治五郎を見すえていった。

「そういう望みを持っておる老人とやり合って見るのも、人間修行の一法だとは思われんか？」

十一

「馬鹿な。……それに、どうやら、身体も不自由のように見えるではないか」

嘉納治五郎は、相手を見あげ、見下ろしていった。さっきから、この老人がびっこをひいていたことに気がついていたのみならず、いま見ても、あきらかに左半身の動きがおかしい。

「前に、中風をやられたそうで」

と、千兵衛がいった。

そのとき、斎藤歓之助の右手の棒があがって、治五郎の胸にじっと向けられた。

けげんな表情でこれを見ていた治五郎が、ふいにはっとして半身に構え、その眼がひろがった。……まさしく彼は、さっき千兵衛が味わったのと同じ恐怖を、その棒の尖端《せんたん》から吹きつけられたのである。

「片手で大丈夫」

と、老門番は、きゅっと唇をまげて笑った。

「しかもな、無手の貴公に、この棒で立ち向うというのではない。わしもまた無手をもってお相手しようというのじゃ」

「なに？」

眼を見張る治五郎の前で、歓之助は、

「おい、関根さん、これを頼む」

と、右手の棒を遠く放った。

それをあわてて受けとめたのは、もう一人のふとっちょの門番であった。やっと彼も、歩いてここまでのぞきにやって来たらしい。

「斎藤先生、いよいよやられますか」

と、いう。歓之助はうなずいた。

「うん、やっと一応やってもよい相手が見つかったようじゃわい」

そして、彼は、右手一本をヒョロリと前へ突き出した。

「これが棒の代り」

見ていた西郷少年には、このえたいの知れぬ老門番が、若い師匠をからかっているように見えた。

たしかに斎藤歓之助は、意識して、そう見える態度をとっているようであった。一方でまた、がつがつしているようでもあった。相手を怒らせ、のっぴきならぬ立場に追いこんで自分の念願を果そうという、彼なりの策らしい。

「先生、とにかくやって下さい」

四郎は、顔を赤くしてさけんだ。

「そんなナマイキな爺い、河へ放り込んでやればいい」

「ああ、そうじゃ」

と、歓之助は、笑いながら同僚にいった。

「わしに万一のことがあったら、兄へ連絡してくれ」

「宮内省の斎藤新太郎さん、ですな」

「左様」

いうなり、老鬼歓は、治五郎のほうに、三、四歩、歩み寄り、

「いやーっ」

と、夜鴉《よがらす》みたいなさけびを発した。同時に右半身になり、その右手を前に突き出した。

――掌はかろく四本の指を折っている。

じいっと立ちすくんでいた嘉納治五郎の顔に、決然たるものが動いた。

相手の唐突な挑戦にも、そのだだッ子じみた執拗《しつよう》さにも吊《つ》られる気はなかったが、このとき相手の構え――というより、その枯木のような姿から吹きつけて来る寒風、さっきその老人自身が口にしたいわゆる殺気に毛穴を吹かれて、彼ははじめてこれが実に容易ならぬ敵だと感得したのである。

理性の上ではなお不可解なものを残しつつ、すでに彼の肉体は反射的にこれに応じていた。

彼は右自然体に構えた。――

干潟干兵衛は、馬車のそばに、黙って立っていた。

鬼歓の念願が、嘉納治五郎に白羽の矢を立てようとは思いがけなかった。とめるきっかけもないほどで驚いていたが、しかし、両者、武器なしと知って、やや安心した。むしろ、そのなりゆきに好奇心さえ抱いた。しかし彼のそんな気持はほんの寸刻の間であった。

「突きい！」

ひっ裂けるような声とともに、鬼歓は躍りかかった。

老人とは見えない——いや半身不随とは思えない跳躍であった。実に彼は、右足一本で飛んだのである。しかも、伸びて来た右腕が、治五郎の眼には三倍くらいの長さに見えた。

彼は身をのけぞらしながら、飛びさがった。

「突き、突き、突きい！」

老鬼歓は、片足で追いすがった。

嘉納治五郎は、みずから柔道なるものを創造するまでに、いくたの古来の柔術家と試合をした。彼が教えを受けた天神真楊流の福田八之助、磯正智、起倒流の飯久保恒年など、真に名人といっていい人々であった。が、いまだかつて、これほど凄絶《せいぜつ》な相手にめぐりあったことがない。

さらにまた、研究途上、むろん唐手や拳法《けんぽう》なども参考にし、その道の達人とも試合したことがあるが、この斎藤歓之助という剣の鬼才のなれの果ての、文字通りの「片手突き」は、それらとはまたちがっていた。おそらくそれは、彼独特の剣の突きを、半身不随という欠陥の中に生かそうとした、これまた鬼歓の独創的な新武術ではなかったかと思われる。

半身不随はハンディキャップとはならなかった。それはかえって、相手を驚愕狼狽《きょうがくろうばい》させる奇怪な襲撃のフォームとなった。

「突き、突きい！」

それは、キ、キ、キイッとも聞え、まさに怪鳥《けちょう》のさけびとしか思われなかった。

そして、一本足で飛びに飛ぶ姿は、黒い五位鷺《ごいさぎ》というより、これまた怪鳥としか見えなかった。枯葉がその姿をめぐって旋転した。

治五郎は、うしろざまに逃げた。反撃の機はないかに見えた。

「あっ……あっ」

と、こちら側で西郷四郎はさけんだ。しかも、軽快むささびのごとき四郎が、ただささけぶばかりで、その間金縛りになっているほかはなかったほど恐ろしい怪門番の猛追ぶりであった。

実際に治五郎に、反撃の機はなかった。彼は河のふちに追いつめられた。

「突きいいっ」

絶叫して、最後の一跳躍を試みようとする老鬼歓の眼前に、馬の顔が出て来た。

さすがの斎藤歓之助も、その直前に馬車が動き出しているのに気がつかなかった。……一本足でたたらを踏む彼と治五郎の間に、馬車が割ってはいった。

「これは、どうして動き出したものか。どうっ」

と、馭者台《ぎょしゃ》で、干兵衛は馬を叱った。

「邪魔するか！」

老鬼歓は血走った眼でさけんだ。

「斎藤先生、まさか殺生までなさる気ではございますまい」

と、千兵衛はいった。歓之助老人はしばらく千兵衛を眺めていたが、やがてまたきゅっと苦笑の顔になって、二本足になった。

「さっき見たときは、もうちょっとましかと思ったが、少し買いかぶり過ぎたようじゃな」

と、息をついていった。治五郎のことだ。

千兵衛は馭者台から、反対側を見下ろした。

河っぷちに、嘉納治五郎は坐《すわ》って、両手を地面についていた。頭を垂れて、顔は見えないが、肩がふるえている。枯葉が雨のようにその背を打った。

それは、これ以上ない敗北の姿であった。好んでやった試合ではないとはいえ、日本伝講道館をひらいて以来、この若い指導者が、無手の敵を相手にこれほど惨たる敗北を喫したのは、はじめてのことであった。しかも、それは半身不随の老人だというのに。――

十二

一週間ばかり後。――それは、正確にいえば、十二月六日の午後のことであった。

千兵衛は捨松さまを馬車に乗せて出かけた。延遼館へではない。——前日、山川健次郎からその訪問先を告げられたとき、四郎がのどの奥で変な声をたてたが、それは赤坂青山の大山陸軍卿《きよう》邸であった。

西郷四郎は、毎日、下谷の道場からかよって来るから、このことは師匠に伝えたろうに、治五郎も四郎も、その日、山川邸へやって来なかった。——

もっとも治五郎は、あの「延遼館門外の決闘」以来、顔を見せない。四郎に聞くと、あれ以来治五郎は、道場にひとり端坐《たんざ》して考え込んでいるということであった。

で、その日は千兵衛だけが、捨松お嬢さまを馬車で運んでいった。

青山の大山邸は、山川邸にくらべると、その敷地は何倍か、何十倍か、門から玄関までいっただけの千兵衛には見当もつかないほど宏大《こうだい》なものであった。市街を見下ろす高台にあって、西空には遠く、しかしはっきりと白雪をかぶった富士が見えた。

そして林を背にしたその邸宅は、ただ煉瓦《れんが》作りの洋館というだけではなく、塔みたいなものまであり、千兵衛がどこかで見た西洋の絵本の中の家そっくりであった。彼は、先日嘉納治五郎が、「大山中将は、ああ見えて、なかなかハイカラ好きのかたなんだ」といったのを思い出し、「なるほど」と思った。

大山中将は、みずから玄関まで出迎えた。着流しに兵児帯《へこおび》をまきつけたくつろいだ姿で、幼い女の子の手をひいていた。

その風貌《ふうぼう》を、後に「不如帰《ほととぎす》」の中で、蘆花は書く。

「……体量は二十二貫、亜剌比亜《あらびあ》種の逸物も将軍の座下に汗すと云う。両の肩怒りて頸《くび》を没し、二重の頤《あぎと》直ちに胸につづき、安禄山《あんろくざん》風の腹便々として、牛にも似たる太腿《ふともも》は行くに相擦れつ可《べ》し。顔色は思い切って赭黒《あかぐろ》く、鼻太く、唇厚く鬚《ひげ》薄く、眉《まゆ》も薄し。唯《ただ》此体に似げなき両眼細うして光和《やわ》らかに、宛《さ》ながら象の眼に似たると、今にも笑《え》まんずる気配の断えず口辺《くちもと》にさまよえるとは、云う可からざる愛嬌と滑稽《こっけい》の嗜味をば著しく描き出《いだ》しぬ」

おまけに、顔全面はあばたに彩られている。人間の外貌《がいぼう》の美醜にあまり関心のない干兵衛にも、それはまさしく巨大なる怪物に見えた。

ただ、その手にひいている女の子は、これがこの人物の娘かと疑われるばかり色白で細面の美しい子であった。むろん、干兵衛が何度か見た例の信子という少女だ。のちに聞けば、この夏に亡くなったその子の母は、薩摩でも評判の美人であったという。

「また、あったね」

と、お雛がさけんだ。

干兵衛が、いつぞや三島邸や延遼館でかいま見たことを告げると、大山中将は呵々《かか》大笑した。そして、

「そん子も来たらよか。信子と遊んでやっちょくれ」

と、いった。

それで捨松は、お雛も連れて、家の中へはいっていった。――

干兵衛は、馬丁に案内されて、大山家の厩《うまや》のほうへ馬車をまわして、そこで待つことに

なったのだが、そこで馬丁と煙草をのみのみ、何とも面白い話を聞いた。

「うちの大将は、恋わずらいをなすってるんだよ」

と、馬丁はいうのであった。

「いや、冗談をいってるんじゃない。ほら、惚《ほ》れたあまりに、寝ては夢、起きてはうつつ、半病人みたいになるってことがあるだろ。なに、ただ話だけで、これまでおれも実際に見たわけじゃない。――あっても、そりゃ、ナヨナヨした娘か色男の話かと思ってたら、なんとまあ、うちの大将閣下がそういうことになられたから胆《きも》をつぶした。――お前さんとこのお嬢さまが、アメリカからお帰りになったのを、一目見たとたんにだよ！」

「やっぱり、そうか。……」

「あ、お前さんも知ってるのか。しかし、こんな話は知るまい。――それからまもなくね、閣下は眼の手術をお受けになってね、大学の病院で、眠り薬――じゃあねえ、それ、麻酔ってえやつをかけられなすったのさ。すると、そのとき。――」

当然笑うべき話なのに、馬丁は大まじめであった。

「うちの大将は、ふだんほんとにしゃべらないおかたさ。いま玄関で何かものをいってなすったが、おれなんか十日ぶりに閣下のお声を聞いたくらいさ。それくらい黙りん坊のおひとがね――麻酔を受けている間、しゃべりつづけにしゃべり出しなすったそうだ。それが、表向きには天下国家のことばかりだってえことになってるけれど、なんと実は、あのお嬢さまのことばっかりだったってよ！」

これには、干兵衛も破顔した。

「いえ、これは悪口じゃない。うちの大将が本気だってことをいいたいためなんだ。だから お前さんも、閣下が本気だってことを、それとなくお嬢さんにいってくれ。頼むぜ。……」

馬丁がいってしまってからも、干兵衛の顔にはまだ笑いの影が残っていたが、やがて彼は考えこんだ。

実際に、大山閣下から結婚申し込みのあったことは、嘉納治五郎から聞いている。

そして、捨松さまは、きょうひとりでここへ来た。それは、その話にかかわりのあることだろうか。

ひょっとしたら、捨松さまは、そんな話をきっぱり断わりに来られたのではあるまいか。少なくとも、どうやらきょうの訪問は、先日延遼館のダンスの稽古《けいこ》の際招待されたものらしいが、それに応じてやっておいでになっただけに過ぎないだろう。

「どう考えても、この縁談は成りたちそうにない」

と、彼は独語した。

いまは陸軍卿という顕職にあるが、かつては会津を攻めた薩将で、あばただらけの肥大漢と、アメリカ帰りの会津娘。——年も、一方は四十何歳かで、一方はまだ二十三歳、おまけに向うには三人もの子供衆がある。

あのお嬢さまに、三人の娘の母親になれというのか？　彼はもういちど笑い出した。

夕方になって、千兵衛にも台所から食事が出た。捨松とお雛が出て来たのは、もう夜になってからであった。お雛は、両腕いっぱいに、お菓子やおもちゃをかかえていた。

「おう、何をして遊んでもらった？」

と、千兵衛は眼をまるくして訊《き》いた。

「ダンスしたよ！」

と、お雛は答えた。この子には珍しく、昂奮《こうふん》に頰を真っ赤にひからせていた。

「あの女の子があたいにおしえて……お嬢さまが、あのふとったひとにおしえて……」

捨松が、笑いながら、お雛の頭をかるくぶった。彼女もまた珍しく浮かれて華やいでいるように見えた。

——同じ夜に、斎藤歓之助が殺されていたことを千兵衛が知ったのは、十二月九日のことである。

十三

その日、千兵衛は、山川健次郎に数枚の新聞を見せられた。

「おい、いよいよ福島県に騒ぎが起ったぞ」

健次郎は、千兵衛が馬に飼葉《かいば》を与えているところへ、わざわざその新聞を持って来て、渡してくれたのだ。

「なに、きょうがはじめての記事じゃないが、ついお前に見せてやることを忘れておった。それというのも、お前がいまの会津にあまり関心がなさそうに見えたからだよ。しかし、まあ一応読んでみるがいい」

千兵衛は、あまり頻繁に新聞を読むほうではない。少なくとも、買ってまで読むことは少ない。

しかし、客が馬車に残していったものなどがあるときは、あとでていねいに読む。——おそらく、もし旧幕時代に新聞というものがあったら、案外熱心な読者ではなかったか、と、自分でも思うことがある。

たまに熱心に読むのは、そんな素質の名残りに過ぎないようだ。この天下国家に何が起ろうと、いまの千兵衛には、それほど関心はなかった。

その十二月九日の「朝野新聞」は、

「深夜福島の無名館を襲い
河野広中《ひろなか》等一味を拘引す」

という見出しのもとに、

「去る一日の夜十二時ごろ、福島県福島の自由党員集会所なる無名館へ、警部巡査、福島監獄署の監守ら都合四、五十名、突如表門を蹴破《けやぶ》り闖入《ちんにゅう》し……」

河野広中ほか自由党員らを捕縛したという記事であった。

十二月四日の「東京日日新聞」もあった。

それは福島県下耶麻《やま》郡で、先月二十八日、三千人もの農民が暴動を起し、警察署を襲うという事件が起り、以来警察のほうでは主唱者四十余人を逮捕し、なお余類を追及中の旨報道されていた。

原因は、三島県令が実行しようとしている三方道路があまりの苦役だから、ということらしい。——いつか、山川先生がいった通りだ。

「ふうむ。……」

と、うなずいたが、身にシミた感激が湧かない。

まがりなりにも東京暮しがかれこれ十年ほどにもなる彼としては、あたりまえかも知れない。また、心配したところで、一介の馭者《ぎょしゃ》たる自分にはどうしようもないと考える。

それに、会津を想うとき、干兵衛の胸に浮かんで来るのは、どうしても御一新前のふるさとであった。それ以後の会津も、下北から上京するとき立ち寄って知ってはいるのだが、記憶としては空白なのだ。いまの会津については、山川先生に見ぬかれたように、まず関心がないといってよかった。ただ、故郷の人々が安らかに暮してゆくことを祈るだけだ。

「おや？」

ふと、その「朝野新聞」の一隅の文字に吸われた眼を、干兵衛はみるみる大きく見ひらいた。

「去る十二月七日午前七時頃、京橋区木挽《こびき》町八丁目雑木林中に官服を着たる老人の屍体《したい》あるを発見したるをもって、ただちに警視庁出張検視ありしに、右屍体は延遼館門監斎藤歓之助氏（五十）なること判明せり。左胸部に刺創ありたるにより、何者かに殺害されしものと認定せられ、目下その犯人捜索中なりと云う」

背にさっと水が流れた思いであった。

むろんその衝撃は、ほんの先日逢《あ》ったばかりの人間が死んだという驚きにもとづくが、またそれがあまりにも印象的な――武術の老魔人というしかない人物であったからだ。

あの人が、殺されたと？

胸に刺し傷があったという以上、だれかの手にかかったに相違ないが、あの老魔人を殺したのはだれだ？

記事は短く、ただそれだけであった。明日以後、続報が出るのかも知れない。

彼は、あの延遼館の門番のことを、山川先生に話していない。歓之助と嘉納治五郎との凄絶《せいぜつ》な決闘は、捨松お嬢さまが異国の夫人の馬車でいってしまったあとのことだから、捨松さまも御存知ないだろう。山川先生がこの記事に、べつに大した注意も払わなかったらしいのはもっともだ。

しかし、嘉納治五郎は知らないのか。

そういえば、治五郎はその決闘の日以来姿を見せないし、四郎もここ三、四日――そうだ、自分が捨松さまを青山の大山邸へ連れていった日からやって来ない。

延遼館へゆく日は、三日後であった。そこへゆけば、もっと詳しいことがわかるだろう。千兵衛は、その日を待つしかなかった。

西郷四郎が来たのは、その翌日のお昼ごろであった。しかも彼は、門をはいって来ると、その足ですぐに千兵衛のところへやって来たのである。

「千潟さん、助けて下さい」

少年は蒼《あお》い顔をしていった。

「どうしたんだ」

「先生が警察につかまったんです」

「なんだと？」

千兵衛は眼をむいた。

「なんで？」

「こないだ先生を負かした延遼館の門番がいたでしょう。あれが殺されたんです」

「……それは、知っておる」

「その下手人の疑いで」

「嘉納さんが！　いつ？」

「おとといの晩」

つまり、八日の夜――屍骸《しがい》が発見されたのは七日の朝ということだから、その翌日の夜ということになる。

「どうしてまあ、嘉納さんが下手人などということになったんだ？」

千兵衛は動顚《どうてん》しながら訊いた。

これに対して、唇をわななかせながら四郎がしゃべったのだが、その内容は、治五郎がつかまってから、二日という時日がたっていたので、その間に判明した事実の知識が加わっていたものと思われる。

延遼館の門番斎藤歓之助が屍体となって発見されたのは七日の早朝であったが、彼が殺されたのは、その前日の夕刻のことではなかったか、ということであった。

それというのは、延遼館の門番は、客の多いときは二人で立っているが、ふだんは昼夜交替で勤務することになっている。六日はひまな日であったので、夜番に当る関根という門番が午後五時ごろ門にいって見ると、昼間勤めていた斎藤歓之助の姿が見えず、ただ控所の黒板に、「急にまた試合申込み者あり、一寸《ちょっと》失礼。午後四時半、斎藤」という歓之助の文字が残されていた。

同僚の関根は、斎藤歓之助が武術の好敵手を求めていることを知っていた。それですぐにその意味を了解した。おそらく、その相手が突然やって来て試合を申し込み、歓之助はこれを受け、時間もそろそろ交替の関根が出て来るころなので、ひきつぎもせず出ていったものと思われた。

むろん、その試合をどこでやるものか知らなかったが、その翌朝、木挽町八丁目、すなわち延遼館を出て、橋を渡り、河沿いの道の右側の――元奥平家の藩邸だが、やがて逓信省がそこに設けられるという予定もあって、塀も屋敷もとり払《ほ》われ、いまは空地になっている――雑木林の中で、斎藤の屍骸が発見されたのである。犬の吠え声に通行人がはいっていったのが、その端緒であった。

もとより、とっさにはその下手人は不明であった。ただ、それが、歓之助の書き残した試合の相手であることは充分想像された。また試合をやる以上、まだ地上に光のある時刻――おそらく歓之助が門を去った午後四時半のすぐ後のことと推定された。

そこへ、知らせを聞いて、宮内省の門番をやっている兄の斎藤新太郎が警視庁に出頭した。

――ちなみに、ここで作者が顔を出すと、この翌年の七月十一日の「郵便報知」に、「旧幕府の頃より府下に撃剣の達人と聞えし斎藤弥九郎の孫同苗《みょう》新太郎氏は、昨日宮内省の門監を拝命されし」という記事があるのは、孫とあるところから見て、この新太郎の子息であろう。父の新太郎はこのとき五十六歳で、おそらく子息が父の名とともにその職もついだものと思われる。

さて、その斎藤新太郎が、弟の屍骸を見てさけんだ。

「突きでやられたな！」

そして、これまた名剣士であった兄はいった。

「この弟と果し合いしてこれを斃《たお》したやつは、ただものではござらぬ」

歓之助は、右手に棒をつかんで倒れていたが、ふしぎなことに笑ったような死顔をしていたという。

そこへまた、もう一人の門番関根が、思い出したことを訴えた。――それが、その一週間ばかり前、斎藤歓之助と試合して敗北した嘉納治五郎の名であった。関根は、延遼館へなんども来た治五郎を見知っており、またあの決闘を目撃していたのである。

「おまけに……先生がこのごろいつも短刀を持って歩いていたことまでわかったんです」

と、四郎はいった。

「あれは山川捨松お嬢さまをお護《まも》りするためだといってもきかれなかった」

「おい。……まさか、ほんとうに嘉納さんがやったわけじゃあるまいね」

「そんなことをいうなら、僕は干潟さんのところへ来やしない」

と、四郎は憤然とした。

「あの日、先生は延遼館の近くへなんかゆかなかったことは、僕が知ってる」

「ほう。……じゃ、なぜそのことを警察にいわないんだ」

「いえないんです」

「どうして？」

四郎は、歯をくいしばった。やがて、いった。

「先生から禁じられた」

「な、なぜ？」

「あの日の午後から夜にかけて、先生と僕はたしかに外出しました。だから、ほかの門人はそういうよりほかはない。僕だけが知っている。だけど、そのゆくさきを、死んでもいってはならんと先生に命じられたんです」

「どこへいったのだ？」

四郎は、涙のいっぱい浮かんだ眼で千兵衛を見た。

「苦しくって、きょう僕はここへ来ました。千潟さんだけに打ち明けて、どうしたらいいか、助けてもらおうと思って」

一息ついて、少年はいった。

「十二月六日の夕方、僕たちは青山の大山中将の家の庭にいたんです！」

十四

千潟千兵衛は、愕然《がくぜん》としていた。——それは、自分たちもまた青山の大山中将の屋敷へいった日であった。

西郷四郎はいった。

そのことを前日千兵衛から聞いて、先生に話した。すると、先生は考えこんだあげく、いままで見たこともない暗い顔をして——このごろ、よくそんな表情を見せるが——おれたちも、そこへいって見よう、といった。しかも、捨松嬢を乗せた千兵衛の馬車とは別に、人力俥でゆこうというのだ。

そして、あの日、宏大《こうだい》な大山邸の塀を乗り越えて、二人は庭に忍び込んだ。それから、洋館をとり巻く森の中の一本の樹を探して、四郎がそれにのぼって、捨松嬢が通された一室の窓ガラス越しに、内部を偵察した。いつかの延遼館における物見の再現である。

それはのちに、蘆花によって、

「……肱近《ひじちか》の卓子《テーブル》には青地交趾《せいじこうち》の鉢に植えたる武者立の細竹《さいちく》を置けり。頭上には高く両陛下の御影を掲げつ。下《くだ》りて彼方《かなた》の一面には、『成仁《じんをなす》』の額あり。落款は南洲《なんしゅう》なり。架上に書あり。煖炉縁《マンテルピース》の上、隅なる三角棚の上には、内外人の写真七八枚、軍服あり、平装のもあり。草色の帷《カーテン》を絞りて、東南二方の窓は六つとも朗かに明け放ちたり。……」

と、書かれた一室であった。

捨松が連れていったお雛は見えなかったから、おそらくお雛は大山中将の娘たちと隣室で遊んでいたのではないかと思われる。――そのとき、四郎は、大山中将が、なんと捨松の前に土下座して、何やら訴えながら、しきりに絨毯《じゅうたん》に大きな頭部をこすりつけるのまで見たのである。

「そ……それを、なぜ警察にいわないのだ？」

と、干兵衛はいった。

「いうと、大変なことになります」

「いや、大山閣下のことまでいわなくてもよろしい。ただ、部屋のようすとか……とにかく、あの日、その時刻、大山さんの屋敷にいたという証《あか》しがたてば。……」

「僕には、先生の心がよくわかります。泥棒みたいに塀を越えて、家の中を見張っていたことを、ある人に知られるより、死んだほうがましだ、と先生が考えられたことを。―

――」

「ある人とは？」

「捨松お嬢さま」

千兵衛は息をのんだ。ややあって、

「なるほど」

といった。恋する心、というより、侍の見地からそれを諒《りょう》としたのである。

「千潟さんだけにいった。しかし、ほかのだれにもこのことはいえません。……それをいわないで、何とかして先生が無実であることを証明出来ないか。……その智慧《ちえ》を借りに、僕はここへ来たんです」

千兵衛は、腕組みをして考え込んでいた。

「それも、急ぐんです。先生がそんな疑いで警察につかまったことが世間に知られると、それだけでもう講道館はだめになります。僕もだめになります」

「斎藤新太郎という人の住所を知っているかね？」

と、千兵衛はいった。

「僕はここへ来る前に、その斎藤さんの家へいって話して見ようかと思って、調べたんです。本郷元町です」

「手紙を書こう。そこへ届けて……いや、投げ文をしてくれないか？」

「なんの投げ文」

「果し状じゃ」

「えっ？……こんどは干潟さんが、その斎藤新太郎って人と果し合いするんですか。何のために？」

「私がやるわけじゃない」

干兵衛は、そばにチョコナンと坐《すわ》っているお雛をかえりみた。

「お雛。……父《とと》が呼べるか。お前には用はないが、祖父《じじ》に用がある。祖父《じじ》が、一生の頼みじゃ。父《とと》を呼んでくれ。……」

外には、雪がふりはじめていた。その年の初雪であった。

十五

官内省門衛斎藤新太郎は、その夜、勤めを終えて本郷元町の自宅に帰って来て、妻から一通の手紙を渡された。手紙といっても、切手は貼ってなく、格子戸の隙間から投げ込まれてあったものだという。

ふしんな顔でそれをひらいて、彼の眼は大きくなった。

それには、去る六日夕刻、御舎弟歓之助氏を討ち果したのは自分である。ただしそれは怨恨《えんこん》その他悪意からではなく、ひとえに武芸を競うためで、かねてから歓之助氏が真に生命をかけた勝負をしたいと望んでおられることを承知していて、これは面白いと試合を申し込み、快諾を得たもので、しかも聞きしにまさる歓之助氏の技のため、その防禦《ぼうぎょ》のためにもああいう結果にならざるを得なかった、と、書いてあった。

さらにつづけて、その後聞くところによれば、その下手人として嘉納某なる者拘引せられ、警視庁においてお取調べ中の由、無実の疑いをかけられた当人が気の毒であるのみならず、聞けば嘉納某は二十歳過ぎの学士とのことで、左様なものに討たれたとあっては、かえって斎藤歓之助どのの御面目にかかわることと存ずる、と、書いてあった。

そして、手紙はいう。

ついては貴殿斎藤新太郎どのも、御舎弟にまさるとも劣らぬ剣術家と承る。よって拙者が歓之助氏を斃《たお》した下手人であることを御確認のため、拙者を御覧になりにおいで下さるまいか。もとより確認のためには、両者剣をとって立ち合うこともやむを得ますまい。御不安ないし御疑念あらば、警官を同伴さるるも可なり。されど、事情以上のごとくなれば拙者を逮捕云々《うんぬん》は御免こうむりたし。警官はたんに立合人として、二、三名に限らるべく、大群をもって待ち受けらるるがごときことあらば、拙者出向かざるべし。

ただし、試合の結果、大兄個人の敵討ちとして拙者敗るるとも、それには不平なし。歓之助どの同様、満足の念をもって瞑目《めいもく》いたし候べし。

時刻は、明朝午前六時半。場所は、延遼館門外の元奥平屋敷跡。――

読んで、斎藤新太郎は、この手紙の通りにした。そして、三人の巡査にだけ同行を依頼し、その翌日、延遼館門外に赴いた。ただ、帯刀禁止令以後、数年ぶりに昔の愛刀を携えていった。

彼らは、六時ごろにそこに到着した。十二月十一日の午前六時といえば、まだ夜明け前の時刻だ。

「まだ、だれも来ておらぬ。——」

と、巡査の一人がつぶやいた。地上に薄くつもった雪を見てのことだ。

例年より早いきのうの初雪は、夜にはいっていちどやんだが、またこの未明からふりはじめて、雪は幻の蛾みたいに舞っていた。

巡査たちは、二人は林の中に隠れ、一人は道路側の崩れた築地のかげに身をひそめたが、十分もたたないうちに、

「ううっ、寒いっ」

と、林のほうで、たまりかねたような声がした。

「まだ、来るようすはないか？」

と別の声が訊《き》く。築地のかげの巡査が亀の子みたいに頭を出して答えた。

「まだじゃ」

「ほんとの下手人が、あんな手紙を寄越すじゃろうか。まさか、いたずらじゃあるまいなあ？」

「下手人でなければ、あんな手紙を寄越すはずがない」

と、林と築地の中間の空地に立っていた斎藤新太郎が、うめくようにいった。

巡査たちは、それが下手人にまちがいないなら、むろん逮捕するつもりでいる。実は、その中に、新太郎には隠して、ピストルまで用意して来ている者があった。

斎藤新太郎が警察に連絡したのは、ただ彼が宮内省門監という職にあるための謹直さからに過ぎない。彼は手紙の用件に怖れをいだかなかったし、ここに来るのに何のためらいも持たなかった。

むろん、官服など着ていない。散髪《ざんぱつ》はしているが鉢巻をしめ、袴《はかま》のももだちをとり、わらじをはいて大刀のこじりをはねあげている姿は、薄明の中だけに、さっきその髪に白髪がまじっているのを見た巡査たちも、はて、あの人物の年齢は？　と首をかしげたくらい勇猛の気を放っていた。

若い巡査たちは、斎藤歓之助の事件で、斎藤兄弟の素性は知ったが、さればとてこの新太郎が若いころ、その技、父をしのぎ、萩の明倫館で長州侍たち十余人を片っぱしから撃破するという勇名をとどろかした話は知らない。

斎藤新太郎は、弟のかたきを討つつもりでいた。性きわめて狷介《けんかい》な弟で、ふつうの意味ではそれほど愛情交流していたわけではなかったが、とにかく剣術の上では天才だと買っていた弟をみごとに仕留めたという相手に、激烈な敵意をいだかずにはいられなかった。そして彼は、むろん、弟はついに兄にまさらずという大いなる自負があった。

さらに十数分たった。

そのとき、遠くどこかで鳥のような声が聞えた。鳥の声というより、銀鈴のような。——

——

「あれは何だ？」

「小さい女の子の声じゃなかったか？……ひゃっ」

林の中で、悲鳴があがった。新太郎は猛鳥みたいにふりむいた。

「どうした？」

「枝の雪が、頸《くび》すじに落ちたのじゃ。……わっ、冷たい！」

「しっ」

築地のほうで、巡査がさけんだ。

「来た！」

「なに、来た？」

「あれかな？……雪で、よく見えぬ、どうやら軍人のようじゃが。……」

このころ、雪がまたはげしくなっていた。それが明らかに見えるほど、地上には蒼白《あおじろ》い光が漂い出していた。

斎藤新太郎は、つづいて意外そうな声をもらした。

「軍人？」

「しかし、いまごろこんなところへやって来るのは、それにちがいあるまい。……おう、ゆっくり歩いて来るのに、あの迅《はや》さは何じゃ、もうそこまで来たぞっ」

「もういい、隠れておって下され。わしが相手になる」

と、新太郎はいった。巡査は、隠れた。

斎藤新太郎は、羽織をぬいだ。上半身は稽古着《けいこぎ》であった。

そこから、道路へ出るあたりに、ふっと黒い影が立った。六時半であった。

きゃつだ！

きゃつだ！　というのは、いま巡査が教えた男だという意味で、新太郎の眼は、かっとむき出された。彼は、その男をはじめて見た。

そも、これは何だろう？　さっき巡査が教えたように、まさに軍人には相違ない。下級兵士の服装をしている。が、何もしないうちから、その軍帽は裂け、軍服は血まみれであった。そして、その外形以上に、名状しがたい鬼気がその姿をつつんでいた。

「貴公、何者だ？」

と、新太郎はさけんだ。

兵士は答えず、こちらにはいって来た。そのあとの雪の上に足跡の残らない怪異に気がついたのは、あとになってからのことである。

「わしに手紙をくれたのは、貴公だというのか？」

相手はなお答えず、白い帯にたばさんだ刀を抜いた。

「歓之助を殺したのは、お前じゃな！」

新太郎はさけんだ。しかし、もとより聞くまでもない。——彼もまた、抜刀した。

相対した二人の間に、雪はしずかに降った。

最初の一瞬に、斎藤新太郎の頭をかすめたのは、これは剣術など正規に習ったことのない人間だ、ということであった。

が、次の数瞬に、彼は、これは人間ではない、と感じて、ぎょっとした。

「きえーっ」

五十五歳とは思えない裂帛《れっぱく》の気合とともに、斎藤新太郎は真っ向から斬り下ろしている。すでにそれが、気合などではなく悲鳴であることを彼だけが知っていた。

たしかに、斬った。しかし、手応《てごた》えはなかった。

相手は寂然として、もとの通り立っていた。その刀はまっすぐにのびて、きっさきは新太郎の左胸部にあてられていた。

軍帽の下の蠟《ろう》色の顔が、はじめてにやっとしたようであった。

その剣尖《けんさき》は徐々に下り、ダラリと片腕に下げられた。そして彼は、そのままゆっくりと背を見せて、雪の中を歩き出した。

斎藤新太郎は、凍りついたように立ちつくしたままであった。

彼は、不可抗力的に自分が敗れたことを自覚した。同時に、弟を斃した者がまさにその男であることを——その男以外にないことも完全に認めた。

軍服の男は、往来へ出てゆこうとしている。

そのとき、轟然《ごうぜん》たる音が静寂を破った。男はゆっくりと首をうしろにねじまわした。が、すぐにまたもと通りに戻し、何事もなかったかのごとく、もと来た道を歩いていった。

ピストルを撃ったのは、林の中の巡査であった。彼らはむろん最初からいまのなりゆきを見ていたのだが、なぜか声も出ず、身動きも出来ず、ただその男が立ち去ろうとする際になって、はじめてその一人がわれに返って、しかもなお夢中でひきがねをひいたのであった。

あとになって、築地のかげにいたもう一人の巡査が、弾はたしかに当ったといった。それは背から胸をつきぬけて飛び去ったとしか思われず、しかしその男は空気みたいに平気でいってしまったといった。

そのため、その巡査もまた恐怖のために金縛りになっていたのだが、それでも道路へ飛び出したのは彼がいちばん迅《はや》かった。

往来に、いまの兵士の姿はもうなかった。

その代り、向うに一台の馬車の影が見えた。馬車は雪の中で、こちらに来ようとしていたのを、もと来たほうへ廻ろうとして輪を描きつつあった。

「おういっ、待てえ」

巡査が駈《か》け出すと、林の中の巡査も転がり出して来て、そのあとを追った。

「こら、こっちにいま血だらけの兵隊が来なんだか？」

吼《ほ》える巡査たちに、女の子を乗せた馭者《ぎょしゃ》台で、饅頭笠《まんじゅうがさ》をかぶった馭者は首をふった。

「いいえ、だれも」

「そんなはずはない！　その証拠に。——」

と、巡査は路上を指さそうとして——彼らはこのとき、はじめてそこに彼ら以外の足跡のないことに気がついて、唖然《あぜん》としたのである。

十六

十二月二十四日の午後、干兵衛が山川家の玄関に馬車を寄せたところに、嘉納治五郎と西郷四郎がやって来た。

「おう、これは嘉納さん。……」

と、干兵衛は白い歯を見せた。

治五郎が、あれから間もなく警視庁から釈放されたことは、四郎少年の報告で知っていた。しかし、居所としている下谷の永昌寺に帰ったあと、彼は寝込んでいるそうで、それも聞いていた。

「元気になられたかね」

「いや、おかげさまで。……」

と、治五郎は頭を下げた。頬にまだどこかやつれのあとがあった。よほど今度の事件には参ったと見える。

「そのくせ、僕が助かった事情が、僕にはまだよくわからん。それについて聞きたいのだが、干潟さん、これからどこかへお出かけか」

「はい、これからお嬢さまを延遼館へ……そら、きょうは例の延遼館の仮面舞踏会で。……」

「ああ、きょうは十二月二十四日だったのか。クリスマス・イヴ。……」

と、治五郎が思い出したように手を打ったとき、玄関から、捨松が出て来た。例のボンネットをかぶっているが、眼には黒い大きなマスクをあてている。

「これ、似合いますか?」

と、笑った。

むろん、ここからそんなものをつけてゆく必要はなく、活発な性質からおどけて下女たちに見せて、そのまま現われたものだろうが、ふだん清潔な美人なのが、黒いマスクをつけると、白い頬と赤い唇との対照で、別人のように妖艶《ようえん》に見えた。

「あらっ、治五郎さん、久しぶりありますね」

彼女は治五郎に気がついて、

「どうしました?」

と、いった。捨松嬢は、嘉納が警察につかまっていたことさえ知らないのであった。

「は。……」

治五郎がモジモジしていると、捨松はまたいった。

「私、これから延遼館へゆかなくてはなりません。今夜、少し、遅くなりますが、待っていなさい。お話、しましょう。……そのとき兄から話すと思いますが、ひょっとすると、千兵衛の馬車、きょうで終りになります」

「えっ」

千兵衛は、眼をまるくした。

「もう、ダンス、教えなくても、よくなりました。それに、馬車も馭者も、大山中将、貸してくれるそうです。サンキュー、ヴェリマッチ、千兵衛」

捨松は、しかし千兵衛の馬車の扉に手をかけた。

「そして、もう私に乱暴する人、ないと思います」

「なぜですか、お嬢さま。――」

と、西郷四郎がさけんだ。

「私、大山中将のお嫁さんになるのです。近いうち、婚約、発表になるでしょう。大山中将は、全陸軍をもってしてもあなたを護《まも》る、いいます」

捨松は愉快そうに笑って、ふくらんだスカートを優雅にゆらめかせて、馬車に乗り込んだ。

千兵衛がお雛の待っている馭者台に乗り、門を出るとき、ちらっとふり返ったら、白い冬の日ざしの中に、嘉納治五郎と西郷四郎の師弟が、捨松さまの宣言を聞いたときの姿勢のまま、凝然と同じ場所に立っているのが見えた。

――山川捨松が大山捨松となったのは、その翌年のことになる。同じくアメリカに留学し、帰国後津田塾を創設した津田梅子などとちがって、彼女はそれっきり大山巌の巨大な影に隠れてしまった。

……年の暮、山川家を出るとき、千兵衛はオズオズといった。

「お嬢さま、例の御縁談、千兵衛にはやはり気にかかりますなあ。そんなにお若くて、しかもせっかくアメリカで学問しておいでなすったというのに。……」

「私は、私のすべてを、あの巌さんにあげるのです」

捨松は、昂然《こうぜん》といった。

それから、彼女は、こんな場合に、可笑《おか》しくてたまらないように思い出し笑いをした。

「あのひと、おうちで、メイド呼ぶとき、ラッパ、吹くのです。……私、そのラッパになります」

アメリカ、ヴァッサー大学卒業の才媛《さいえん》は消えた。その代り、夫は大陸軍の総帥となった。彼が日露戦役の大司令官となったことは、だれも知る通りである。おそらく彼女は、その偉大なる軍人の中に溶け込んでしまったことに悔いのない生涯を送ったであろう。

しかし、千兵衛の取越苦労癖も、まったく当らなかったわけではない。——

大山の前妻の長女信子が、のちに三島通庸の長男弥太郎《やたろう》のもとへ嫁し、肺を患《わずら》って破鏡の歎《なげ》きのうちにこの世を去って、これが蘆花の浪子と武男となることは前に述べた通りだが、その悲劇をいよいよ効果的ならしめるために、蘆花は「不如帰《ほととぎす》」で継母たる捨松夫人を敵役に仕立てている。

例えば、大山は副官に歎く。「喃難波君《なあなんば》、学問の出来《でく》る細君《おくさん》は持つもんじゃごわはん。いや散々な目に遭わされますぞ。あははははは」

それは小説にしても、現実に捨松がこの小説に悩まされたことにまちがいはあるまいから。――

本書は、「山田風太郎明治小説全集」（ちくま文庫）より、『幻燈辻馬車　上』（平成九年六月）を底本としました。
本文中には、きちがい、混血児、チンバ、びっこなど、今日の人権擁護の見地に照らして不当・不適切と思われる語句や表現がありますが、作品発表当時の時代的背景を考え合わせ、また著者が故人であるという事情に鑑み、底本のままとしました。

編集部

幻《げん》燈《とう》辻《つじ》馬《ば》車《しゃ》 上
山《やま》田《だ》風《ふう》太《た》郎《ろう》ベストコレクション
山《やま》田《だ》風《ふう》太《た》郎《ろう》

平成22年 11月25日　初版発行
令和6年 11月15日　7版発行

発行者●山下直久

発行●株式会社KADOKAWA
〒102-8177　東京都千代田区富士見2-13-3
電話　0570-002-301（ナビダイヤル）

角川文庫 16548

印刷所●株式会社KADOKAWA
製本所●株式会社KADOKAWA

表紙画●和田三造

ISBN978-4-04-135661-6　C0193

角川文庫発刊に際して

角川源義

第二次世界大戦の敗北は、軍事力の敗北であった以上に、私たちの若い文化力の敗退であった。私たちの文化が戦争に対して如何に無力であり、単なるあだ花に過ぎなかったかを、私たちは身を以て体験し痛感した。西洋近代文化の摂取にとって、明治以後八十年の歳月は決して短かすぎたとは言えない。にもかかわらず、近代文化の伝統を確立し、自由な批判と柔軟な良識に富む文化層として自らを形成することに私たちは失敗して来た。そしてこれは、各層への文化の普及滲透を任務とする出版人の責任でもあった。

一九四五年以来、私たちは再び振出しに戻り、第一歩から踏み出すことを余儀なくされた。これは大きな不幸ではあるが、反面、これまでの混沌・未熟・歪曲の中にあった我が国の文化に秩序と確たる基礎を齎らすためには絶好の機会でもある。角川書店は、このような祖国の文化的危機にあたり、微力をも顧みず再建の礎石たるべき抱負と決意とをもって出発したが、ここに創立以来の念願を果すべく角川文庫を発刊する。これまで刊行されたあらゆる全集叢書文庫類の長所と短所とを検討し、古今東西の不朽の典籍を、良心的編集のもとに、廉価に、そして書架にふさわしい美本として、多くのひとびとに提供しようとする。しかし私たちは徒らに百科全書的な知識のジレッタントを作ることを目的とせず、あくまで祖国の文化に秩序と再建への道を示し、この文庫を角川書店の栄ある事業として、今後永久に継続発展せしめ、学芸と教養との殿堂として大成せんことを期したい。多くの読書子の愛情ある忠言と支持とによって、この希望と抱負とを完遂せしめられんことを願う。

一九四九年五月三日

角川文庫ベストセラー

山田風太郎ベストコレクション
甲賀忍法帖
山田風太郎

400年来の宿敵として対立してきた伊賀と甲賀の忍者たちが、秘術の限りを尽くして繰り広げる地獄絵巻。壮絶な死闘の果てに漂う哀しい慕情とは……風太郎忍法帖の記念碑的作品！

山田風太郎ベストコレクション
虚像淫楽
山田風太郎

性的倒錯の極致がミステリーとして昇華された初期短編の傑作「虚像淫楽」。「眼中の悪魔」とあわせて探偵作家クラブ賞を受賞した表題作を軸に、傑作ミステリ短編を集めた決定版。

山田風太郎ベストコレクション
警視庁草紙　(上)(下)
山田風太郎

初代警視総監川路利良を先頭に近代化を進める警視庁と、元江戸南町奉行たちとの知恵と力を駆使した対決。綺羅星のごとき明治の俊傑らが銀座の煉瓦街を駆けめぐる。風太郎明治小説の代表作。

山田風太郎ベストコレクション
天狗岬殺人事件
山田風太郎

あらゆる揺れるものに悪寒を催す「ブランコ恐怖症」である八郎。その強迫観念の裏にはある戦慄の事実が隠されていた……表題作を始め、初文庫化作品17篇を収めた珠玉の風太郎ミステリ傑作選！

山田風太郎ベストコレクション
太陽黒点
山田風太郎

〝誰カガ罰セラレネバナラヌ〟——ある死刑囚が残した言葉が波紋となり、静かな狂気を育んでゆく。戦争が生んだ突飛な殺意と完璧な殺人。戦争を経験した山田風太郎だからこそ書けた奇跡の傑作ミステリ！

角川文庫ベストセラー

伊賀忍法帖
山田風太郎ベストコレクション
山田風太郎

自らの横恋慕の成就のため、戦国の梟雄・松永弾正は淫石なる催淫剤作りを根来七天狗に命じる。その毒牙に散った妻、篝火の敵を討つため、伊賀忍者・笛吹城太郎が立ち上がる。予想外の忍法勝負の行方とは⁉

戦中派不戦日記
山田風太郎ベストコレクション
山田風太郎

激動の昭和20年を、当時満23歳だった医学生・山田誠也（風太郎）がありのままに記録した日記文学の最高峰。いかにして「戦中派」の思想は生まれたのか？作品に通底する人間観の形成がうかがえる貴重な一作。

風眼抄
山田風太郎ベストコレクション
山田風太郎

思わずクスッと笑ってしまう身辺雑記に、自著の周辺のこと、江戸川乱歩を始めとする作家たちとの思い出まで。たぐいまれなる傑作を生み出してきた鬼才・山田風太郎の頭の中を凝縮した風太郎エッセイの代表作。

忍法八犬伝
山田風太郎ベストコレクション
山田風太郎

八犬士の活躍150年後の世界。里見家に代々伝わる八顆の珠がすり替えられた！　珠を追う八犬士の子孫たちに立ちはだかるは服部半蔵指揮下の伊賀女忍者。果たして彼らは珠を取り戻し、村雨姫を守れるのか⁉

忍びの卍
山田風太郎ベストコレクション
山田風太郎

三代家光の時代。大老の密命を受けた近習・椎ノ葉刀馬は伊賀、甲賀、根来の3派を査察し、御公儀忍び組を選抜する。全ては滞りなく決まったかに見えたが……それは深謀遠大なる隠密合戦の幕開けだった！